높은 곳에 오르다

登高

바람 세고 하늘 높은데 원숭이 울음소리 애절하고

강가 불 맑고 모래 흰데 새 맴돌며 난다

끝없이 나무들에선 낙엽이 우수수 떨어지고

그치지 않는 장강은 출렁출렁 밀려온다

風急天高猿嘯哀

渚淸沙白鳥飛廻

無邊落木蕭蕭下

不盡長江滾滾來

Fantastic Oriental Heroes

임영기 新무협 판타지 소설

쾌검왕

快劍王

쾌검왕 1

임영기 新무협 소설

초판 1쇄 찍은 날 § 2005년 5월 20일
초판 1쇄 펴낸 날 § 2005년 5월 30일

지은이 § 임영기
펴낸이 § 서경석

편집장 § 문혜영
편집 § 장상수 · 서지현 · 최하나

펴낸곳 § 도서출판 청어람
등록번호 § 제1081-1-89호
등록일자 § 1999. 5. 31
어람번호 § 제2-0603호

주소 § 경기도 부천시 원미구 심곡1동 350-1 남성B/D 3F (우) 420-011
전화 § 032-656-4452   팩스 § 032-656-4453
http://www.chungeoram.com
E-mail § eoram99@chollian.net

ISBN 89-5831-554-7 04810
ISBN 89-5831-553-9 (세트)

Fantastic Oriental Heroes

임영기 新무협 판타지 소설

쾌검왕

1

검객(劍客)

도서출판
청어람

목차

　전작 '三足烏'에 보내준 독자제현의 성원에 깊이 감사하고 있다.

　'三足烏'가 고구려의 역사와 패망을 바탕으로 한 작품이었다면, 이번 작품 '快劍王'은 광대무변한 중원천하에서 벌어지는 영웅호걸들의 한(恨)과 야망(野望)을, 여걸(女傑)들의 애증(愛憎)과 눈물을 주제로 하여 박진감 넘치게 전개했다.

　화전민을 조부로 두고, 백정을 아비로 둔 현악은 자연스럽게 백정이 된다.

　그는 진저리쳐지도록 증오스러운 백정의 신분에서 벗어나려고 처절하게 몸부림친다. 그러나 천민이라는 이름의 수렁은 그가 몸부림치면 칠수록 더 깊은 절망 속으로 그를 함몰시켰다.

　절망이 깊으면 그 깊이만큼 한은 깊어지고, 야망은 커지는 법.

　어느 날, 마침내 그의 생을 송두리째 뒤바꿔 놓을 운명이 성큼 닥쳐왔고, 그는 폭풍처럼 질주하는 그 운명의 마차에 일말의 망설임도 없이 올라탔다.

　그때부터 '快'의 역사가 새롭게 기록되고, 그 '快'가 천하무림의 .역사를 재창조하기 시작한다.

　참고로, 이 작품 '快劍王'은 몇 년 전 야설록프로에서 만화로 출판된 바 있는 내 작품 '快'에서 도입부의 몇 장면들을 발췌, 윤색했음을 밝힌다.

　'보람'.

　나는 오직 '보람'을 위해서 글을 쓴다.

　나의 카타르시스는 '보람' 뿐이다.

　글을 쓴 '보람'은 곧 인생의 '보람'이기도 하다.

　나는 '보람'을 진심으로 사랑한다.

林榮基

序

쾌(快)의 전설이 있다.
섬쾌(閃快),
극쾌(極快),
무심쾌(無心快),
파천쾌(破天快)로 이어지는……

◈제1장◈
쾌검마(快劍魔)

쾌검마(快劍魔)

밤하늘에 파리한 조각달이 떠 있다.

조각달 아래, 일말의 파공음도 없이 작고 반투명하게 빛나는 비늘 같은 빛살 하나가 허공을 갈랐다.

팍!

벽력신도(霹靂神刀) 미간에 달빛이 어리듯 빛살이 가볍게 부딪치며 스며들었고, 피는 한 방울도 튀지 않았다.

그의 미간에는 방금 전까지 없던 가시에 긁힌 듯한 상처 하나가 흐릿하게 새겨졌다.

단지 그뿐이다.

황색 장포를 입고 오른손에 대도를 움켜쥔 벽력신도는 전면을 보면서 어이없다는 듯 중얼거렸다.

"음, 쾌검마(快劍魔)! 정녕 놀라운 쾌검이로군."

벽력신도 전면 오 장 거리. 양어깨에 쌍검을 멘 흑의인 한 명이 장승처럼 서 있다.

그가 메고 있는 쌍검 중에 오른쪽 검집이 비어 있고, 그 검은 그의 오른손에 쥐어져 있었다.

흑의인 쾌검마는 일말의 관심도 없다는 듯 옷자락을 날리면서 표표히 밤하늘을 응시했다.

철저한 무시.

벽력신도는 허망한 웃음을 흘려냈다.

"헛헛, 노부가 도를 한차례도 휘둘러 보지 못하고 일 초식에 패할 줄이야……. 귀하는 소문으로 듣던 것보다 더 강하군."

벽력신도는 산서 무림을 진동시키는 창천방(蒼天幇) 방주의 별호다. 그는 숨이 끊어지기 직전에야 자신이 산서라는 우물 속의 한 마리 개구리였다는 사실을 깨달았다.

쾌검마는 여전히 밤하늘을 응시하며 쉿소리 같은 목소리를 흘려냈다.

"후후, 내가 정파의 위선자들에게 협공당해 중상을 입어 공력이 삼성(三成)밖에 남지 않으니까 별호도 들어본 적 없는 너 따위 하루살이마저 업신여기는구나."

'평소 공력의 삼성이라고?'

벽력신도의 얼굴이 방금 전보다 더 무참히 일그러졌다.

"빌어먹을."

쿵!

벽력신도는 이승에서 마지막으로 스스로에게 욕을 퍼붓고는 얼굴을 차가운 땅에 묻었다.

쾌검마는 끝까지 벽력신도에겐 단 한 번 눈길조차 주지 않은 채 스산하게 중얼거렸다.

"내가 이런 변방까지 쫓기는 신세가 될 줄이야……."

스읏!

쾌검마가 가볍게 어깨를 흔들자 그의 몸이 구름처럼 둥실 밤하늘로 오 장가량 떠올랐다가 유성처럼 아득하게 사라져 갔다.

휘이잉!

이름 모를 벌판에 죽어 있는, 생전에는 벽력신도라고 불렸던 자의 시체 위로 쓸쓸한 삭풍이 휩쓸고 지나갔다.

*　　　　*　　　　*

할아버지는 화전민이었다.

그는 그 흔한 한 뼘의 땅뙈기조차 없어서 조상 대대로 그랬듯이 그 것이 천직이려니 여기면서 남의 땅을 부쳐 먹는 소작을 하다가 갈수록 심해지는 지주의 횡포를 견디지 못하고 끝내 산으로 들어갔다.

높은 산 가파른 산비탈에 불을 질러 수수나 조, 감자 따위를 일구어 그 척박한 땅에서 거둔 많지 않은 수확으로 아내와 주렁주렁 딸린 다섯 명의 자식들을 먹여 살리는 화전민이 된 것이다.

게다가 할아버지의 아내는 만삭이었다. 찢어지게 가난한 사람들은 어째서 아이를 그처럼 많이도 낳는 것인지…….

할아버지와 할머니, 다섯 살짜리 막내아들까지 온 가족이 비탈진 화전밭에 매달려서 하루 종일 구슬땀을 흘렸지만 일찍 찾아오는 산서 지방의 초가을 수확이라는 것은 일곱 식구가 하루에 한 끼 먹으면서 긴

겨울을 나기에도 턱없이 부족했다.

　게다가 시도 때도 없이 화전민 촌락에 들이닥쳐 그마저도 깡그리 약탈해 가는 비적 떼의 횡포마저 극성을 떨었다.

　화전민들이 목숨보다 더 소중한 곡식을 뺏기지 않으려고 조금이라도 반항했다가는 흉포한 비적의 칼에 목숨을 잃기 십상이었다.

　그해에는 너무 가물어서 수확이 평년의 절반에도 미치지 못했다. 그 판국에 비적들이 나타나서 또 약탈을 했다.

　예전에는 수확한 곡식을 절반으로 나누어 비적에게 뺏길 몫을 따로 마련해 두고 나머지는 방바닥 아래에 감추었다가 그것으로 겨울을 났었지만 그해는 그럴 만한 여유를 누릴 처지도 못 되었다.

　그래서 할아버지는 비적에게 내어줄 곡식이 없다고 한사코 버티다가 방바닥 아래에 감춰둔 곡식을 들키고 말았다.

　할아버지와 만삭의 할머니, 그리고 혹독한 한겨울의 배고픔이 어떤 것인지 너무나 잘 알고 있는 다섯 명의 아이들은 결사적으로 곡식 자루를 부둥켜안고 울부짖었지만 결과는 어수선한 칼부림에 이어 한가족의 무참한 떼죽음으로 끝나고 말았다.

　아니, 한쪽 눈을 잃은 맏아들, 즉 아버지와 천행으로 한 군데 상처도 입지 않은 셋째 딸인 고모가 살아남아 언 땅을 파헤쳐 죽은 부모와 형제들을 눈물로 묻고는 돌아보기도 싫은 화전민 촌락을 뒤로하고 수백 리 산길을 걸어 사람들이 모여 사는 현 내로 내려왔다.

　열다섯 살짜리 애꾸소년과 아홉 살짜리 어린 소녀가 무일푼으로 인정이 메마른 현 내에서 목숨을 부지해야 한다는 것은 차디찬 북풍한설 속에서 모란이 꽃을 피우는 것보다 더 불가능한 일이었다.

　그러나 그 불가능한 일을 남매는 해냈다. 남매는 비럭질과 동냥, 허

드렛일 따위를 닥치는 대로 해치우면서 잡초처럼 끈질기게 살아남았
다.

고모는 더러운 몰골에 허름한 옷을 입고 있어도 금세 남의 눈에 띌
만큼 미색이 고왔다.

어느 해 남쪽 바닷가에서 왔다는 소금 장사가 그런 고모의 미색에
반해서 그녀를 집으로 데려가 첩으로 삼겠다고 그녀의 오라비인 소년,
아니, 청년이 된 아버지에게 간청을 했다.

그렇게 아버지는 누이동생을 장사꾼 손에 붙여주어 떠나보냈다. 그
렇게 하면 누이동생이 더 이상 배는 곯지 않을 것 같아서였다.

장사꾼은 떠나면서 아버지 손에 은자 스무 냥을 넌지시 쥐어주었고,
아버지는 그 돈으로 그 즈음 자신이 점원으로 일하고 있던 현 내 변두
리의 허름한 육점을 인수했다.

육점을 운영하는 데에도 여러 어려움이 따랐지만 화전을 일구던 것
과 구걸을 하던 것에 비하면 오히려 호사라고 할 수 있었다. 적어도 끼
니를 거르지는 않았고 마음만 먹으면 언제든지 고기를 배불리 먹을 수
도 있었다.

세월이 흘러 아버지는 평소 마음에 두고 있던 근처 철물점집 둘째
딸과 혼인을 했고, 아들과 딸을 낳아 어엿한 가족을 이루었다.

끼니를 거르지 않는다 뿐이지 가난을 벗어던진 것은 아니었다. 천
민(賤民)과 가난은 형제와 같아서 결코 떨어지지 않는 그 무엇이었다.

가족은 가난했지만 단란했다. 화전민 출신 애꾸소년은 어엿한 삼십
대 중반의 가장이 되었고, 순박한 아내와 기특한 자식들은 그를 하늘처
럼 믿고 따랐다.

그러나 천민 따위에게 단란함은 어울리지 않는다고 여기는 운명이

라는 놈은 그나마의 단란함마저도 앗아가 버렸다.

몇 해 후, 산서 지방 전역을 무섭게 휩쓴 역병(疫病)은 이들 일가에게도 불행이란 이름으로 찾아왔고, 결국 남매만 남겨둔 채 애꾸 아버지와 순박한 어머니는 저 세상으로 떠나고 말았다.

그때 아들은 열네 살, 딸은 열두 살이었다.

그렇게 화전민을 할아버지로 두고 백정을 아버지로 둔 열네 살 소년은 자연스럽게 대를 이어서 백정(白丁)이 되었다.

소년 백정인 것이다.

*　　　　*　　　　*

열네 살의 봄.

거리는 양편에 고만고만한 작고 허름한 점포들이 처마를 맞댄 채 늘어서 있어서 낮에는 제법 사람들로 북적였다.

그 점포들의 끄트머리. 깨지고 낡은 간판에 형편없이 비뚫어진 글씨로 육점(肉店)이라고 적힌 점포가 있다.

고기를 파는 백정의 가게, 즉 푸줏간이다.

우지끈!

쿵!

퍽! 퍽! 퍽!

당당한 체구의 건달 두 명이 서너 평 남짓한 푸줏간 안을 풍비박산 만드는 데 걸린 시간은 참담한 결과에 비해서 너무 짧았다.

"네 아비도 보호비를 바쳤는데, 하물며 자식새끼가 내지 못하겠다는 거냐?"

두 건달 중 하나가 바닥에 엎어져 있는 소년의 뒤통수를 발바닥으로 지그시 밟았고, 소년의 얼굴이 바닥에 떨어져 있던 시뻘건 고깃덩이에 파묻혔다.

"퉤! 우린 어린 새끼라고 봐주는 거 없다! 내일 다시 오면 네놈 목숨이나 보호비 중 하나를 거두어 갈 테다!"

건달들은 침을 뱉으며 나갔다.

열네 살 소년 혈구(血狗)는 고깃덩이에 얼굴을 묻은 채 꼼짝도 하지 않았다.

부친이 죽고 푸줏간을 물려받은 후 반년 동안 벌써 네 번째다.

건달들 말처럼 생전의 아버지는 매월 꼬박꼬박 건달들에게 보호비를 바쳤었다.

그걸 보면서 어린 혈구는 아버지가 왜 싸워보지도 않고 건달 따위에게 순순히 돈을 바치는지 이해할 수 없었고, 화가 치밀었다.

푸줏간은 건달들의 보호를 받아야 할 이유가 없었고, 보호비를 받으러 올 때를 제외하고는 건달들은 푸줏간 근처에 얼씬도 한 적이 없었다.

그래서 혈구는 주먹을 쥐면서 다짐했었다.

언젠가 자기가 푸줏간을 물려받으면 상납비 따윈 절대 뜯기지 않겠다고.

부모가 역병으로 급사하자 그날은 일 년도 되지 않아서 찾아왔다.

그리고 혈구는 맹세를 지켰다. 반년 동안 한 번도 보호비를 내지 않은 것이다.

그 결과가 지금 푸줏간에 펼쳐져 있었다.

혈구는 오랫동안 움직이지 않았다, 마치 죽은 것처럼.

그러나 자세히 보면 그의 몸이 부들부들 떨리고 있는 것을 발견할 수 있었다.

"크으으… 개애… 새끼들……."

고깃덩이에 파묻힌 얼굴 아랫부분에서 새파랗게 날이 선 신음이 흘러나왔다.

분노였다.

자신의 맹세가 깨져야만 하는 것에 대한 분노였고,

약자가 강자에게 품어야만 하는 분노였으며,

백정으로 태어난 자신에 대한 분노였다.

그러나 아마도 내일 혈구는 건달들에게 보호비를 내게 될 것이다.

그래서 더 참을 수 없는 분노가 솟구쳤다.

"으으으… 개… 새끼들……."

혈구의 몸이 더 떨렸고, 분노로 범벅된 신음 소리도 더 떨렸다.

지금 그는 마음속으로 방금 전의 두 건달과 그들이 속해 있는 건달패의 개 한 마리까지도 갈기갈기 난도질하고 있었다.

열다섯 살의 여름.

혈구는 푸줏간에서 멀지 않은 주루로 방금 도축한 돼지고기를 배달하러 가는 길이다.

양이 좀 많아서 두 번에 나누어 배달해야 할 것을 고기 궤짝 세 개를 등에 묶어 짊어지고 가슴에도 두 개를 안은 채 종종걸음으로 뛰듯이 걸었다.

그때 은은히 지축을 울리며 어디선가 묵직한 음향이 들리더니 빠르게 가까워졌다.

두두두둑!

그 음향은 곧 고막을 터뜨릴 듯한 굉음으로 변했다.

“……!”

혈구는 뚝 걸음을 멈추고 급히 좌우를 두리번거렸다.

거리 가장자리로 물러선 사람들이 혈구를 보며 다급한 표정으로 뭐라고 외치는 것 같았다.

그러나 그들의 외침은 굉음에 묻혀서 들리지 않았다. 그들 중에는 아는 얼굴도 더러 눈에 띄었다.

우두두두!

마침내 굉음은 혈구의 목전에서 들려왔다.

‘마차?!’

퍼퍽!

“우왁!”

순간 혈구는 말 앞발에 채여 고기 궤짝과 함께 허공으로 높이 솟구쳤다가 머리를 아래로 한 채 단단한 땅바닥으로 추락했다.

“끅!”

히히힝!

뒤이어 말의 구슬픈 울음소리가 터져 나왔고, 마차가 급히 멈추더니 마부석에서 마차를 몰던 두 명의 무림인이 즉시 뛰어내려 말을 살폈다.

네 필의 준마가 모는 화려가 극에 달한 사두마차였다.

두 필이 끌어도 충분한 마차에 네 필이나 묶었다는 것은 그만큼의 부와 권위를 상징한다.

모르긴 해도 대단한 무가(武家)의 행렬이 분명했다.

네 필 중 혈구를 허공으로 날려보냈던 선두마가 앞발이 부러져 주저

앉아 있었다.

저벅저벅.

말을 살피던 두 명의 무림인 중 한 명이 힐끗 혈구를 보더니 곧장 그에게 걸어갔다.

청의 경장에 어깨에는 장검을 멨고 가죽신에 이마에는 영웅건을 두른 멋진 모습이다.

혈구는 어디를 어떻게 다쳤는지 쓰러진 채 신음도 흘리지 못하고 몸만 푸들푸들 떨어댔다.

무림인은 혈구 앞에 멈춰 서서 어깨의 검을 잡았다. 그의 얼굴에 떠오른 분노로 미루어 모르긴 해도 혈구를 단칼에 벨 것 같았다.

그러나 무림인은 검을 뽑지 못했다. 거리 양편에 모여 있는 행인들을 뒤늦게 발견한 것이다.

무림인이 백정, 그것도 어린 소년에게 검을 휘두른다는 것은 스스로를 욕되게 하는 짓이다.

퍽! 퍽! 퍽!

대신 그는 발끝으로 서너 차례 가볍게 혈구의 옆구리와 다리를 걸어찼다.

마치 다독이는 듯한 발길질이었으므로 구경꾼들은 아무도 그가 혈구를 때린다고 생각하지 않았다.

물론 무림인은 얼굴에서 분노의 표정을 말끔히 지우는 것과 발길질에 약간의 내공을 싣는 것을 잊지 않았다.

그 후 그는 즉시 돌아서서 마차로 되돌아 걸어갔다.

혈구는 말에 채였을 때 턱뼈가 부서졌고, 땅에 떨어질 때 머리가 터졌으며, 서너 차례의 발길질을 얻어맞고 갈비뼈 두 개와 다리뼈가 박살

났다.

두두!

앞발이 부러진 말 한 필을 떼어내고 세 필의 말이 끄는 마차가 다시 움직이기 시작했다.

그러자 혈구를 잘 아는 근처 가게의 두 사람이 황급히 그를 길가로 끌어냈다.

그때 혈구가 고개를 들고 마차를 쳐다보았다. 어금니는 악물렸고, 두 눈에서 뿜어지는 것은 분노였다.

두두두둑!

마차는 빠르게 스쳐 지나 황진을 일으키며 멀어졌다.

그러나 혈구는 똑똑히 봤다.

마차 문에 그려져 있는 선명한 문장(紋章)을. 그 문장이 무림명가를 나타낸다는 사실을 혈구는 몇 년 후에 알게 된다.

그해 여름부터 겨울까지 그는 피오줌과 피똥을 싸면서 누워 있어야만 했다.

천민은 단지 천민이라는 이유 때문에 제아무리 불이익을 당하거나 이유없는 학대를 당해도 불평 한마디 내뱉을 수 없다.

천민은 땅바닥 같은 존재인 것이다. 아무리 짓밟아도 묵묵부답인 땅바닥.

그러나 혈구는 달랐다.

그는 땅바닥 위로 솟아난 돌부리였다.

열일곱 살의 겨울.

산서(山西) 안택현(安澤縣).

소담스런 함박눈이 온 누리를 희게 뒤덮고 있다.

눈은 어둠에 잠긴 현 내 변두리에도 내렸다.

푸줏간 뒤편에는 다 쓰러져 가는 집 한 채가 있었다.

휘익! 획! 획!

집 앞 넓지 않은 마당에서 웃통을 벗어붙인 십칠 세의 더벅머리 소년 하나가 눈을 맞으면서 어지럽게 목검을 휘두르고 있는 중이었다.

소년의 벗은 상체는 때가 끼어 거무죽죽했지만 근육질로 잘 발달된 모습이다.

하기야 늘 하는 일이 도끼로 소나 돼지를 잡고 칼로 뼈와 살을 바르는 힘든 일이므로 온몸이 근육으로 다져진 것은 당연지사.

쉬익! 쉭!

목검은 시간이 흐를수록 더욱 예리하게 허공을 갈랐다.

그의 그런 동작 하나하나에서 뿜어지는 것은 분노, 오직 분노뿐이었다.

태어나서 이날까지 분노만을 쌓고 키워온 사람처럼 그는 목검에서도 분노를, 두 눈에서도 분노를 줄기줄기 뿜어냈다.

그는 이날까지 분노를 먹고 살아왔다.

그러므로 터뜨릴 것 또한 오직 분노뿐일 수밖에 없었다.

현악(玄岳).

그것이 십칠 세 소년 백정의 이름이다.

그러나 이름뿐 성은 없다. 아비가 성이 없었으니 자식도 없다. 그게 전부다.

사실 백정에겐 그럴싸한 한자로 된 이름 따위는 사치였고 애당초 필요하지도 않았다.

그저 어느 날 부모나 주위 사람이 '개발싸개' 니 '쇠똥이' 니 '소뼈다귀' 라고 불러주면 그때부터 그게 이름이 되는 정도라고나 할까?

소년이 아주 어렸을 때 아버지가 지어준 이름은 이 동네의 여느 아이들이나 비슷한 '소부랄' (?)이었다.

아이가 소 불알처럼 여물고 탱글탱글해서 좋은 뜻으로 부르기 시작했던 것이 이름으로 굳어버렸다.

그 이름은 아버지가 죽고 소년이 푸줏간의 새 주인이 된 후 자연스럽게 사라졌다.

그 대신 '혈구' 라는 새 이름이 붙여졌다.

그 역시 주위 사람들이 붙여준 것인데, 그 뜻을 굳이 해석하자면 '피투성이 개' 다.

그가 허구한 날 소, 돼지를 도살하고 해체하느라 온몸이 늘 피 범벅이어서 지어진 이름이었다.

혈구는 그 이름이 영 마음에 들지 않았다.

크게 성공할 사람의 이름으로 혈구는 어울리지 않았다. 그는 반드시 성공해야만 했다.

그래야 하는 이유는 분노를 폭발시키기 위해서였다.

아니, 성공과 분노의 폭발 두 가지 다 이루어야만 했다.

성공해야만 학대받지 않을 것이고, 사람답게 살 수 있을 것이기 때문이다.

이렇게 해야 크게 성공하는 것인지, 이떤 방법으로 성공해야 하는지조차도 모른다.

다만 언젠가 읽었던 삼국지의 조자룡이나 관운장 같은 굉장한 무인이 되는 것이 그의 단순한 포부였고 성공이었다.

그렇게만 되면 더 이상 천대받거나 억압을 당하지 않을 것이고, 오히려 천하를 호령할 것이 분명했다.

아는 것이 많지 않으면 포부라는 것도 소박하기 마련이고 구체적이지 못할 게 당연했다.

그는 그저 먼 훗날의 조자룡이나 관운장을 꿈꾸면서 푸줏간 문을 닫기가 무섭게 하루도 쉬지 않고 목검에 분노를 담아 휘둘러 댔다. 그것만큼 그에게 중요한 일은 달리 없었다.

그런 그가 피투성이 개 '혈구'라는 자신의 이상한 이름을 마음에 들어할 리 없었다.

반년 전 어느 날, 늙은 땡중 하나가 어이없게도 고기를 먹겠다고 푸줏간에 시주하러 온 적이 있었다. 그때 혈구는 땡중에게 자신의 이름을 하나 지어달라고 부탁했다.

땡중은 푸줏간 안에 주렁주렁 걸려 있는 큼직한 고깃덩이들을 힐끔거리면서 군침을 흘리더니 오래 생각하지도 않고 선뜻 현악이라는 이름을 지어주었다.

땡중은 코를 후비며 두리번거리다가 푸줏간 지붕 너머 아스라이 보이는 태악산(太岳山)의 봉우리들이 때마침 을씨년스러운 날씨에 검게 빛나는 광경을 보고 즉흥적으로 그런 이름을 떠올렸다.

그래서 그때부터 혈구는 검은 봉우리, 현악이라는 이름을 쓰기 시작했다.

그는 저잣거리의 모두에게 자신의 이름을 알리고 그렇게 부르라고 강압적으로 요구했다.

사람들은 그 순간부터 즉각 그를 현악이라고 부르기 시작했다. 그러지 않으면 두고두고 현악에게 모진 시달림을 당하게 될 테니까 말이다.

현악은 이곳 안택현 현 내 저잣거리에서 천하에 다시없을 독종으로 통했다. 그래서 그에게 잘못 걸리면 살아 있는 것이 괴로울 지경이었다.

이윽고 현악은 목검을 멈추었다.

그는 거칠어진 숨을 고르면서 전면 허공에 흩날리는 눈송이들을 날카롭게 주시했다.

솜씨는 형편없지만 눈빛만큼은 예사롭지 않았다. 게다가 마음은 이미 무림 고수였다.

순간 현악의 눈이 날카롭게 빛났다.

휘익!

그는 상체를 약간 숙인 자세로 빠르게 앞으로 쏘아 나가며 떨어져 내리는 눈송이들을 향해 목검을 휘둘렀다.

파파파파!

목검이 어지럽게 허공을 종횡하면서 무수히 내리는 함박눈을 짧게 끊어 치는가 싶더니,

탓!

휘익! 휙! 휙!

두 발로 힘껏 땅을 박차고 허공으로 반 장가량 솟구치면서 더욱 맹렬히 목검을 그어대자 제법 날카로운 바람 소리가 허공을 떨어 울렸다.

쿵!

"윽!"

그리고 그는 땅을 묵직하게 울리며 내려서는데 균형을 잃고 크게 휘청거리다가 눈 위에 엉덩방아를 찧고 말았다.

"헉헉헉!"

퍼질러 앉은 그의 입에서 허연 입김과 거친 숨결이 토해졌고, 땀으로 범벅된 몸에서는 뿌연 김이 피어올랐다.

그는 엉덩이를 털면서 일어나며 투덜거렸다.

"제길! 무공에는 신법이나 내공 같은 것들도 있다던데 나는 검술만 연마해서 이 모양이로군!"

그는 쥐고 있는 목검을 보면서 눈살을 찌푸렸다.

"게다가 목검 따위로는 진짜 수련을 할 수가 없어! 진검이 필요하다구!"

마음이 착잡했다.

"음, 하지만 진검은 가장 싸다고 해도 최소한 은자 이십 냥은 줘야 하니……."

은자 한 냥의 이문을 남기려면 한 달 이상 고깃덩이와 씨름하면서 피땀을 흘려야 한다.

그나마 먹지도 않고 모아야만 하는 것이다.

그러니 은자 이십 냥을 모아 진검을 사는 일이란 살아생전에는 불가능한 일이었다.

함박눈 퍼붓는 밤하늘을 응시하는 그의 눈에 아쉬움이 일렁였다.

'비검구식(飛劍九式) 사초식까지는 어떻게든 배웠는데, 그 다음은 무슨 수로 훔쳐 배우지?'

훔쳐 배우다가 걸리면 십중팔구 목숨을 내놔야 할 것이다.

끼이!

그때 현악의 뒤쪽 허름한 집의 다 떨어진 문이 열리면서 잠에서 막 깬 듯 해사한 얼굴의 소녀가 걸어나왔다.

"자운(紫雲)아, 왜 안 자고 나왔니?"

소녀 자운은 올해로 열다섯 살이며 왜소하고 허약한 체구에 갸름하며 귀여운 용모다.

그녀는 현악의 하나뿐인 여동생으로 예전에는 푸줏간집 딸치고는 예쁘다는 뜻의 고기 꽃, 즉 '육화(肉花)'라고 불렸다.

현악은 자기 이름을 지어준 땡중에게 여동생의 이름도 지어달라고 부탁했었다.

땡중은 현악의 이름이 된 태악산 봉우리를 잠시 쳐다보다가 노을빛에 물든 구름이 자주색으로 물든 것을 보고 자주색 구름, 즉 '자운'이란 이름을 냉큼 지어주고는 이름 두 개를 지어주었으니 시주도 두 배로 달라고 요구했다.

그날 땡중은 비계가 넉넉하게 붙은 돼지고기를 다섯 근이나 시주받고는 연신 아미타불을 외우며 돌아갔다.

"낮에도 힘들게 일하면서 매일 밤마다 이러면 피곤해서 어떻게 해요, 오라버님."

자운은 현악이 벗어서 장독 위에 올려둔 낡아 빠진 상의를 집어 들고 눈을 털더니 그에게 다가와 벌거벗은 상체에 덮어주며 염려스러운 표정을 지었다.

자운은 푸줏간집 딸답지 않은 구석이 많았다. 그중에서도 두 살 위의 오라비인 현악에게 꼬박꼬박 존어를 사용하는 것은 더욱 그랬다.

현악은 그런 자운을 세상에서 제일 사랑했다. 그는 일부러 가슴을 내밀고 어깨를 활짝 펴면서 웃었다.

"하하! 내 몸은 쇳덩이보다 단단해서 끄떡없단다! 봐라!"

평소의 현악은 암울함과 분노덩어리였지만 자운을 대할 때만은 자상함과 온화함 그 자체였다.

자운은 뭔가 말하려는 듯 입을 오물거리다가 이윽고 그동안 줄곧 궁금하게 여기던 의문을 조심스럽게 꺼내놓았다.

"오라버님, 뭐 하나 물어봐도 돼요?"

"응."

"왜 힘들게 이런 검술 수련을 하는 거죠?"

그러자 현악의 표정이 갑자기 엄숙해졌다.

"간단해. 아버지나 할아버지처럼 살고 싶지 않기 때문이야."

자운의 눈이 커지며 적잖이 놀라는 표정을 지었다.

반면에 현악의 눈빛은 날카로워졌고, 목소리가 싸늘해졌다.

"나는 천민이 싫다! 백정 노릇은 죽기보다 더 싫어! 다른 사람들은 억압을 당해도 팔자 타령만 하고 있지만 나는 아니다! 두고 봐라! 내 운명은 내가 만들고 말겠어!"

"……."

자운은 현악의 이런 얼굴을 처음 봤다.

현악의 음성이 더욱 단호해졌다.

"두고 봐라! 언젠가는 반드시 한 자루 검으로 남 보란 듯이 성공하고 말 테다! 그래서 날 짓밟았던 자들에게 복수하겠다! 또 힘있는 자들이 더 이상 우릴 억압하지 못하도록 하겠다!"

"오라버님……."

현악은 목검을 힘있게 움켜잡았다.

자운이 얼굴 가득 염려스러움과 안타까움을 떠올리는 것과는 달리 현악의 얼굴에는 패기가 넘쳤고 목소리에는 웅혼함이 실려졌다.

"자운아, 천하는 힘있는 자들의 것이다! 그래서 나도 힘을 기르려는 것이다!"

*   *   *

픽! 픽! 픽!

두 개의 흐릿한 빛살이 허공을 가른 후 두 명의 소림고수(少林高手)가 비명조차 지르지 못한 채 쓰러졌고, 한 명의 흑의인이 비틀거렸다.

두 소림고수 미간에는 자세히 살펴야 보일 정도로 흐릿하게 긁힌 검흔이 하나씩 새겨져 있었다.

그 검흔은 이틀 전 벽력신도의 미간에 새긴 것보다 약간 흐려졌고, 위력이 감소된 상태였다.

벽력신도를 죽인 검기는 미간 속 다섯 치 깊이를 뚫었지만 지금은 네 치에 불과했다.

방금 검기를 발출한 흑의인, 즉 쾌검마가 무림을 공포에 떨게 한 성명절기는 쾌검마류(快劍魔流)다.

하나 그는 현재 쾌검마류를 펼칠 만한 공력이 남아 있지 않은 상태라서 그보다 한 단계 아래인 쾌검기(快劍氣)를 사용하고 있었다.

숲 바닥에는 다섯 명의 소림고수들이 어지러이 쓰러져 있고 그 복판에 쾌검마가 서 있었다.

예전의 쾌검마였다면 이들을 죽이는 데 서너 번 호흡할 짧은 시간이면 충분했고, 공력은 거의 낭비하지 않았다.

그러나 그는 조금 전의 싸움에서 사력을 다해야만 했다. 현재는 공력도 평소의 이성(二成)밖에 남지 않았을 것이다.

"크으으……."

쾌검마는 옆구리를 움켜잡고 가볍게 비틀거렸다.

방금 마지막으로 죽은 소림고수 중에 한 명이 죽기 직전에 소림절학인 항마장(降魔掌)을 그의 옆구리에 적중시켰기 때문이다.

쾌검마는 추적대에게 이미 십여 군데 상처를 입었는데, 그중 검에 찔리고 베인 두 군데와 장풍에 당한 한 군데가 치명적이었다.

찰랑거리는 술잔에 한 방울의 술이 더 가해지면 즉시 넘치기 마련이다.

평소에는 아무것도 아닐 수 있는 것이 극심한 중상을 입은 지금의 그에겐 치명적이 될 수 있는 것이다.

쾌검마는 비틀거리며 걸음을 옮겼다.

얼마 후 숲을 벗어나 관도가 나타나자 관도를 따라 걸어갔다.

그는 경공을 사용하지 않고 그냥 걸었다.

경공을 펼치면 그나마 남아 있는 이성의 공력이 더 빨리 소진될 것이다. 이성 공력이라도 만일을 대비해서 남겨둬야만 했다.

추적대에 쫓기면서 산서 땅에 들어와 벽력신도를 죽였다.

그를 죽이지 않았더라면, 죽였더라도 시체를 아무도 모르는 곳에 유기했더라면 추적대는 쾌검마의 흔적을 잠시 놓치고 당황했을 것이다.

그랬으면 그가 산서로 도주했다는 사실이 훨씬 뒤늦게 밝혀질 수도 있었을 테고 상황이 지금보다는 좋아졌을 것이다.

그러나 절대자는 결코 도전을 피하지 않는다. 또한 자신이 죽인 시체를 유기하는 따위의 얕은 술수는 더욱 쓰지 않는다.

쾌검마는 절대자인 것이다.

다만 그는 추적대가 예측하지 못할 방향, 산서는 산서지만 벽력신도를 죽인 곳으로부터 오히려 중원 방향의 산서로 향했다. 그것이 먹혔는지 사흘을 벌었다.

　추적대의 본진은 아직 여기까진 당도하지 않은 것 같았다. 조금 전에 죽은 소림고수 다섯 명은 수색조가 분명했다.

　저들의 시체는 얼마 후에 발견될 것이다. 그때까지 빠르면 사흘, 길면 열흘 정도 시간을 벌 수 있을 터.

　이렇게 엉망이 된 몸으로 더 이상의 도주는 무의미하다. 안전한 장소를 찾아서 상처를 치료하고 공력을 회복해야 한다.

　안전한 장소.

　과연 이 시점에서 완벽에 가까운 추적대의 수색의 손길이 닿지 않는 곳이 존재할 것인가.

　그때 쾌검마 앞에 두 갈래 관도가 나타났다. 이런 산골 벽지에 이정표 따위가 있을 리 없었다.

　그는 잠시 망설이다가 오른쪽 관도를 선택하여 걸어갔다.

　그 길의 끝에는 안택현이 있었다.

　그리고 한과 분노에 허덕이는 한 명의 백정 소년이 있었다.

◆제2장◆
운명을 향해 걸어 들어가다

덜그럭! 덜그덕!

이른 아침,

성읍을 등지고 곧게 뻗은 관도 위를 한 마리 소가 끄는 수레가 눈 위에 긴 바퀴 자국을 남기면서 느리게 굴러가고 있었다.

수레 앞에는 현악이 나뭇가지를 하나 쥐고 앉아 있고 수레에는 커다란 검은 천으로 덮인 물건이 묵직하게 실려 있었다.

뚝뚝뚝!

수레 뒤에서 끊임없이 핏물이 떨어져 새하얀 눈 위에 새빨간 핏자국을 길게 남기는 것으로 미루어 수레에는 도축한 지 오래되지 않는 고기가 실려 있는 듯했다.

덜그덕! 덜걱!

수레는 관도를 벗어나 우측으로 난 숲 가운데 길로 들어섰다.

수레가 가고 있는 전면에는 웅장한 대장원이 여명이 터오는 태악산을 등지고 자리잡고 있었다.

바로 산서 무림의 지배자를 자처하는 비검문(飛劍門)이었다.

쿵쿵쿵!

현악은 비검문의 긴 담을 빙 돌아서 뒷문 앞에 마차를 세우고 주먹으로 묵직하게 문을 두드렸다.

그긍!

문이 열리고 한 명의 수문 무사가 모습을 드러낸다.

"뭐냐?"

수문 무사는 현악이 가끔 이곳에 고기 배달을 올 때마다 마주치는 얼굴이어서 얼굴을 익히 알 텐데도 늘 똑같이 고압적인 표정과 어조로 묻곤 했다.

수문 무사라면 비검문 내에서도 최하급에 속한다.

대충 그런 작자들이 힘없는 사람을 보면 괜히 으스대며 핍박하길 즐기기 마련이다. 자신의 무능함을 자신보다 더 약한 사람에게 화풀이하는 것이다.

상승의 무예를 배울 자격도 없고, 그나마 여태 배운 무예를 정신이나 팔다리가 아닌 똥구멍으로 배운 소인배들이었다.

"육점에서 주문한 고기를 가져왔소."

현악은 딱딱하게 내뱉었다. 그는 자신이 인정하는 인물이 아니면 절대 스스로를 굽히지 않는다. 그러므로 수문 무사 따위에게 대답이 곱게 나갈 리 만무했다.

"다음부터는 문을 살살 두드려라! 알아들었느냐?"

그런 작자들은 자기 마음에 들지 않으면 쓸데없이 트집을 잡는다. 그래서 문을 살살 두드리면 들리지 않으니 세게 두드리라고 트집을 잡는다.

"고기가 상하면 책임지겠소?"

"이 자식이 건방지게?"

수문 무사는 한 대 때리려는 듯 주먹을 들어올렸지만 열일곱 나이에도 거의 수문 무사와 키나 체구가 엇비슷한 현악이 눈을 딱 부릅뜨고 쏘아보자 슬며시 물러나 문을 열어주었다.

이런 작자들은 또한 배포나 용기조차 없는 경우가 대부분이다.

게다가 머리도 나쁘기 마련이다. 이런 엄동설한에 고기가 상한다니까 그 말을 믿을 정도의 머리라면 알조다.

덜그럭! 덜걱!

현악이 쇠코뚜레를 잡은 채 수레를 몰고 장원의 뒷길로 들어서자 그 뒤를 수문 무사가 어슬렁거리면서 따랐다.

"이야압!"

"하아앗!"

현악의 가까운 곳에서 우렁찬 기합성이 일제히 터져 나와 공기를 웅웅 진동시켰다.

늘 이 시간에 오면 들을 수 있는 비검문의 향주급 이하 이류검수들이 검법을 수련하는 기합성이다.

고개만 옆으로 슬쩍 돌리면 그들이 수련하는 광경을 볼 수 있지만 현악은 그러지 않았다.

현악은 그들이 수련하는 비검구식의 일초식에서 사초식까지를 이미 깡그리 터득한 상태였다.

이 시간에 가끔 고기 배달을 올 때마다 바로 그들이 수련하는 광경을 훔쳐보면서 말이다.

게다가 그가 오늘 목표로 하는 것은 따로 있는데 괜히 쳐다봤다가 뒤따르는 옹졸한 수문 무사에게 트집 잡힐 필요는 없었다.

"혈구야!"

현악이 주방 입구 옆에 수레를 대고 최초의 고기 궤짝을 내리고 있을 때 주방 안에서 소향(小香)이 참새처럼 달려나오며 반갑게 외쳤다.

그녀는 현악과 같은 열일곱 동갑인데 통통한 얼굴과 체구에 복스럽고 귀여운 용모였다.

"왜 이렇게 오랜만에 온 거야?"

소향은 주근깨가 가득한 콧등을 찡그리며 마치 작은 강아지가 오랜만에 본 주인 곁을 떠나지 못하고 깡총거리면서 매달리듯 종알거렸다.

"죽을래?"

"……."

현악이 슬쩍 인상을 쓰자 소향은 눈을 동그랗게 뜨고 놀라더니 곧 예쁘게 혀를 쏙 내밀었다.

"에헷! 미안, 현악아! 오랫동안 불렀던 혈구라는 이름이 입에 배서 나도 모르게 그만."

현악이 고기 궤짝을 들고 주방 안으로 들어가자 소향은 졸졸 따라다니며 재잘댔다.

"현악아, 나 안 보고 싶었어? 응?"

현악이 스무 개의 고기 궤짝을 주방 안 한쪽에 차곡차곡 쌓는 동안 소향이 줄곧 따라다니며 종알거렸지만 그는 한마디도 대꾸하지 않다가 마지막 고기 궤짝을 내려놓은 후에야 입을 열었다.

"그만 떠들어. 침 튄다."

"호호홋! 닦아줄까?"

그러자 주방에서 일하는 여자들이 일제히 웃음보를 터뜨렸고, 소향은 그렇게라도 현악이 대꾸를 했다는 사실이 좋아서 바보처럼 깔깔거렸다.

"현악아, 아침 안 먹었지? 밥 차려놨으니까 어서 먹어. 응?"

소향은 주방 한쪽의 탁자에 이것저것 나름대로 한 상 떡 벌어지게 차려놓고 현악의 팔을 잡아끌었다.

그러나 현악은 그녀의 손을 매몰차게 뿌리치고 주방에서 횡하니 나가 버렸다.

밥은 늘 먹는 것이지만 비검문에 들어올 수 있는 기회는 자주 있는 게 아니었다.

소향은 주방이 있는 전각의 모퉁이를 종종걸음으로 따라오며 염려스러운 표정을 지었다.

"너 또 검술 수련하는 거 보러 가는 거지?"

현악은 대답 대신 걸음을 좀 더 빠르게 했다.

"그러다가 들키면 어쩌려고……."

소향은 상상하는 것만으로도 몸서리가 쳐진다는 듯 가늘게 몸을 떨었다.

그런 그녀를 남겨두고 현악은 아예 힘차게 달리기 시작했다.

"저 바보……."

소향은 저만치 전각의 긴 벽을 따라 달려가고 있는 현악의 뒷모습을 보면서 입술을 삐죽였다.

　‘어떻게든 비검구식 오초식 이후를 배워야 돼!’

　현악은 비검문 뒤편에 삼십여 장 높이로 솟아 있는 인공으로 만든 가산의 가파른 비탈을 기어오르는 중이었다.

　반대편에는 산 정상까지 오르는 편한 오솔길이 있었지만 고기 배달을 온 백정 주제에 비검문의 금지 구역인 가산에 보란 듯이 버젓이 오를 수는 없는 일이다.

　뚝!

　현악은 비탈 꼭대기에 오르지 않고 바로 아래에서 멈췄다.

　“……!”

　기합성은 들리지 않지만 일사불란하게 허공을 가르는 바람 소리와 움직임이 머리 위쪽 저만치에서 느껴졌다.

　가산 꼭대기 공터에서 비검문의 당주급 이상이 매일 아침 검법 수련을 한다는 걸 현악이 알게 된 것은 두 달 전이었다.

　이후 비검문에 고기 배달 온 것이 세 번. 올 때마다 아랫배에 불끈 힘을 주며 용기를 내봤지만 끝내 가산에 오르지는 못했다.

　그러나 지금 그는 더 이상 참을 수 없을 지경에 이르고 말았다. 더 강한 검법을 배우고 싶다는 강렬한 열망을 계속 억누르다가는 검법 수련하는 광경을 훔쳐보다가 들켜서 맞아 죽기 전에 애가 타서 죽을 것만 같았다.

　“꿀꺽!”

　한차례 마른침을 삼킨 현악은 천천히 상체를 일으키며 고개를 들었다.

눈앞은 평지인데 울창한 숲이었고, 저만치 숲 한복판 공터에서 검사들이 수련하는 광경이 나무들 사이로 언뜻 보였다.

지금에 이르러 갈등 따윈 추호도 없다.

결심을 했으니 실천으로 옮긴다.

원하는 것이 저기에 있지 않은가.

사박사박.

그는 조심스럽게 나무 사이를 한 걸음 한 걸음씩 내디디며 공터로 향했다.

발이 눈 속으로 푹푹 빠졌다.

한순간 그는 눈을 빛내면서 급히 한 그루 나무 뒤로 몸을 숨기고 공터를 주시했다.

그에게서 공터까지의 거리는 불과 사 장여.

공터에는 십여 명의 홍의 경장 고수들이 한 줄에 다섯 명씩 두 줄 횡대로 늘어서서 질서있게 검법을 수련하는 광경이 그의 시야로 파고들었다.

비검문에서 홍의 경장을 입는 검사들은 단 열 명뿐. 그들은 비검십당(飛劍十堂), 즉 열 명의 당주였다.

"제오초식 비검풍뢰(飛劍風雷)!"

비검십당 앞쪽 단 위에 올라서 있는 한 명의 청의 경장 소녀가 두 손을 허리에 얹은 채 낭랑하게 외쳤다.

쉬이익!

쐐액!

청의소녀의 구령이 떨어지자 비검십당은 일사불란하게 허공으로 일 장가량 솟구치는 것과 동시에 수중의 검을 앞으로 찌르듯이 베면서 부챗살 같은 여러 개의 검영을 만들어냈다.

현악은 숨을 멈추고 눈도 깜빡이지 않은 채 그 광경을 뚫어지게 주시했다.

정말 운이 좋았다. 마치 그를 기다리고 있었다는 듯이 그토록 갈망하던 비검구식 오초식이 눈앞에서 펼쳐지기 시작했다.

"제육초 비검단천(飛劍斷天)!"

다시 청의소녀의 쨍쨍한 구령이 허공을 울렸다.

'육초식이다!'

현악은 너무 긴장하고 기뻐서 심장이 쿵쾅거리는 소리가 자신의 귀에까지 들릴 정도였다.

쉬쉬쉬쉭!

"제칠초 비검낙성(飛劍落星)!"

파아앗!

현악의 몸은 비록 나무 뒤에 숨어 있지만 그의 마음은 한달음에 공터로 뛰쳐나가 비검십당과 나란히 제칠초식 비검낙성을 전개하고 있었다.

"제팔초 비검번룡(飛劍飜龍)!"

"제구초 비검추혼(飛劍追魂)!"

쐐애애!

쏴아아!

공터의 허공에 검영과 검풍이 어지럽게 난무했다.

무아지경에 빠진 현악의 몸이 자신도 모르게 꿈틀거렸고, 마치 오른손에 검이 쥐어져 있는 것처럼 이리저리 허공에 그어댔다.

우르릉!

비검십당의 열 자루 검에서 토해진 검 울음, 즉 검명 때문에 허공이 은은하게 진동하며 나뭇가지에 쌓였던 눈이 우수수 떨어졌다.

'엄청난 위력이다!'

현악의 눈이 부릅떠지며 입이 딱 벌어졌다.

바로 이런 것이 그가 진정으로 갈망하던 검법인 것이다.

딱!

"……!"

그때 현악은 자신의 발밑에서 마른 나뭇가지 하나가 부러지는 소리를 내자 온몸이 돌처럼 굳어버렸다.

그가 흥분한 나머지 몸을 움직이다가 발로 나뭇가지를 밟아 부러뜨린 것이다.

쌔액!

그리고 다음 순간 허공을 쪼개는 날카로운 파공성이 울렸다.

파공성은 공터에서 시작되어 현악에게로 화살처럼 이어지고 있었다.

파아!

딱!

순간 현악은 왼뺨에 서늘한 느낌을 받았고, 그 직후 등 뒤에서 뭔가 딱딱한 물체가 나무에 부딪치는 듯한 소리를 들었다.

그리고 그는 자신의 왼뺨에서 뜨뜻한 액체가 흘러내리는 것을 느꼈다.

피였다. 뭔가 예리한 것에 베인 것이다.

그는 크게 놀란 표정으로 왼뺨을 만지면서 뒤돌아보고는 자신의 바로 뒤에 있는 아름드리 나무에 한 자루 검이 깊숙이 꽂혀서 그때까지도 부르르 진동하고 있는 것을 발견하고 가슴이 철렁 내려앉았다.

검이 자신의 뺨을 스친 후 나무에 꽂혔다는 사실과 자신이 발각됐다는 사실을 뒤늦게 깨달은 것이다.

까딱했으면 검이 꽂힌 것은 나무가 아니라 그의 얼굴이 될 뻔했다.

"어떤 쥐새끼인지 끌고 와라!"

현악이 미처 정신을 수습하기도 전에 공터 쪽에서 청의소녀의 날카로운 외침이 터졌다.

마치 청명한 겨울 하늘이 한순간에 깨져서 조각조각 부서지는 듯한 목소리였다.

'도망쳐야 한다!'

현악은 피가 거꾸로 흐르는 듯한 심정으로 내심 다급히 외쳤지만 어찌 된 영문인지 도통 발걸음이 떨어지지 않았다.

휙! 휙!

뒤이어 사람들이 쏘아오는 옷자락 펄럭이는 소리가 들려오는데도 그는 꼼짝하지 못하다가 누군가에게 억세게 뒷덜미를 붙잡히고 말았다.

비검십당 중 두 명이 현악에게 쏘아왔다가 그중 한 명이 그의 뒷덜미를 붙잡더니 즉시 신형을 날려 다시 공터로 쏘아갔다.

그 덕분에 현악은 생전 처음 허공을 사오 장이나 날아보았다.

확!

"꿇어라!"

"억!"

현악을 붙잡은 당주는 그를 청의소녀 앞에 내동댕이쳤다.

"네놈은 누구냐?"

현악이 엎어졌다가 꿈틀거리면서 일어나 무릎을 꿇으려고 하는데 머리 위에서 날카로운 청의소녀의 목소리가 한겨울의 폭포처럼 내리꽂혔다.

"소인은……."

백정이란 존재는 상대가 자신과 비슷한 부류의 천민이 아닐 경우에는 무조건 자신을 '소인'이라고 낮춰야 한다. 그래야 별탈 없이 오래 살 수 있다.

"넌 누군데 본 문의 검법 수련을 엿보았느냐?"

청의소녀의 날카로운 목소리가 다시 쨍 하고 울렸다.

"소인은 비검문에 고기를 배달하러 왔다가 우연히……."

현악은 감히 고개도 들지 못했다.

"백정 놈이라고?"

그는 쳐다보지 않고도 청의소녀가 잔뜩 얼굴을 찌푸리고 있다는 사실을 짐작할 수 있었다.

"너 따위 하찮은 백정 놈이 무엇 하러 본 문의 금지 구역인 이 산에 올라왔느냐?"

"……."

현악은 대답하지 못했다. 뭐라고 할 말이 생각나지 않았다.

쿡!

그러자 청의소녀의 발이 들려지고 발바닥이 숙이고 있는 현악의 등을 밟더니 지그시 눌렀다.

우두둑!

"흐윽!"

현악의 등에서 뼈 부러지는 소리가 터졌고, 그의 입에서는 신음을 삼키는 소리가 흘러나왔다.

"사실대로 토해내지 않으면 내장이 터져서 죽는다! 말해라! 누구의 사주를 받았느냐?"

"끄으으… 소인은… 그저 호기심 때문에……."

꾸욱!

청의소녀의 발에 힘에 더 가해졌다.

"죽을 각오가 돼 있는 놈이로구나!"

우두둑!

"끄아악!!"

현악은 처절한 비명을 지르고는 앞으로 고꾸라지면서 얼굴을 눈밭에 묻었다.

그는 가물거리는 의식 속에서 청의소녀의 냉혹한 목소리를 들었다.

"죽지 않았으면 끌고 가자!"

소향은 아까부터 현악을 찾으러 그가 갔을 만한 곳을 헤매 다니다가 마침 가산 아래를 지나는 중이었다.

'어딜 간 거지? 무사들 수련장에도 없으니.'

그때 그녀의 앞쪽 가산에서 일단의 무리 십여 명이 내려오고 있었다.

그리고 그녀는 그들 사이에서 현악을 발견했다.

그들은 청의소녀와 비검십당이었는데, 비검십당 두 명이 혼절한 현악의 양팔을 잡은 채 질질 끌고 내려오는 모습이 소향의 눈 속으로 아프게 파고들었다.

"현악아!"

현악을 발견한 소향은 제정신이 아니었다. 그녀는 넘어질 듯이 달려가며 날카롭게 부르짖었다.

"흑흑흑! 현악아! 이게 어떻게 된 일이야?"

비검십당이 말릴 겨를도 없이 현악을 부둥켜 안은 소향은 울음부터 터뜨렸다.

와락!

"네년은 누구냐?"

비검십당 한 명이 한 손으로 소향의 멱살을 움켜잡고 일으키며 싸늘하게 물었다.

목줄기가 잡힌 소향은 숨이 막혀서 얼굴이 새빨갛게 변했다.

"소녀는… 주방에서 일하고 있습니다."

"이놈을 아느냐?"

"혀, 현 내에서 육점을 하는 사람인데 소… 녀의 친구이옵니다……."

소향에게 캐묻던 당주가 하명을 바라듯 청의소녀를 쳐다보았다.

"제… 친구가 무슨… 잘못이라도……?"

숨을 쉬지 못해서 머리가 어질어질한 상황에서도 소향은 현악의 안위가 더 급했다.

하나 돌아온 것은 소녀의 싸늘한 명령이었다.

"그년도 끌고 가자!"

그곳은 사방의 벽이 막히고 축축하게 습기가 찬 비검문의 지하 고문실이었다.

짜악!

"흐악!"

가죽으로 만들고 촘촘히 뾰족한 철침을 박은 채찍이 벌거벗겨진 현악의 몸뚱이에 작렬했다.

쫘악!

"크악!"

현악은 알몸으로 두 팔과 두 발이 활짝 벌려진 채 큰대 자로 벽에 묶여 있었다.

그리고 그의 앞에는 양어깨를 드러낸 짧은 가죽옷을 입은 한 명의 박박머리 건장한 장한이 무차별 채찍을 휘두르는 중이다.

벌써 십여 차례 채찍에 얻어맞은 현악의 온몸은 마치 여러 마리 핏빛 뱀들이 휘감고 있는 듯한 끔찍한 모습이었다.

살이 찢어지고 터진 것은 물론이고 뼈까지 드러난 참혹한 몰골이었다.

철썩!

짜악!

비검문에 입문한 이래 전적으로 고문만 해온 박박머리장한은 그동안 고문하다가 여러 명을 저승으로 보낸 경험이 있었다.

그는 인정사정 보지 않았다. 하찮은 백정 놈에게 인정사정 봐줄 이유도 없었다.

불에 달군 인두로 몸을 지지거나, 손톱 발톱을 뽑거나, 발목, 손목의 심맥을 자르는 순서까지 가지 않고서도 채찍만으로 현악을 죽일 듯이 소나기처럼 후려쳤다.

"멈춰라."

그때 박박머리 뒤에서 팔짱을 끼고 서 있던 청의소녀가 나직이 명령하자 박박머리는 즉시 채찍질을 멈췄다.

이쯤에서 소녀가 멈추라고 할 것을 미리 알고 있었다는 듯한 깔끔한 솜씨였다.

청의소녀는 현악의 몸이 피 범벅으로 변했어도 외눈 하나 까딱하지 않았다. 오히려 더 싸늘한 표정을 지었다.

"이제 말할 테냐?"

처음에 청의소녀가 등을 밟아 등뼈 두어 개가 부러져서 혼절했다가 겨우 깨어난 현악은 그보다 더 혹독한 채찍질에는 아직까지 혼절하지 않고 있었다.

등뼈가 부러졌을 때나 채찍질을 당하는 지금도 무방비 상태이긴 마찬가지지만 지금은 처음과는 달리 마음으로부터 맞을 준비가 되어 있었기 때문이다.

그는 자신의 그런 성격의 일면을 어렸을 때부터 잘 알고 있었다.

독하게 마음만 먹으면 죽기 전에는 결코 혼절하지 않으며 아무도 자신의 고집을 꺾을 수 없다는 사실을 말이다.

"크으, 말할 게 없습니다……. 소인은… 다만… 고기를 배달하러 왔을 뿐입니다……."

그는 그것으로 밀고 나갈 수밖에 없다고 판단했다.

비검구식을 훔쳐 배우는 중이었다고 실토하는 순간 그 즉시 처형을 당할 것이기 때문이다.

그나마 아무것도 모르는 무지렁이처럼 끝까지 밀고 나가야 바늘 구멍만한 살길이라도 있을 법했다.

"흥! 고기를 배달하러 왔다가 힘들게 산 위까지 기어올라 와서 우연히 검법 수련을 보게 됐다는 말이렷다? 네놈은 지금 그 말을 나더러 믿으라는 게냐?"

문득 현악의 속에서 전혀 예기치 않던 반응이 튀어나왔다.

"소인은 진실을 말하는 겁니다. 믿고… 안 믿고는… 당신 마음입니다……."

전혀 백정답지 않은, 현악 자신이 익히 알고 있던 반발심이라는 것이었다.

그것이 사태 파악을 못하고 튀어나온 것이다.

"나더러 당신이라고?"

뻐걱!

순간 현악의 턱에 불이 번쩍이며 얼굴이 획 돌아갔다.

그 직후에 현악은 턱, 아니, 얼굴 전체가 부서지는 듯한 극심한 통증을 맛보며 몸까지 획 따라 돌아갔다. 그는 자신이 누구에게 무엇으로 맞았는지도 알지 못했다.

슥!

청의소녀는 방금 현악의 턱을 갈겼던 오른발을 느릿하고도 유연한 동작으로 내렸다.

현악은 입에서 피를 줄줄 흘리면서 어금니를 악물고 눈을 찢어질 듯이 부릅떴다.

그리고 시뻘겋게 핏발이 곤두선 눈을 들어 처음으로 청의소녀를 쳐다보았다.

청의소녀는 몸에 착 달라붙는 청의 경장을 입었고, 오른쪽 어깨에는 평범하지 않은 검 한 자루를 비껴 멘 모습이었다.

후리후리한 키에 늘씬한 몸매, 날카로울 정도로 갸름한 얼굴이며, 겨울바람 같은 아름다움을 풍겨냈다.

비연검(飛燕劍) 청라(靑羅).

비검문주의 외동딸, 즉 소문주인 그녀의 별호와 이름이다.

방년 십칠 세인 그녀는 산서 무림에서 가장 차갑고 냉혹한 소녀 고수로 손꼽혔다.

청라는 동공 속에서 작은 불꽃을 일렁이며 현악을 쏘아보았다. 의외라는 눈빛이었다.

'방금 전의 일격은 비록 내공이 실리진 않았지만 능히 석벽을 뚫을 정도인데 끄떡없다니…….'

그녀는 잘근 입술을 깨물었다.

'내 짐작이 틀림없어! 이놈은 절대 하찮은 백정 따위가 아냐!'

냉혹한 여고수로 정평이 난 그녀의 머리가 빠르게 회전했다.

독종이라서 혼절하지 않았고, 원래 선천적으로 기골이 강해 턱뼈가 박살나지 않은 것을 무림인이라고 오해한 것이다.

'그렇다면 이 정도 육체적인 고문으로는 쉽사리 입을 열지 않겠지.'

그녀는 이미 다른 방법을 생각해 냈다.

"계집을 끌고 와라!"

그러는 중에도 현악은 이를 악물고 시뻘건 두 눈을 부릅뜬 채 청라를 무섭게 쏘아보고 있었다.

그가 그러는 것은 순전히 극심한 고통 속에서 혼절하지 않으려는 처절한 몸부림이었지만 지켜보는 청라의 생각은 그렇지 않았다.

발밑에 밟힌 지렁이가 미친 듯이 몸부림을 치면 칠수록 지렁이를 밟은 발의 주인은 지렁이를 더 징그럽게 여기기 마련이다.

스르릉!

지하 밀실의 석문이 열리면서 남의 경장을 입은 향주 한 명이 축 늘어진 소향을 어깨에 들쳐 메고 들어섰다.

향주는 소향을 조심스럽게 청라의 면전 바닥에 물건을 진열하듯 눕혔다.

소향은 사지를 늘어뜨린 채 눈을 꼭 감았는데 치마가 약간 걷혀져서 허벅지가 드러났고, 그 허벅지에 얼핏 선홍빛 피가 보였으며, 가슴의 앞섶이 찢어져서 토실토실한 젖가슴이 약간 내비치는 심상치 않은 모습을 하고 있었다.

'소향……'

현악은 소향을 보며 그녀가 좀 이상하다는 생각을 했다.

청라는 소향을 굽어보며 눈살을 찌푸렸다.

"어떻게 된 거냐?"

"죽… 었습니다."

향주는 허리를 굽히며 전전긍긍했다.

'향아가 죽어……?

순간 현악의 몸이 부르르 벼락을 맞은 듯 세차게 떨렸다.

청라는 더욱 눈살을 찌푸리며 고수를 힐책했다.

"어떻게 된 거냐?"

"실은… 실토를 받아내라고 수하들에게 맡겼더니 이 지경이 됐습니다. 죄송합니다."

"겁탈을 했느냐?"

"그… 렇습니다. 수하들이 겁탈하자 이 계집이 스스로 혀를 깨물고 자결했다고 합니다."

"어떻게 이런……. 정파라고 자처하는 비검문의 문파 고수가 힘없는 소녀를 겁탈하는 일이 벌어지다니……."

철심장이라고도 불리는 청라도 이 순간만큼은 얼굴 가득 어이없는 표정을 떠올렸다.

그 다음은 분노.

"짐승 같은 놈들!"

퍽!

"흐악!"

청라는 냅다 향주의 가슴을 걷어찼다.

향주는 밀실을 가로질러 날아가 맞은편 벽에 부딪친 후 바닥에 떨어졌는데 입에서 꾸역꾸역 피를 흘리면서 벽을 짚고 간신히 일어섰다.

청라의 붉고 도톰한 입술 사이로 냉갈이 터져 나왔다.

"당장 겁탈한 놈들을 모두 파문시켜라!"

"현악아, 아침 안 먹었지? 밥 차려놨으니까 어서 먹어. 응?"

현악의 귓가에서 소향의 쟁쟁거리는 목소리가 파도를 쳤다.

'향아가 죽었다…….'

원래 현악은 소향을 사랑한다거나 그녀에게 각별한 애정을 갖고 있지는 않았다.

하지만 그녀는 비천한 백정에게 호의를 베푸는 몇 안 되는 사람 중에 하나였다.

부호에게서 은자 몇십 냥을 뺏는 것과 천민에게서 겉옷 하나를 벗겨내는 것의 차이는 결코 같을 수 없다.

"안됐구나. 이렇게 될 줄은 몰랐다."

청라는 현악을 보며 씁쓸하게 중얼거렸다.

순간 청라를 쏘아보는 현악의 두 눈에서 믿기지 않는 뇌전 같은 불꽃이 뽑어졌다.

"안됐다구?"

"……!"

청라는 흠칫했다.

'뭐야? 이놈의 기도가 대단하잖은가!'

그녀의 놀라움은 거기에서 그치지 않았다.

현악은 어금니를 부드득 갈아붙였다.

"이년! 어디 두고 봐라! 반드시 대가를 치르게 하겠다!"

"미친……!"

쫘악!

철썩!

"이 자식! 소문주께 무엄하다!"

순간 박박머리장한이 현악에게 미친 듯이 채찍을 휘둘렀다.

현악의 온몸에 소나기처럼 채찍이 감기면서 철침이 구멍을 숭숭 뚫었고 그곳으로 피가 콸콸 쏟아졌다.

그러나 채찍질이 거세질수록 현악은 더욱 악을 썼다.

"으아앗! 지금 당장 날 죽여야 할 것이다, 이 개년아! 날 죽이지 못하면 언젠가는 네년 눈에서 피눈물이 흐르게 해주겠다! 어서 날 죽여라!"

소향이 죽었다는 이유 하나 때문에 현악이 이처럼 발광하는 것은 아닐 것이다.

아마도 오래전부터 천민으로, 백정으로 살아오면서 꾹꾹 억눌려 있던 억압과 원한 같은 것들이 이 참에 한꺼번에 폭발했는지도 모른다.

천민의 고통이 뭔지 알 턱이 없는 청라의 눈에서 새파란 한광이 아주 잠깐 일렁였다.

“멈춰라!”

그녀의 명령이 떨어지기가 무섭게 박박머리의 채찍질이 뚝 멈췄다.

그토록 혼절하지 않으려고 기를 썼지만 현악은 정신을 잃고 축 늘어져 있었다.

청라는 현악을 잠시 쏘아보다가 홱 입구 쪽으로 몸을 돌렸다.

“뇌옥에 가둬라!”

◆제3장◆
천하를 발 아래 두고 싶다

사흘 내내 지독히도 퍼붓던 함박눈이 멈춘 날 아침.

웅장한 비검문 전문 바로 앞에 자운이 단정하게 무릎을 꿇고 앉아 있었다.

그녀가 밤새 꼬박 그 자세로 있었다는 사실을 그녀의 온몸에 수북이 쌓인 눈이 증명해 주었다.

그긍!

그때 전문이 육중하게 열렸다.

그러자 움직일 것 같지 않던 자운이 힘겹게 고개를 들어 전문을 바라보았다.

추위에 새파랗게 언 얼굴에 일말의 기대가 희미하게 떠올랐다.

그러나 전문을 열고 나온 사람은 비검문 수문 무사 한 명뿐이었다.

그녀가 애타게 기다리는 오라비 현악의 모습은 보이지 않았다.

수문 무사는 자운 앞에 우뚝 서서 그녀를 굽어보며 잠시 안타깝다는 표정을 지었다가 곧 엄한 어조로 꾸짖었다.

"너의 오라비는 여기에 없으니 썩 물러가거라!"

"소녀의 오라버님은 분명히 어제 이곳에 고기를 배달하러 왔어요. 현 내에서는 아무도 오라버님을 본 사람이 없다고 하니 이곳에 계시는 게 분명해요."

자운의 눈빛은 간절했다.

"네년이 지금 억지를 쓰고 있구나! 치도곤당하기 전에 당장 물러가지 못하겠느냐!"

수문 무사의 동정심은 그리 길지 않았다. 그는 눈을 부릅뜨며 처음보다 더 크게 호통 쳤다.

"그럴 수 없어요. 오라버님을 모시고 가기 전에는 절대 혼자 돌아가지 않겠어요!"

"이년이!"

창!

수문 무사는 검을 뽑아 검끝을 자운의 목에 댔다. 수양이 얕은 자들은 아무 데서나 겁을 뽑아 아무에게나 들이댄다.

"당장 물러가지 않으면 목을 베겠다!"

순간 자운은 깜짝 놀라는 표정을 지었으나 곧 지그시 입술을 깨물며 눈을 감았다.

"베세요."

"문주, 쾌검마가 추적대의 협공을 받아 중상을 입고 도주하는 중이라는 소문을 들으셨습니까?"

"들었네."

비검문주의 처소인 비검전 깊은 내실에서 대화가 흘러나왔다.

화려하고 넓은 실내.

푹신한 태사의에는 비검문주인 비검협웅(飛劍俠雄) 청대화(靑大華)가 파묻히듯 앉아 있었다.

그 옆에는 청라가 당당하게 서 있으며, 앞에는 비검문 총당주인 비류검(飛流劍) 구인겸(具仁兼)이 청대화를 향해 보고하는 자세로 서 있었다

"다른 소문이 있습니다. 며칠 전에 곡옥현 분수(汾水) 근처 벌판에서 창천방주인 벽력신도의 시체가 발견됐다고 합니다."

구인겸은 공손하면서도 진중히 보고했다.

"벽력신도가 죽어?"

창천방은 비검문과 더불어 산서 무림의 패권을 다투는 대방파다.

그러나 지역적으로 비검문은 산서의 한복판인 안택에, 창천방은 북부 지역인 오대산(五臺山) 자락 원평(原平)에 멀리 떨어져 있으므로 말로만 패권 다툼이지 실상은 크게 부딪칠 일이 없었다.

"그렇습니다. 벽력신도의 미간에는 쾌검마류가 새겨져 있었다고 합니다."

"쾌검마류는 쾌검마의 독문 검법이 아닌가? 음, 그렇다면 쾌검마가 그를 죽인 게 분명하군."

황포를 입고 짧은 수염을 코밑과 입가에 기른 위맹한 풍모의 사십대 청대화는 진중한 표정으로 턱을 쓰다듬었다.

"그런데 벽력신도 미간에 새겨진 쾌검마류 검흔은 슬쩍 긁힌 것처럼 몹시 흐릿하며 깊이는 다섯 치에 불과하다는 겁니다. 원래 쾌검마류에

적중되면 동전 크기의 검혈(劍穴)이 뒤통수까지 뚫리는데 말입니다.”

구인겸은 결론을 청대화에게 양보하며 입을 다물었다.

청대화는 낮은 신음을 흘렸다.

“음, 그렇다면 쾌검마가 엄중한 중상을 입어서 위력이 평소의 절반에도 미치지 못하는 것 같군.”

“제아무리 쾌검마라고 해도 소림과 무당, 유성보(流星堡) 삼 파(三派)에서 선발된 정예 고수 구십 명의 추적대를 당해낼 수는 없었겠지요. 소문에 의하면 쾌검마와 추적대는 벌써 여러 차례 충돌했다더군요.”

“지난 오 년 동안 무림을 종횡하며 공포에 떨게 만들었던 쾌검마도 이제 비참한 말로가 보이는군.”

잠시 무거운 침묵이 흘렀다.

“아버님, 소녀에게 방금 한 가지 좋은 계획이 떠올랐는데 들어보시겠어요?”

침묵을 깬 사람은 청라였다. 그녀는 서글서글한 눈을 총명하게 빛내며 또렷한 어조로 말했다.

“말해 보아라.”

청대하에겐 아들이 없고 무남독녀 외동딸 청라뿐이다. 그러므로 비검문의 대(代)가 끊어지지 않게 하려면 그녀를 남자보다 더 강하게 길러야만 했다.

그래서 청대하는 딸이 한창 재롱을 부릴 나이인 다섯 살 때부터 무공을 가르치기 시작했다.

어린 딸이 넘어져도 일으켜 주지 않았으며 다쳐도 걱정스러운 내색을 내비치지 않았고, 오히려 수련을 게을리하거나 진전이 더디면 혹독한 벌을 내렸다.

그렇게 그녀는 이날까지 먹고 자는 것 외에는 오직 무공 수련에만 전념했다.

청대하는 내공을 높여주는 숱한 영물과 영약들을 구해서 그녀에게 복용시켰다.

또한 지난 이십여 년 동안 노심초사 끝에 가문의 비검구식을 한 단계 발전시킨 비탄검법(飛彈劍法)을 창안하여 오직 딸에게만 전수했다.

그 결과 지금 십칠 세의 청라는 믿어지지 않게도 공력이 일 갑자에 달했으며, 비검구식은 물론 비탄검법을 완벽하게 구사하는 경지에 이르게 되었다.

아마도 산서 무림의 후기지수 중에서 남녀 불문하고 그녀를 이길 수 있는 사람은 전무할 것이다.

청대하는 그런 딸을 누구보다도 신뢰했다.

청라의 말이 이어졌다.

"삼 파에 의해서 쾌검마 추적대가 결성된 것은 석 달 전이고, 추적대가 최초로 쾌검마를 발견한 곳은 호북(湖北)이에요."

"그렇지."

청라의 음성은 갈수록 냉철해졌다.

"그것은 곧 쾌검마가 지난 석 달 동안 제대로 쉬지도 못한 채 여러 차례 추적대와 싸우면서 상처를 입으며 장장 이천여 리나 도주하고 있다는 뜻이 되겠지요."

"그렇겠군."

청대하는 자신의 딸이 뭔가 기발한 계획을 곧 발표하리라는 것을 예감했다.

청라는 지금껏 단 한 번도 그를 실망시킨 적이 없는 훌륭한 딸이었다.

“쾌검마가 도주하는 경로는 북상이에요. 호북에서 쫓기기 시작해서 하남을 거쳐서 마침내 산서까지 들어온 거지요.”

청대화는 고개를 끄덕였다.

“벽력신도를 죽인 곳이 곡옥현이니까 산서 경내로 삼백여 리 이상 들어온 셈이로군.”

마침내 청라의 입에서 경천동지할 말이 흘러나왔다.

“우리 비검문이 쾌검마를 찾아내서 죽이는 거예요.”

“……..”

“……!”

두 사람은 난데없는 제안에 경악을 금치 못했다. 설마 청라가 쾌검마를 죽이자고 제안할 줄은 꿈에도 예상하지 못했다.

정신이 하나도 없는 두 사람에 반해서 청라의 얼굴에는 확고한 의지가 역력했다.

비록 딸이지만 청대화는 청라의 그런 표정을 처음 보았다.

“지금까지의 본 문은 중원에서 보자면 형편없는 변두리인 이곳 산서 땅에서 기껏 창천방 정도와 산서 무림의 패권을 다투는 알려지지 않은 문파에 불과했어요.”

청대하는 차츰 정신을 수습했다.

그의 가슴속에서 방금 딸이 불붙인 야망이란 놈이 서서히 타오르기 시작한 것도 그때였다.

“그러나 만약 본 문이 쾌검마를 죽였다고 상상해 보세요.”

청대화의 음성에 약간의 힘이 들어갔다.

“음, 본 문은 하루아침에 유명해지겠지.”

“유명해지는 정도가 아니라 구파일방과 어깨를 나란히 할 수도 있을 거예요."

"구파일방과……."

청대화는 말을 잇지 못할 정도로 긴장했다.

딸은 아비가 상상했던 것보다 더 훌륭하게 자라 있었다.

"하지만 문주, 아무리 중상을 입었다고 하지만 상대는 혈살성 쾌검마입니다. 며칠 전에 벽력신도가 그자에게 죽었다는 사실을 잊지 마십시오."

구인겸이 초조한 표정으로 말하자 청라는 일언지하에 잘랐다.

"변방에서 구질구질하게 사느니 한 번 큰 모험을 하는 거야! 게다가 이건 승산이 있어!"

"하지만… 만약 우리가 쾌검마를 죽였다고 해도 그것은 추적대가 다 잡아놓은 것을 우리가 가로챈 것이 아니겠습니까?"

그 말 역시 청라는 한마디로 일축했다.

"천만에! 꿩 잡는 게 매야!"

청라는 부친의 방을 나와 가벼운 걸음으로 정원에 내려섰다.

지금 그녀는 쾌검마를 죽인다는 흥분 때문에 가슴이 터질 듯 부풀어 있었다.

또한 한 번도 느껴본 적이 없는 야릇한 흥분이 핏줄을 타고 온몸을 휘돌았다.

가슴이 두근거리는 썩 좋은 기분이었다.

쾌검마를 죽인 후에 비검문의 명성이 무림을 진동시킬 것이라는 대가도 유혹적이지만 그보다는 쾌검마 정도의 쟁쟁한 거물을 자신의 손으로 직접 죽일 수 있다는 사실이 더욱 뿌리칠 수 없는 매력이었다.

그때 청풍당주(淸風堂主) 장용(張庸)이 다가와 청라에게 공손히 허리를 굽혔다.

"소문주, 알아보니 현악이라는 놈 말대로 현 내에서 푸줏간을 하는 게 맞습니다."

장용은 조심스럽게 청라의 눈치를 살피다가 보고를 이었다.

"그리고 그놈의 누이동생이 전문 앞에 무릎을 꿇고 이틀째 오라비를 방면해 달라고 간청하고 있습니다. 별문제없는 놈 같은데 그만 풀어주는 게 어떻겠습니까?"

"으아앗! 지금 당장 날 죽여야 할 것이다, 이 개년아! 날 죽이지 못하면 언젠가는 네년 눈에서 피눈물이 흐르게 해주겠다! 어서 날 죽여라!"

문득 청라는 두 눈에서 새파란 한광을 뿜어내며 저주처럼 울부짖던 현악의 모습을 떠올리며 가볍게 눈살을 찌푸렸다.

'일개 백정이라고 치부하기에는 그자의 기도가 범상치 않았다! 게다가 내 발길질에도 끄떡없지 않았는가.'

그녀는 걸음을 옮기며 짧게 내뱉었다.

"좀 더 지켜보자."

어두운 뇌옥의 높은 곳에 있는 손바닥만한 구멍으로 햇살이 스며들어 비스듬히 아래쪽의 맞은편 벽을 비추고 있다.

"으으……."

어떨 때는 어이없을 정도로 간단하게 끊어지기도 하지만 어떨 때는 그 무엇보다 질긴 것이 인간의 목숨이다.

특히 분노와 한이 깃든 목숨일 경우에는 놀라울 정도로 더욱 끈질긴 법이다.

현악이 그랬다.

그는 최초에 가산에서 비검구식을 훔쳐 배우다가 붙잡힌 후 닷새 동안 벌써 다섯 차례의 모진 고문을 당했으나 아직도 숨이 붙어 있었다.

그는 몇 시진 전에 깨어났지만 온몸이 만신창이가 된 상태여서 손가락 하나 움직일 수 없는 상태였다.

채찍에 맞아서 온몸의 살이란 살은 다 찢어졌고 채찍에 박힌 철침은 몸 곳곳에 수백 개의 구멍을 뚫었으며, 달군 인두에 지진 화상 입은 곳에서는 진물이 흘렀고, 두들겨 맞아서 여러 군데 뼈가 부러진, 정말 눈 뜨고는 보기 어려운 참혹한 몰골이었다.

백정이었기에 당해야 했던 억압과 설움.

겁탈당하고 자결한 소향의 죽음이 안겨준 비감함.

몇 날 며칠 시도 때도 없이 가해지는 처절한 고문이 가져다 주는 지독한 고통.

아니, 그보다 더 견디기 힘든 것은 자기 상실감이었다.

자신이 담 아래에 자라 있는 풀포기 하나보다 못한 것 같았다.

그런 모든 것들이 지금 현악의 가슴속에 차곡차곡 철천지한으로 쌓여져 갔다.

현악은 자기를 고문하라고 지시한 소녀의 신분이 소문주라는 사실을 나중에야 알게 됐었다.

그녀에 대한 복수심, 그리고 힘과 권력있는 자들에 대한 적개심이 그의 심중에서 괴물처럼 걷잡을 수 없이 커지고 있었다.

"으으… 죽일 년……."

만약 그에게 능력만 생긴다면 제일 먼저 소문주라는 년을 죽이고 싶었다.

아니, 그저 간단하게 죽이는 것으로는 쌓인 한이 백분지 일도 풀리지 않을 것이다.

그러니 죽이지는 않고 그년이 평생 지우지 못할 상처를 깊이깊이 심어주고 싶었다.

철컹!

저벅저벅.

그때 뇌옥의 철문이 열리고 수옥 무사 한 명이 똑바로 현악에게 걸어왔다. 마치 저승 사자처럼.

고문을 받으러 두 번째, 세 번째까지 끌려 나갈 때만 해도 현악은 공포를 느꼈었다.

그러나 지금은 공포심도 고통도 느끼지 못했다.

온몸이 마비되었는지 그 어떤 고문을 가해도 눈곱만큼도 아프지 않았다.

머리 속과 가슴속에 활화산 같은 한이 들끓고 있기 때문에 공포심 따위가 차지할 공간이 없었다.

질질질.

수옥 무사는 커다란 고깃덩이처럼 늘어져 있는 현악의 한쪽 발을 잡고 뇌옥 밖으로 끌고 나갔다.

현악은 평소에 자신이 늘 다루던 푸줏간에서 도축된 고깃덩이에 불과했다.

털썩!

여섯 번째의 고문이 끝났다.

반드시 뭔가를 알아내라는 소문주의 엄명을 받은 고문실의 무사들은 자신들이 알고 있는 모든 고문 수법을 동원하여 현악을 다루었다.

하지만 그들은 끝내 아무것도 알아내지 못했다.

그들의 고문은 현악의 한만큼 강하지 않았으므로.

"백정 놈을 계속 고문했지만 아무것도 알아낸 게 없습니다. 속하가 보기에 그놈은 정말 아는 게 없는 것 같습니다."

"놈은 분명히 뭔가 있다. 내 직감은 한 번도 틀린 적이 없어. 이제부터는 내가 직접 심문하겠다."

"고문을 더 하면 놈이 죽을 겁니다."

"백정 놈의 하찮은 목숨 따위 신경 쓸 것 없다. 누가 그놈을 사주했는지만 알아내면 그만이다."

열흘이 지났다.

인간 세상의 열흘이 현악에겐 백 년만큼 길었다.

그는 한겨울 뇌옥의 차가운 바닥에 알몸인 채 갈기갈기 찢어진 몸으로 엎어져 있었다.

아마도 그는 죽은 것 같았다.

죽었다고 해도 조금도 이상할 게 없었다.

현악 같은 독종이 아닌 다른 사람이었다면 처음 두세 차례 고문에 죽어도 벌써 죽었을 것이다.

그는 하루에 한 번씩 열 차례의 고문을 받았으니 살아 있다면 그게 오히려 이상한 일이었다.

그리고 그 이상한 일이 지금 벌어졌다.

뺨을 돌바닥에 대고 있던 현악이 갑자기 눈을 번쩍 뜬 것이다.

그는 이제 신음 같은 걸 흘리지 않는다.

신음은 패배자나 뱉어내는 것이다.

그는 오래전에 깼지만 기력이 완전히 고갈된 상태라서 움직일 수 있는 힘이 생길 때까지 그냥 엎어진 채로 있었다.

그가 쓰러져 있는 바닥 주변은 그가 흘린 피가 얼어붙어 온통 붉은 얼음판이었다.

슥—

이윽고 한 올의 힘이 생겨나자 그는 두 손으로 바닥을 짚고 몸을 일으키려고 안간힘을 썼다.

부르르—

그러나 두 팔이 와들와들 떨리기만 할 뿐 꼼짝도 하지 않았다.

"으드득!"

일어나려고 얼마나 기를 썼는지 그의 입에서 이 갈리는 소리가 흘러나왔다.

"흐으윽!"

이윽고 그의 상체가 아주 느리게 일으켜졌다.

죽는다는 것은 그가 타고난 백정이라는 운명에게 지는 것이다.

지는 것은 죽는 것보다 더 싫었다.

그러나 백정이라는 신분은 그보다 더 싫었다.

뚝뚝뚝.

남아 있는 피도 없을 텐데 그의 몸에서 다시 핏물이 주룩주룩 떨어졌다.

"크으으… 나는 절대 죽… 지 않는다……. 으아앗!"

그는 벼락같은 외침을 터뜨리며 한순간 벌떡 일어섰다.

그런 그의 모습은 더 이상 사람이 아니라 혈귀 그 자체였다.

뇌옥 한쪽 벽면 높은 곳에 뚫린 조그만 구멍으로 손바닥 크기의 햇살이 스며들고 있어서 지금이 낮이라는 것을 알려주었다.

뇌옥 안은 햇살이 비춰지고 반사된 극히 제한된 곳만 보일 뿐 다른 곳은 캄캄했다.

현악은 뇌옥에 갇히게 된 이후 처음으로 충분한 시간을 두고 뇌옥 안을 천천히 둘러볼 수 있었다.

아무것도 아닌 그 동작을 하는 데에도 그는 죽을힘을 다해야만 가능했다.

역시 햇살이 비추는 곳 외에는 아무것도 보이지 않았다.

그래서 뇌옥 안이 얼마나 넓은지, 어떻게 생겼는지, 저 우라지게 높고도 좁은 구멍 말고 탈출할 만한 다른 구멍 같은 곳은 없는 것인지 도무지 알 수가 없었다.

"빌어먹을……."

현악의 입술 사이로 욕이 저절로 흘러나왔다.

그렇다고 포기할 순 없었다.

보이지 않는다면 더듬어서라도 알아내야만 했다.

이대로 있다가 한두 번 더 고문을 당한다면 그를 기다리는 것은 허무한 죽음뿐일 것이다. 바보 천치가 아닌 이상 그 정도는 예감할 수 있었다.

그는 한 걸음 옮길 때마다 살을 뜯어내고 뼈를 조각 내는 고통을 인내하면서 열 손가락으로 뇌옥을 조금씩 더듬어 나갔다.

덜덜덜덜.

한 걸음씩 옮길 때마다 피를 뿌리는 그의 몸이 사시나무 떨듯이 떨렸다.

털썩!

"흐윽!"

짚단처럼 쓰러졌다가는 다시 기를 쓰고 일어나 무릎걸음으로 더듬기를 쉬지 않고 반복했다.

그렇게 반 시진이 흘렀고, 뇌옥의 삼면을 더듬었지만 바늘구멍만한 틈도 발견하지 못했다.

그가 죽을힘을 다해서 끌어올렸던 마지막 한 올의 기력이 바닥을 드러내기 시작할 무렵, 그가 품었던 한 가닥 희미한 기대도 바닥을 보이고 있었다.

"……!"

그때 뭔가 그의 손끝에 닿았다. 그리고 느껴졌다.

그것은 반 시진 동안 손끝에 만져졌던 석벽의 차갑고 단단한 느낌이 아니라 부드러운 느낌이었다.

더듬더듬.

현악의 손이 조심스럽게 그 물체를 더듬어 나갔다.

팔, 그리고 어깨가 만져졌다.

그것은 사람이었다.

'사람?!'

믿어지지 않는 일이었다.

그러나 그의 손끝이 전해준 느낌은 분명 사람이었다. 이 뇌옥 안에 현악 말고 다른 사람이 있었던 것이다.

그리고 그 사람의 어깨 어림에서 한 가지 느낌이 더 전해졌다.

석벽보다 더 차가우며 그것이 품고 있는 아주 독특한 느낌.

현악으로서는 한 번도 만져 본 적이 없는 물체의 느낌.

그러나 최초로 만져 보면서도 대번에 그것이 무엇인지 알 수 있는 그런 느낌이었다.

'검(劍)!'

석벽에 기대어 앉아 있는 어떤 사람의 어깨에 메어져 있는 검이 현악의 손에 만져진 것이다.

'무림인이다!'

일순 현악은 속으로 외치며 황급히 손을 거두었다.

그의 머리 속이 멍해졌다가 흙탕물처럼 마구 헝클어졌다.

그는 손을 뗀 후 벽을 짚고 주춤주춤 서너 걸음 물러나 숨을 죽이고 어둠 속에 웅크리고 있는 사람의 반응을 기다렸다.

그러나 일각이 지나도록 그 사람은 아무런 반응도 보이지 않았다.

모든 사물은 환경에 적응하기 마련이다.

그러므로 사람이 어둠에 오래 있으면 흐릿하게나마 물체를 분간할 수 있게 된다.

"……!"

현악은 비로소 자신의 앞, 뇌옥 한구석 벽에 기대어 앉아 있는 한 사람의 윤곽을 흐릿하게나마 볼 수 있게 되었다.

그 사람은 남자였고, 양어깨에 두 자루 검, 즉 쌍검을 멨으며, 벽에 기댔다기보다는 거의 누워 있는 자세였다.

아직 어둠이 완전히 눈에 익지 않아서 그가 누군지, 나이는 어느 정도인지, 죽었는지 살았는지까지는 알 수 없었다.

현악은 긴장된 표정으로 잠시 그 사람을 주시하다가 이윽고 결심한 듯 조심스럽게 바짝 다가갔다.

죽음의 목전에 처해 있는 현악이다.

한 손에는 절망을, 다른 손에는 지옥의 문고리를 잡고 있는 그가 더 이상 무엇을 두려워하겠는가.

슥―

그는 즉시 귀를 그 사람의 가슴에 갖다 댔다. 심장이 뛰지 않았다. 죽은 사람인 것이다.

언제부터 그 사람이 이곳에 있었는지는 모르지만 현악은 시체와 지낸 셈이었다.

뇌옥에 자기 말고 누군가 함께 있다는 사실을 깨달았을 때는 가슴이 뭉클하면서 어떤 알 수 없는 희망 같은 것이 솟구쳤는데 그게 시체였다고 확인되자 품었던 희망보다 백 배나 더 큰 실망이 엄습했다.

'큭큭, 시체를 보고 잠시나마 흥분하다니……'

그는 자신을 조소하며 키득거렸다.

콱!

순간 하나의 손이 현악의 오른쪽 다리를 억세게 움켜잡았다.

"헉!"

절망의 밑바닥까지 내려와서 더 이상 놀랄 게 없을 것 같던 현악은 깜짝 놀라 낮게 헛바람을 들이켰다.

휘익!

그리고 귓가에서 세찬 바람 소리가 흐르는가 싶더니 어느새 현악의 몸이 허공을 날아서 맞은편 벽에 모질게 부딪쳤다가 바닥으로 나뒹굴었다.

쿵!

퍽!

"흑!"

원래 만신창이었던 몸이 수백 조각으로 쪼개지는 듯한 고통과 함께 정신이 아득해졌다.

"으으……."

그러나 그는 혼절하지 않으려고 안간힘을 쓰면서 오히려 비틀거리며 몸을 일으켰다.

방금 자신의 다리를 잡아서 날린 것이 시체라고 생각했던 사람의 손이라는 놀라움 때문에 고통이 순식간에 사라져 버렸다.

그는 엉금엉금 기어서 아주 느리게 괴인에게 다가갔다. 불과 삼 장의 짧은 거리를 기어가는 데도 일각이나 걸렸고, 다섯 번이나 고꾸라졌으며 그가 지난 자리에는 피가 흥건했다.

"으으… 죽… 은 게 아니었소?"

현악은 그 사람에게 얼굴을 들이밀면서 더듬거렸다.

괴인은 대답하지 않았다.

현악은 괴인 앞에 무릎을 꿇고 앉아서 그의 모습을 확인하려고 상체를 앞으로 숙이며 눈에 잔뜩 힘을 주었다.

괴인은 검은 옷을 입은, 즉 흑의인이었다.

그리고 지그시 눈을 감은 채 두 손을 배 위에 얹었고, 코와 입 주변에 짧고 검은 수염과 구레나룻이 자라 있는데 아직은 흐릿해서 나이를 짐작하기 어려웠다.

"무림인이오?"

현악의 두 번째 질문에도 흑의인은 대답하지 않았다.

흑의인은 일각 전에 현악을 집어 던졌으니까 그사이에 잠이 들었거나 죽었을 리는 없다.

문득 현악의 시선이 흑의인의 양어깨에 메어진 두 자루 검 중에서 가까운 쪽인 오른쪽 검에 고정되었다.

'시험해 본다!'

흑의인의 대답을 기다릴 필요 없이 어떤 방법이든 대답을 끌어내면 되는 것이다.

휙!

어디에서 그런 힘이 솟았는지 현악은 벌떡 일어서며 검을 뽑기 위해 재빨리 팔을 뻗었다.

퍽!

그 순간 현악은 가슴에 거대한 바윗덩이가 정통으로 부딪치는 충격을 받으면서 입에서 피화살을 뿜어내며 가랑잎처럼 허공으로 날아갔다.

쿵! 퍽!

그는 또다시 맞은편 벽에 부딪쳤다가 바닥에 내동댕이쳐졌다.

고통도 없었고 비명이나 신음도 입 밖에 내지 못했다. 그런 것들은 '고통이 어느 정도다' 라고 설명할 수 있을 때 가능한 반응이다.

그는 자신이 장풍이란 수법에 가슴이 적중됐다는 사실을 짐작조차 하지 못했다.

다만 한 가지 소득이 있었다면 흑의인이 무림인이라는 대답을 방금 전의 행동으로 분명하게 이끌어낼 수 있었다.

현악은 몸이 뻣뻣해지면서 이것으로써 자신이 죽는다는 생각이 들었다.

방금 그 충격 때문에 그는 숨을 쉬지 못해서 꺽꺽거리며 정신이 아득해졌다.

그는 바닥에 옆으로 쓰러진 채 온몸을 바들바들 떨면서 생과 사의 경계에 반쯤 걸쳐져 있었다.

죽을 놈은 죽고 죽지 않을 놈은 어떻게든 죽지 않는다. 그게 자연의 섭리고 세상의 비정한 법칙이다.

현악은 끝내 죽지 않았다. 그래서 그조차도 자신의 목숨이 이토록 끈질기다는 사실에 놀라워했다.

마치 저승사자가 그를 지독하게도 증오해서 그가 저승에 오는 것을 한사코 마다하는 것인지 그는 이번에도 저승의 문턱에서 쫓겨나 이승으로 내던져졌다.

"우왁!"

그는 옆으로 누운 채 왈칵 핏덩이를 토해냈다. 핏덩이에는 조각난 내장이 수북이 섞여 있었다.

"후욱! 후욱!"

그는 그 자세에서 거친 숨을 헐떡이며 흑의인을 쏘아보았다. 멀고 어두워서 잘 보이지 않았지만 어둠 속에 있을 그를 잡아먹을 듯이 쏘아보았다.

이유도 없이 자신을 두 번씩이나 공격했기 때문에 적의를 드러내는 게 아니었다. 그는 오히려 흑의인에게 묘한 동료 의식마저 느끼고 있었다.

한동안 헐떡이던 현악은 다시 흐느적거리면서 몸을 일으켰다.

그의 끈질긴 집념에는 저승사자조차도 박수를 보내야 할 것이다.

"헉헉헉!"

철컹!

그때 느닷없이 철문이 열리며 모습을 나타낸 수옥 무사 한 명이 낮게 외쳤다.

"웬 소란이냐!"

"……."

현악은 막 일어나 앉은 엉거주춤한 자세로 고개를 푹 숙인 채 대답하지 않았다.

뇌옥을 지키는 수옥 무사들은 허리에 한 자 반 길이에 팔각으로 각진 단단한 몽둥이를 차고 있다.

척!

"무슨 일이냐고 묻잖느냐, 이 새끼야?"

수옥 무사는 버럭 노성을 지르면서 몽둥이를 뽑아 들고 뇌옥 안으로 성큼 들어섰다.

뇌옥 안은 워낙 캄캄한 데다가 수옥 무사는 공력이 얕아서 구석에 있는 괴인을 발견하지 못했다.

아니, 이곳에 현악 이외에 다른 사람이 있다는 사실을 상상조차 못할 것이다.

픽! 픽! 픽!

"이 새끼야! 대답하기 싫으면 그만 둬지란 말이다! 사람 귀찮게 하지 말고! 알아들어?"

수옥 무사는 현악의 온몸에 소나기처럼 방망이를 퍼부었다.

그러는 동안 현악의 목숨을 접수하기를 잠시 유보하고 한 걸음 물러났던 저승사자는 저놈을 데려가야 할지 말지를 망설이며 주위를 서성였다.

열다섯 대째의 매질이 현악의 머리통에 정통으로 적중됐을 때 그는 힘없이 푹 고꾸라졌다.

철컹!
"끌어내라!"
"이 새끼, 죽은 것 같습니다."
"죽은 게 확실하냐?"
"아직 숨이 미약하게 붙어 있군요. 하지만 곧 죽을 것 같습니다. 고문실로 끌고 가다가 죽겠군요, 향주."
"음!"
"끌어내다 묻을까요?"
"그랬다가 소문주께서 아시면 뒤집어진다. 그냥 놔뒀다가 죽으면 내다 버려라."
쿵!

아마도 이 뇌옥이나 저승이란 곳은 별 차이가 없을 것이다.
그리고,
백정으로 벌레처럼 살아가는 것이나 지옥의 형벌이라는 것도 별 차이가 없을 것이다.
그래, 차라리 뒈지자.
그러면 최소한 힘있고 권세있는 자들에게 벌레 취급은 당하지 않을 테니까.
"의지가 약한 놈은 죽는 게 낫다."
현악이 몸으로도 정신으로도 거의 생의 끈을 놓으려고 할 때 어디선가 그런 말이 들려왔다.

“그러나 만약 죽지 않고 살아나거든 네가 받은 것의 만 배로 세상에
돌려주어라.”

뒤를 이어 그런 말도 들려왔다.

어쩌면 환청이었는지도 모른다.

현악은 죽음의 나락으로 끝없이 추락하고 있었으므로.

현악은 눈을 껌뻑거렸다. 자기가 깨어난 곳이 이승인지 저승인지 확
인하기 위해서였다.

그러나 아무것도 보이지 않았고 모든 것이 암흑이었다.

역시 그는 자신이 죽은 것이라고 생각했다.

“네가 살아 있어야 할 이유를 하나만 말해 봐라.”

그때 암흑 어디에선가 하나의 음성이 들려왔다.

바람 소리 같기도 하고 어둠이 수면에 내려앉는 것 같기도 한 자욱
한 음성이었다.

‘그자다!’

자신의 생사조차도 깨닫지 못하는 상황에서 현악은 방금 그 목소리
가 흑의인의 것이라고 판단했다.

그자도 죽어서 저승까지 따라온 것인가.

아닐 것이다.

비록 잠시였지만 그자에게서 느낀 것은 ‘극강’이었다.

그런 자는 쉽사리 죽지 않는다. 그렇다면 나는 살아 있는 것이겠군.

빌어먹을 놈의 끈질긴 목숨…….

“후후후, 굳이 이유를 대라면… 천하를 내 발 아래 두… 고 싶다라
고 말하고 싶군.”

숨을 몰아쉬기도 힘겨운 현악은 낭랑하다 싶을 정도로 또렷하게 대답했다.

"이리 오너라."

어둠 같은 목소리가 스삭(?)이듯이 다시 들려왔다.

현악이 삼 장 거리를 기어가는 데 걸린 시간은 한 시진이 넘었지만 흑의인은 결코 그를 돕지 않았으며 재촉하지도 않았다.

현악은 기는 것을 포기하지 않았다. 기어가다가 숨이 끊어져도 할 수 없다는 각오로 꿈틀꿈틀 기었다. 마치 흑의인에게 도달해야만 하는 절박한 이유가 있는 것처럼.

마침내 그는 흑의인 앞에 이르러 간신히 한마디를 중얼거리고 다시 혼절했다.

"빌… 어먹을… 왔으니… 어쩔 거요……?"

◈제4장◈
혈살성(血殺星)과의 인연

"아앗! 오라버님!"

자운은 꿈속에서 현악이 여러 마리의 늑대들에게 갈기갈기 찢겨서
죽는 끔찍한 광경을 보고 혼비백산해서 비명을 지르며 깨어났다.

"학학학!"

그녀의 온몸은 목욕을 한 것처럼 땀으로 흥건했고 얼굴은 창백하다
못해서 아예 횟가루를 바른 것 같았다.

그녀는 잠시 후에야 악몽을 꾸었다는 것과 자신이 집 안 침상에 누
워 있다는 사실을 깨달았다.

그녀는 비검문 전문 앞에서 무릎을 꿇고 고스란히 눈을 맞으며 밤을
지새우면서 현악의 방면을 호소하다가 사흘째 되는 날 혼절해서 쓰러
지고 말았었다.

원래 허약하기 짝이 없는 그녀가 그 정도까지 버텼다는 것 자체가

기적이었다.

현악의 친구 중에 곽정(郭正)이란 소년이 있는데, 그는 현악 어머니의 친정인 철물점, 즉 대장간집 손자였다. 그러니까 현악과 곽정은 사촌 간인 셈이다.

곽정은 자운이 걱정돼서 하루에 한 차례씩 현 내와 비검문의 십여 리 길을 오가며 그녀를 지켜보다가 결국 혼절한 그녀를 업고 집으로 데려와 눕혔다.

"오라버님은……?"

자운은 일어나 앉아 좁은 실내를 망연한 얼굴로 두리번거렸지만 현악의 모습은 없었다.

그녀의 얼굴에 실망의 표정이 어리더니 곧 힘겹게 침상에서 내려섰다.

"오라버님을 구해야 해……."

털썩!

그러나 그녀는 침상 아래 엎어지며 그대로 혼절해 버렸다.

*　　　*　　　*

"후후, 당신은 시체가 아니었군."

현악은 흑의인 앞에 길게 누워서 툴툴 웃었다.

"귀식대법(龜式大法)이다."

현악으로선 알 수 없는 말을 흑의인이 뱉어냈다.

"귀식대법이 뭐요?"

대답 대신 흑의인은 다른 걸 물었다.

"강해지고 싶으냐?"

"그렇소."

"내가 널 약간 강하게 만들어줄 수 있다. 허면 넌 내게 무얼 해줄 수 있느냐?"

이상한 문답이 오갔다.

"약간 강해지는 거라면 사양하겠소. 난 최고로 강해져야 하오."

현악은 얼굴을 굳히며 잘라 말했다.

"약간이라고 말했지만 꾸준히 정진하면 청대화 따윈 한주먹거리도 안 될 게다."

현악은 청대화라는 이름이 비검문주인 비검협웅이라는 것을 알고 있기에 가볍게 흠칫했다.

"청대화 따윈 안중에도 없소."

야망을 크고 높게 갖는 것을 뭐라고 할 사람은 없다. 게다가 돈이 드는 것도 아니다.

흑의인은 잠시 입을 다물었다. 그가 어이없는 표정을 짓고 있는지 어쩐지는 알 수 없었다.

상관없었다.

흑의인에게 무공을 배우겠다는 생각 같은 건 해본 적이 없으니까 못 배우면 그걸로 그만이다.

"네 마음에 두고 있는 강자가 있느냐?"

"있소."

"누구냐?"

현악은 서슴없이 대답했다.

"조자룡."

"……."

흑의인은 다시 입을 닫았다.

그가 어떤 표정을 짓고 있는지는 여전히 알 수 없다.

"나는 널 조자룡보다 강하게 만들어줄 수 있다."

"……."

잠시 후 흑의인이 말하자 이번에는 현악이 입을 굳게 다물었다.

현실이든 고서 속이든 현악이 알고 있는 사람 중에서 가장 강한 사람은 조자룡과 관운장뿐이었다. 그중에서도 특히 조자룡을 좋아했다.

자신을 조자룡보다 더 강하게 만들어준다는 데 더 이상 할 말이 필요치 않았다.

"정말이오?"

"너는 내게 두 번 대답하게 만든 유일한 놈이다. 믿고 안 믿고는 네 놈 자유다."

몇 마디 대화를 나누는 동안 무공을 가르쳐 주고 아니고를 떠나서 현악은 흑의인이 어느 정도 마음에 들었다.

어쩐지 자기하고 비슷한 구석이 있는 것 같았기 때문이다.

"보다시피 나는 이런 몰골인데 내가 당신에게 해줄 게 있을는지 모르겠소. 뭐든 말해 보시오. 다 들어주겠소."

머지않아서 조자룡보다 강해질 텐데 뭐든 해주지 못하겠는가. 목숨이라도 떼어줄 수 있었다.

이상한 거래는 그렇게 성립됐다.

*　　　*　　　*

안택현 현 내에서 가장 좋은 객잔인 낙안루에 여덟 명의 무당파 고수들이 들었다.

그들은 무림에서 태청십이검(太淸十二劍)이라고 불리는 일류고수이며 지금은 쾌검마 추적대의 수색조로 안택현에 왔다.

원래는 열두 명이었는데 추적 중에 네 명을 쾌검마에게 잃었다. 그러니 태청팔검이 된 셈이다.

태청십이검은 무당파의 수많은 절기 중에서도 태청검법에 정통한 고수들이었다.

태청팔검은 객잔을 잡아놓고서도 객잔에 붙어 있지 않고 하루 종일 밖으로만 돌아다녔다.

그들은 척박하고 볼거리도 없는 산서 지방에서도 벽촌인 안택현에 유람 온 것이 아니라 쾌검마의 흔적을 찾으러 왔다.

구파일방의 무당파에서는 석 달 전에 쾌검마를 제거하려고 삼십 명의 무당 고수를 선발하여 파견했는데 이들 태청십이검도 포함되었다. 지금은 여덟 명뿐이지만.

소림과 무당, 유성보에서 선발된 구십 명의 일류고수들은 석 달 동안 쾌검마를 추적하며 세 차례 혈전을 벌였고, 그 결과 스물일곱 명을 잃었으며 쾌검마는 중상을 입은 채 도주 중이었다.

추적대의 남은 고수 육십삼 명은 다섯 개 조로 나누어 쾌검마가 있을 만한 산서 땅 다섯 개 지역을 샅샅이 수색하고 있다.

추적대는 집요했고 강했다.

그들은 산서 땅에서 쾌검마를 기어코 죽일 결심이었다.

추적대가 결성된 이유는 천하를 공포로 몰아넣은 혈살성 쾌검마를 잡아서 죽여 무림의 안녕을 도모하는 것이었다.

그러나 그것은 겉으로만 드러난 목적일 뿐이다.

진실한 목적은 다른 데 있었다.

쾌검마의 쌍검(雙劍)에 얽힌…….

*　　　*　　　*

흑의인은 천천히 하나의 구결을 중얼거렸다.

흑의인 앞에 앉은 현악이 그 구결을 입속으로 열 번쯤 되뇌일 때쯤 흑의인은 비로소 다음 구결을 중얼거렸다.

현악은 그 구결이 무엇을 뜻하는지, 무슨 의미가 있는지 알지도 못한 채 외우기만 했다.

이윽고 길고 긴 반나절 동안의 구결 전수가 끝났다.

흑의인은 다 외웠느냐고 묻지 않았다.

그렇게 천천히 불러주는 걸 외우지 못하는 바보 천치라면 제이의 조자룡이 되는 목표는 일찌감치 포기해야 할 것이다.

"해봐라."

"뭘 하라는 거요?"

"……."

흑의인은 습관처럼 입을 다물었다.

현악은 고개를 갸웃거리면서 그의 다음 말을 기다리다가 그가 눈까지 감은 채 침묵을 지키자 한참이 지나서야 그가 불러준 구결을 되새겨 보았다.

그는 구결을 외우기만 했지 뜻을 풀어 해석하지는 못했다.

사실 백정인 그는 글을 겨우 깨우쳤을 뿐 뜻까지 줄줄 해석하는 재주는 없었다.

그렇다고 뜻풀이를 전혀 못하는 건 아니었다. 그는 외우고 있던 구결을 처음부터 하나씩 더듬더듬 풀이하기 시작했다.

"아!"

그러다가 두 시진이 지난 어느 순간 그는 나직한 탄성을 터뜨렸다.

어설프긴 하지만 뭔가 희미하게 깨달아졌다.

그는 거기에서 멈추지 않고 계속 구결을 해석했다. 풀이가 계속되는 동안 현악의 얼굴이 점차 밝아졌다.

흑의인이 불러준 것은 구결만이 아니라 운기하는 자세를 비롯하여 호흡법, 혈(穴)의 위치나 혈맥의 흐름, 혈을 움직이는 방법 등 세세한 것들까지 총망라되어 있었던 것이다.

현악은 비로소 자세를 바로잡았다. 난생처음 해보는 가부좌의 자세, 즉 운기 자세였다.

온몸이 쪼개지는 듯 고통스러웠지만 새로운 세계를 열고 있는 벅찬 흥분을 사라지게 하지는 못했다.

그는 허리를 꼿꼿하게 편 후 열 손가락을 깍지 껴서 단전에 가볍게 붙이고 지그시 눈을 감았다.

그리고는 구결의 처음부터 실행하기 시작했다.

처음부터 완벽할 수는 없었다.

그는 운기를 실행하다가 조금이라도 틀렸다는 생각이 들면 자책하지 않고 즉시 처음부터 다시 시작했다.

이윽고 그의 얼굴에 굵은 땀방울이 송골송골 맺혔다. 그리고 그는 서서히 무아지경에 빠져들었다.

그것은 최초의 운기였고, 장차 쾌검마를 능가하게 될 대혈살성(大血

殺星)의 모습이었다.

"깨어나라."

현악은 조용한 음성을 듣고서야 무아지경에서 깨어났다. 깨우지 않았다면 언제까지고 운기를 계속했을 것이다.

운기 중인 사람에게 어떠한 작은 충격이라도 가하면 주화입마에 들어 폐인이 되거나 죽게 되지만 흑의인의 음성은 특이한 방법이어서 현악에게 조금도 충격을 주지 않았다.

현악은 천천히 눈을 떴다.

눈을 감기 전에는 지옥 같은 세상이었지만 다시 눈을 뜨니 어쩐 일인지 세상이 크게 달라 보였다.

첫째, 눈을 감기 전에는 견딜 수 없을 정도로 고통이 극심했었는데 지금은 웬만큼 견딜 수 있을 정도로 감소된 상태였다.

둘째, 이상하게도 정신이 명경지수처럼 맑았다.

셋째, 온몸이 날아갈 것처럼 가벼웠다.

"널 데리러 오고 있다."

현악이 적이 흥분된 표정으로 자신의 그런 현상에 대해서 흑의인에게 뭔가 물으려는데 흑의인이 먼저 조용히 입을 열었다.

"……?"

현악은 그의 말이 무슨 뜻인지 금세 알지 못해서 어리둥절하다가 곧 깨달았다.

그를 고문실로 데려가기 위해서 수옥 무사가 오고 있다는 말이었다.

저벅저벅!

그러자 뇌옥의 복도를 걷는 규칙적인 발자국 소리가 작게 들리더니 점점 가까워지면서 크게 들렸다. 운기를 하기 전에는 전혀 듣지 못했던 발자국 소리였다.

문득 운기를 많이 하면 더 먼 곳의 소리까지도 감지할 수 있지 않을까 하는 생각이 들었다.

현악은 흑의인을 쳐다보았다.

이제 어둠이 많이 눈에 익기도 했고, 한차례 운기라는 것을 하고 나니까 신기하게도 눈이 조금 밝아진 것도 같아서 흑의인의 모습이 얼마 전보다 좀 더 선명하게 보였다.

처음에 현악은 그의 전체적인 윤곽을 보거나 목소리를 듣고는 사십여 세쯤의 중년인일 거라고 추측했었다.

그러나 지금 보니 많아야 이십칠팔 세가량의 청년이 아닌가.

흑의인은 눈을 꾹 감고 있는데 눈썹이 숯처럼 검고 짙었다. 코는 컸으며 콧날은 날카롭게 우뚝 솟았다. 코 하나만 봐도 사내 중의 사내였다.

입은 꾹 다물려 있었으며 두툼하면서 큼직했고 웬일인지 붉어야 할 입술이 푸르스름했다.

'멋진 사내로군!'

흑의인을 보던 현악은 자신도 모르게 속으로 감탄했다.

그는 원래 쉽게 감탄하는 성격이 아니었고 그의 주위에는 그를 감탄시킬 만한 것들이 전혀 없었다.

그런데 흑의인의 용모는 같은 남자인 현악이 봐도 눈이 부실 만큼 사내다웠다.

문득 현악의 시선이 흑의인이 앉아 있는 바닥으로 향하다가 눈을 크게 부릅떴다.

‘피!’

흑의인은 피 웅덩이 속에 앉아 있었다.

바닥에는 그가 흘렸을 것으로 추정되는 피가 주위에 흥건했는데 현악은 그제야 짙은 피 냄새를 느꼈다.

‘중상을 입었다!’

현악은 복잡한 표정으로 흑의인을 주시했다.

흑의인은 온몸이 피 범벅이었다. 그러나 도대체 어디를 어떻게 다쳤는지 알 수가 없었다.

이제 보니 그의 입술이 푸르스름했던 것은 중상을 입어서 피를 너무 많이 흘린 때문이었다.

하나 한 가지 분명한 것은 한눈에 보기에도 그가 현악보다 훨씬 더 위중한 상태라는 사실이었다.

현악은 여태 그에게 아무것도 궁금한 게 없었는데 갑자기 그의 모든 것이 궁금해졌다.

철컹!

그때 뒤쪽에서 현악을 데리러 온 수옥 무사의 철문을 여는 소리가 둔중하게 들렸다.

슥—

현악은 몸을 일으키면서 흑의인에게 나직이 중얼거렸다.

“내가 돌아올 때까지 죽지 마시오.”

현악을 끌고 나가기 위해서 철문을 열고 뇌옥 안으로 들어서려던 수옥 무사는 화들짝 놀랐다.

“으헛?”

철문을 여는 순간 철문 안쪽에 현악이 장승처럼 우뚝 서 있는 것을 발견했기 때문이다.

"너… 너……?"

무사는 마치 자다가 귀신을 본 듯 현악을 손으로 가리키며 심하게 더듬거렸다.

매일 혹독한 고문을 당하고 있는 백정 놈이 언제쯤 죽어 자빠질는지 수옥 무사들끼리 내기를 할 정도였다.

그런 그가 철문 안쪽에서 버젓이 서 있으니 심장을 쇠로 만들지 않은 이상 누구라서 놀라지 않겠는가.

"그년이 날 데려오라고 하더냐?"

"……."

현악의 이죽거림에도 수옥 무사는 입을 쩍 벌린 채 아무런 대꾸를 못했다.

척!

"가자."

현악은 제 발로 뇌옥 밖으로 나서며 툭 내뱉었다.

수옥 무사는 현악이 자신의 곁을 지나치는 순간 지독한 피 냄새를 맡았다.

비틀비틀.

그리고 뇌옥의 복도를 쓰러질 듯 걸어가는 현악의 뒤 바닥에 핏물이 줄줄 흐르는 것을 보며 아예 기가 질려 버렸다.

'저, 저놈, 귀신 아냐?'

"헉헉헉! 으으, 지독한 독종입니다, 소문주!"

철침이 박힌 채찍을 쥔 박박머리는 때리다가 지쳐서 바닥에 주저앉아 심하게 헐떡이며 간신히 더듬거렸다.

열한 번째의 고문.

그러나 현악에게 이번 고문은 여태까지 한 열 번의 고문과는 달랐다. 달라도 많이 달랐다.

그가 알몸으로 발가벗겨져서 사지를 벌린 채 쇠사슬에 묶여 있으며 채찍을 근 백여 대를 두들겨 맞아 피투성이가 된 겉모습은 여태까지와 별반 다르지 않았다.

그러나 그는 지금까지의 열 번의 고문 때처럼 기진맥진한 모습도 아니었고 혼절하지도 않았다.

그뿐만이 아니었다.

지금 소문주 청라를 아예 질리도록 만드는 게 하나 더 있었다.

쳐다보기도 섬뜩한 모습인 피투성이 현악이 고개를 빳빳이 쳐든 채 청라를 똑바로 쏘아보고 있지 않은가.

게다가 그의 입가에는 흐릿한 미소, 아니, 분노와 한을 반죽해서 입가에 매달아놓은 듯한 비웃음이 머금어져 있었다.

"네놈이 이제야 본색을 드러내는구나."

청라는 입술을 잘근 깨물며 싸늘하게 중얼거렸다.

"후후! 본색이라고 지껄였느냐? 나 같은 놈에겐 드러낼 본색 따위가 원래 없다! 난 그저 푸줏간에서 소나 돼지를 잡는 백정이지 무슨 본색이 있겠느냐?"

현악은 이죽거리면서도 내심으로는 감탄을 금할 수 없었다.

그는 고문을 당하는 내내 시험 삼아서 흑의인이 가르쳐 준 구결을 선 채로 외웠다. 선 자세로 운기가 될까 의구심도 생겼지만 막상 해보니까 됐다.

그저 되기만 한 게 아니었다.

무지막지하게 채찍에 휘감기고 철퇴에 두들겨 맞아서 온몸이 찢어지며 피가 철철 흐르는데도 맞은 부위가 조금 따끔거리기만 할 뿐 심신이 더할 수 없이 평온해진 것이다.

흑의인이 가르쳐 준 구결이 사악한 시술이라고 해도 눈 하나 까딱하지 않을 것이다.

그가 악마라서 현악에게 악마의 주술을 가르쳐 줬어도 전혀 개의치 않았다.

저 밥맛없는 계집을 이처럼 후련하게 비웃어줄 수 있다는 게 얼마나 통쾌한 일이냐는 말이다.

"푸핫핫핫! 벌써 고문이 끝났느냐? 여태까지에 비해서 오늘 고문은 너무 시시하구나!"

현악이 고개를 젖히고 유쾌한 광소성을 터뜨리자 입에서 피가 튀어나왔다.

자박자박.

청라는 묵묵히 현악 앞으로 걸어갔다.

"웃느냐?"

"그래! 웃긴다, 이년아!"

"웃어라, 조금 후에는 웃지 못할 테니까."

"……."

"이게 네놈에게 묻는 마지막 질문이 될 것이다. 말해라, 너를 사주한 자가 누구인지!"

현악의 두 눈에서 불꽃이 이글거렸다.

"으드득! 네년이 죽은 향아를 살려낸다면 한번 생각해 보겠다!"

"대답하지 않으면 너는 정말 죽는다!"

현악은 가볍게 움찔했지만 겉으로 내색하지 않았다.

대신 흐릿한 웃음을 흘려냈다.

"너는 정말 날 죽여야 할 거다."

청라는 주위에서 현악 같은 지독한 독종을, 그가 보여주고 있는 섬뜩한 성격을 갖고 있는 사람을 본 적이 없었다.

그녀는 입술을 잘근 깨물었다.

"오냐! 실망시키지 않겠다!"

슥―

그녀는 즉시 오른 손바닥을 활짝 펼쳐서 피 범벅인 현악의 가슴 한복판에 밀착시켰다.

스으으―

이어서 그녀가 공력을 운기하자 손바닥이 점차 백옥처럼 투명하게 변하기 시작했다.

후우우―

그녀의 손바닥에서 은은한 투명광이 발출되어 현악의 가슴에 주입되더니 잠시 후 그의 가슴 전체가 투명하게 물들었다.

이 수법은 내공을 주입시켜서 체내 혈맥의 흐름을 역류시키는 것인데, 고통은 차라리 채찍으로 맞는 것이 고마울 정도로 무시무시했다.

무림 고수라고 해도 반 각만 지속되면 칠공에서 피를 쏟으며 죽게 되는 지독한 고문 수법이라서 무림에서는 천인공노할 악인에게만 허용될 정도였다.

비검구식을 훔쳐본 현악은 천인공노할 악인인 것이다. 게다가 그는 공력조차도 없다.

청라는 목적을 위해서 수단과 방법을 가리지 않고 있었다.

"흐윽!"

청라의 장심에서 뿜어진 투명 광이 현악의 상체 전체를 은은하게 물들이자 그의 목과 이마에 힘줄이 터질 듯이 툭툭 불거졌다.

'비, 빌어먹을, 더럽게 아프군.'

그는 흑의인이 가르쳐 준 구결을 외워야 한다는 것을 이 순간만큼은 미처 생각하지 못했다.

후우우—

"넌 결국 말하게 될 것이다."

청라의 두 눈이 잔인하게 반짝였다.

"어, 어서 죽여라, 더러운 년아!"

현악의 두 눈은 분노로 더 번뜩였다.

그는 마지막 한 올의 정신이라도 남아 있는 순간까지 청라에게 욕을 퍼부었다.

그리고 그 말을 끝으로 눈을 감으며 고개를 푹 숙였다.

문득, 엉망으로 일그러졌던 그의 얼굴이 점차 평온하게 변해가는 것이 청라의 눈에 띄었다.

"……!"

슥—

옆에 있던 청풍당주가 급히 검지와 중지를 붙여서 현악의 목덜미에 갖다 댔다.

"죽은 것 같습니다."

청라는 현악의 가슴에서 즉시 공력을 거두며 손을 뗐다.

"이놈은 도대체……."

그녀는 몹시 복잡한 표정으로 현악을 바라보았다.

산서 무림을 쥐락펴락하는 그녀였지만 현악 같은 남자는 생전 처음 봤다.

더구나 벌레 같은 백정 놈이.

그녀는 현악의 맥을 짚어보고는 표정이 가볍게 변했다.

'이놈! 정말 내공이 없잖아?!'

그녀는 현악이 비검구식을 염탐하러 온 다른 문파의 첩자라고 굳게 믿고 있었다.

그랬기에 당연히 그가 무림 고수일 거라고 여겼다.

그런데 뭔가 아주 흐릿한 기운이 실개천처럼 미미하게 현악의 체내를 흐르는 것이 감지됐다.

그러나 그녀는 곧 그것을 무시했다.

그저 평범한 사람 누구에게나 있을 수 있는 원기(原氣) 정도라고 치부해 버렸다.

그러나 사실 그것은 현악이 불과 몇 차례의 운기로 만들어낸 극소량의 내기(內氣)였다.

지금 그의 체내에서 내공의 기초 단계인 내기가 형성되고 있었다.

"아직 죽지 않았다. 다시 가둬라."

청라의 음성에는 복잡한 여운이 깔려 있었다.

*   *   *

뇌옥 구석에 눕다시피 기대 있던 흑의인이 번쩍 눈을 떴다.

"……!"

그는 멀지 않은 곳에서 심상치 않은 움직임을 감지했다.

그 움직임은 점차 이곳 뇌옥으로 향하고 있었다.

'한 놈. 경신술로 미루어 무당 도사 놈이로군.'

그는 현재 이성밖에 남지 않은 공력만으로도 이백여 장 밖에서 접근하는 고수의 기척은 물론 그 사람의 무공까지 대번에 간파해 냈다.

무당 도사, 즉 무당 검수라면 추적대 중 한 명이었다. 아마도 안택현 전역을 뒤지다가 비검문에 들어왔을 것이다.

아무리 추적대라고 해도, 그리고 아무리 비검문이 변방의 보잘것없는 문파라고 해도 토박이인 비검문을 무당 검수가 멋대로 들어와서 수색하는 것은 무림 상식에 어긋나는 행동이었다.

여하튼 무당 검수가 비검문에 들어왔다. 그리고 뇌옥으로 다가오고 있는 중이었다.

내버려 둔다면 발각될 것이고 시끄러워질 것이다. 또한 모처럼 구한 은둔처를 잃게 되어 또다시 쫓기는 신세가 될 터.

슥―

흑의인은 천천히 몸을 일으켰다.

아니, 일으키는가 싶더니 어느새 유령처럼 허공으로 떠올라 담 높은 곳에 뚫려 있는 손바닥만한 구멍을 통해서 귀신처럼 빠져나가고 있었다.

스르르―

그의 몸이 머리부터 가늘고 길쭉해지더니 순식간에 구멍 밖으로 사라져 버렸다.

몸을 마음대로 늘였다가 줄였다 할 수 있는 축골공(縮骨功)이었다.

"……!"

태청십이검 중 십일검인 혜우(慧羽)는 멀지 않은 곳에서 어떤 움직임을 감지하고 즉시 전각의 벽 모퉁이 안쪽에 숨었다.

움직임이 점차 가깝게 느껴졌기 때문에 그는 바짝 긴장했다.

그때 하나의 검은 인영이 반대편 전각의 골목에서 나오더니 정원을 가로지르고 있는 광경이 혜우의 시야에 들어왔다.

거리는 불과 십오륙 장.

공력 일 갑자 수준인 혜우로서는 충분히 상대를 파악하고도 남을 거리였다.

순간 혜우는 눈을 부릅떴다.

'쾌검마!'

흑의를 입었고 어깨에는 쌍검. 틀림없는 쾌검마였다.

혜우는 쾌검마를 추적하는 동안 그를 볼 기회가 두 번 있었기 때문에 알아보지 못할 리가 없었다.

혜우는 순간 어떻게 해야 할지 판단을 내리지 못했다.

사형들에게 알리자니 쾌검마를 놓칠 것 같았고, 혼자 상대하자니 너무 벅찬 상대였다.

태청십이검의 생존자 여덟 명은 지난 며칠간 안택현 일대를 이 잡듯이 뒤졌지만 어디에서도 쾌검마의 흔적을 발견하지 못했다.

오늘 혜우는 자신이 맡은 구역을 수색하던 중에 문득 비검문을 발견하고는 잠시 망설였었다.

비검문은 한 번도 수색하지 않았었다. 쾌검마가 바보가 아닌 이상 백오십 명 이상의 고수가 우글거리는 곳에 숨지는 않았을 것이기 때문이다.

그러나 혜우는 즉시 결정을 내리고 비검문의 뒷담을 야조처럼 넘어 잠입했다.

사전에 비검문의 양해도 받지 않고 무단으로 잠입, 수색하는 것은 명문 정파인 무당파 제자로서 행할 짓이 아니었지만 뭔가 예감이 있었다.

그런데 그 예감이 적중했다.

추적대가 혈안이 되어 찾고 있는 쾌검마가 지금 혜우의 눈앞에 있는 것이다.

게다가 지금 쾌검마가 전개하고 있는 경신술은 어설퍼 보였으며 움직임도 어딘지 비틀거리는 듯 심상치 않았다.

'부상이 심하다!'

쾌검마가 중상을 당했다는 것은 추적대라면 다 알고 있는 사실이었다.

지금 혜우가 보고 있는 쾌검마는 예전의 쾌검마가 아니었다. 일 초식을 펼치기만 하면 당장 거꾸러질 것 같았다.

최소한 혜우가 내린 판단은 그랬다.

그래서 그는 더 이상 갈등하지 않았다. 쾌검마가 저 정도라면 자기 혼자서도 충분할 것 같다는 판단이 섰다.

그때부터 혜우는 오직 한 가지만 생각했다.

자신이 쾌검마의 수급을 사형들 앞에 내놓으면 그들이 어떤 표정을 지을까 하는 것이었다.

혜우는 쾌검마가 비검문의 담을 위태롭게 날아서 넘어가는 것을 보고 즉시 멀찌감치에서 뒤를 쫓기 시작했다.

‘어, 어디로 사라졌지?’

혜우는 크게 당황해서 신형을 멈추고 급히 주위를 두리번거렸다.

그는 일각가량 쾌검마를 추격하여 처음 와보는 이곳 산속까지 들어왔다가 쾌검마를 놓치고 말았다.

방금 전까지 이십여 장 전면에 있었던 것 같았는데 순식간에 사라져버린 것이다.

혜우는 뭔가 잘못된 것을 깨닫고 급히 가까운 곳의 거목 뒤로 몸을 숨겼다.

"청송자(靑松子)도 이곳에 왔느냐?"

"헉!"

느닷없이 등 뒤에서 들려온 밤바람처럼 스산한 음성에 혜우는 자신도 모르게 다급한 헛바람을 들이켰다.

휙!

혜우는 재빨리 돌아섰다.

이어서 삼 장 전면에 한 명의 흑의인이 우뚝 서 있는 것을 발견하곤 서늘한 공포가 오장육부를 훑고 지나가는 느낌을 받았다.

"쾌검마⋯⋯."

전면에서 사라졌다가 언제 등 뒤에서 나타났단 말인가?

쾌검마가 혜우를 죽이려고 마음만 먹었다면 그는 이미 시체가 되어 숲 바닥에 누워 있었을 것이다.

그러나 혜우가 아는 한 쾌검마는 등 뒤에서 공격하거나 암습하는 비겁한 짓을 하진 않는다.

그리고 혜우는 또 한 가지를 깨달았다.

쾌검마가 아무리 중상을 당했더라도 혜우 자신은 결코 그의 적수가 되지 못한다는 사실을.

"사… 숙께선 곧 당도하실 것이오."

혜우는 진정하려고 무던히 애를 썼지만 목소리는 겨울바람에 흔들리는 마른 나뭇잎처럼 심하게 떨렸다.

쾌검마는 정파에 대한, 추적대에 대한 복수심 때문에 속에서 활화산이 타오르고 있었지만 겉으로는 조금도 드러내지 않았다.

청송자는 무당파의 네 장로 중 한 명으로 쾌검마 추적대에 선발된 삼십 명의 무당 고수를 이끌고 있었다.

청송자가 곧 도착한다는 것은 추적대의 소림사나 유성보도 곧 당도한다는 뜻이었다.

혹독한 수련과 수양으로 십수 년간 심신을 연마한 혜우였지만 쾌검마의 말에 등골이 오싹해졌고 그의 번뜩이는 눈빛에 심장이 오그라드는 공포심이 확 일었다.

"죽을 준비가 됐느냐?"

자욱한 안개 같은 쾌검마의 말에 혜우는 또 한 가지를 깨달아야만 했다.

쾌검마가 자신을 이곳으로 유인했다는 사실을.

무당파의 진전을 십오 년간 불철주야 연마한 혜우의 실력은 비검문주와 맞먹는 수준이다.

잠시의 시간이 흐르자 그는 평상심을 되찾고 전신 공력을 끌어올려 검에 주입시키면서 쾌검마를 쏘아보았다.

"무당검법을 우습게 여기지 마시오. 귀하는 아무 때나 공격해도 좋소."

혜우는 쾌검마가 천천히 오른손을 자신의 오른쪽 어깨에 메고 있는 검으로 가져가는 것을 보며 극도로 긴장했다.

그 검은 핏물에 담갔다가 금방 꺼낸 것처럼 붉었다.

팍!

혜우는 눈앞에서 뭔가 흐릿하게 번쩍이는 것과 그것이 자신의 미간 한복판에 꽂히면서 아주 미약한 음향을 내는 것을 생애에 마지막으로 들어야 했다.

쾌검마류의 아래 단계인 쾌검기였다.

쿵!

검법 초식을 펼쳐 보지도 못한 혜우는 묵직하게 뒤로 넘어가 쓰러졌고, 그의 미간에는 방금 전까지 없던 흐릿한 검흔 하나가 새겨져 있었다.

추적대 생존자 육십삼 명 중에 한 명이 더 죽었다.

정파랍시고 가장 공명정대하며 협의를 준수한다는 그자들이 추적대를 결성하여 여러 차례에 걸쳐서 구십 명이 무더기로 쾌검마를 협공하여 극심한 중상을 입혔다.

무림에서는 두 명이 한 명을 협공하는 것도 금기시된다. 그런데 추적대는 무려 구십 명이 번번이 쾌검마를 협공한 것이다.

쾌검마는 당금 무림 최고의 혈살성이다! 그런 자를 제거하는 일에 굳이 무림 예법을 따질 필요는 없다! 수단 방법을 가리지 않고 쾌검마를 죽이는 것은 곧 무림인 수백 명의 목숨을 건지는 길이다!

추적대는 그렇게 무림에 공포했었다.

그리고 무림은 그것을 묵인했다.

혈살성 쾌검마는 정파나 사파, 마도를 막론하고 모두에게 공포의 이름이었으므로.

*　　　　　*　　　　　*

청라에게 내공 고문을 당한 현악은 다시 뇌옥에 끌려와 던져졌다.

사실 청라가 직접 손을 써서 현악을 고문한 이유는 그에게서 실토를 받아내거나 아니면 죽일 생각이었다.

실토를 받아내지 못한 채 미심쩍은 불씨를 남겨놓느니 차라리 죽여서 한시라도 빨리 이 일을 머리에서 지우는 편이 나았기 때문이다.

그녀는 부친 청대화에게 쾌검마를 죽이자고 제안한 일로 요즘 몸이 두 개라도 모자랄 정도로 바빴다. 하찮은 백정 따위에게 매달려 있을 시간이 없는 것이다.

그래서 현악에 대한 일을 그런 식으로라도 종결 지을 심산이었는데 끝내는 실토도 받아내지 못했을뿐더러 현악이 죽지도 않았다.

그렇게 이 일은 또 지지부진하게 미뤄지게 되었다.

현악이 뇌옥에 던져진 후 반나절 만에 깨어나서 제일 먼저 한 일은 눈도 뜨지 않은 채 운기를 하는 것이었다.

그가 만약 흑의인에게서 운기법을 배우지 않았더라면 청라의 내공 고문을 견디지 못하고 전신의 혈맥이 역류하여 죽고 말았을 것이다.

그는 비록 겨우 두세 차례 운기한 것에 불과했고, 그 운기법이 지니고 있는 효능의 백분의 일조차 깨우치지 못했지만 운기를 하지 않았을 때에 비해 몇 배 이상 체력이 강해져 있었다.

그가 배운 운기법은 자세나 장소에 구애받지 않는다는 장점을 지니고 있는데 현악은 그 사실을 얼마 전에 고문을 당하면서 깨달았다.

세 번 연이어 운기를 한 후에 그는 비로소 느릿하게 일어나 앉을 수 있었다.

이어서 그는 제대로 가부좌를 틀고 앉아서 다시 본격적인 운기에 들어갔다.

◆제5장◆
전설의 검을 얻다

손바닥만한 구멍으로 스며든 흐릿한 달빛
이 비추고 있는 석벽 옆에서 두 사람의 대화가 들려왔다.

"이 검법 이름은 뭐요?"

현악은 조금 전에 흑의인에게 일 초식의 검법을 가르침받았다.

"섬쾌(閃快)."

"섬쾌? 그게 검법 이름이오?"

"……."

흑의인은 꼭 필요한 말 외에는 하지 않았다.

며칠 사이에 흑의인의 성격에 대해서 어느 정도 알게 된 현악은 그
가 대답하지 않는 것은 굳이 다시 묻지 않았다.

"섬쾌라……."

길지도 않고 복잡하지도 않은 검법 이름이 마음에 쏙 들었다.

그는 중얼거리면서 흡족한 표정을 지었다.

"그런데 이 '섬쾌'라는 검법은 내가 배운 비검구식과 많이 다른 것 같소."

"섬쾌를 배우려면 다른 검법은 버려라."

"왜 그래야 하오? 검을 사용하려면 여러 가지 검법을 알고 있는 게 오히려 유리하지 않소?"

"넌 진검이 있는데도 굳이 목검이 필요하다는 것이냐?"

섬쾌는 진검, 비검구식은 목검이라는 뜻이다. 현악이 그 말뜻을 모를 리 없다.

현악은 즉시 고개를 끄덕였다.

"진검만 있으면 되오. 알겠소. 지금부터 비검구식은 잊겠소."

그는 독종에다가 고집이 쇠심줄보다 더 셌지만 수긍한 것에 대해서는 놀라울 정도로 빨리 포기하는 일면도 있었다. 그의 여러 장점 중 하나였다.

문득 현악은 흑의인이 양어깨에 메고 있는 두 자루 쌍검을 보며 입가에 흐릿한 미소를 피워 물었다.

한 가지 꼼수가 떠오른 것이다.

"그러나 나는 정작 진검이 없소."

"……."

흑의인이 말하는 진검과 현악이 말하는 진검은 그 의미가 각기 달랐지만 현악은 상관하지 않고 억지를 부렸다.

그는 착잡한 표정으로 땅이 꺼져라 한숨을 토해냈다.

"하아! 조자룡이 되어 천하를 발 아래에 두겠다는 내가 진검 한 자루도 없으니 지나가는 개가 웃을 일이로군."

흑의인은 입을 다물고 지그시 눈을 감고 있었다.

현악은 흑의인을 힐끗 보고는 그가 전혀 반응을 보이지 않자 그 자리에 벌렁 누워버렸다.

"빌어먹을! 사부쯤 되는 위인이 검을 두 자루씩이나 갖고 있으면서 제자에게 하나 주면 어디 덧나나?"

흑의인은 눈을 뜨고 묵묵히 현악을 주시했다. 동공이 가볍게 흔들리는 것으로 미루어 뭔가 갈등하는 것 같았다.

무림에는 전혀 알려지지 않은 사실이지만 사실 쾌검마는 하나의 살인첩(殺人帖)을 지닌 채 강호를 주유했다.

사부로부터 물려받은 살인첩에는 그가 반드시 죽여야 할 인물들의 이름이 빼곡히 적혀져 있다.

그가 사부에게 유물로 물려받은 물건은 한 가지가 더 있는데 바로 그의 애검이었다.

그 검이 전설상의 검이라는 소문이 쾌검마라는 살명만큼 언제나 그에게 붙어다녔다.

오 년 전, 그는 홀연히 나타나 천하를 주유하면서 살인첩의 인물들을 하나씩 죽여 나갔다.

살인을 방해하는 자들은 가차없이 죽였다.

그 살인이 낳은 원한 때문에 복수하려는 자들도 죽여 버렸다.

자신의 검을 노리고 부나비처럼 덤벼드는 자들 역시 죽였다.

그러기를 사 년여. 쾌검마의 검에 죽은 자들 숫자가 무려 오백여 명에 이르게 되었고, 그는 어느덧 혈살성이 되어 있었다.

그 즈음 무림의 명문 정파에서는 혈살성 쾌검마를 죽여야 한다는 목소리가 비등했으나 어느 문파도 앞장서 나서지는 않았다. 쾌검마의 보복이 두렵기 때문이다.

그러던 중에 한 가지 경천동지할 소문이 천하를 뒤흔들었다.

쾌검마가 세외(世外)에서 우연히 전설적인 검 한 자루를 손에 넣었다는 것이다.

그는 원래 전설적인 검을 애검으로 사용하고 있었는데 거기에 또 한 자루의 전설적인 검을 얻었다.

전설은 말한다.

묵혈쌍검(墨血雙劍)을 얻는 자, 천하를 지배하리라.

묵영검(墨影劍).

혈인검(血刃劍).

두 자루의 검을 가리킨다.

쾌검마는 원래 묵영검을 지니고 있었고, 이후 혈인검을 얻었다는 소문이 파다하게 천하에 퍼져 나갔다.

우연의 일치였는지 사 년여 동안 쾌검마의 살행을 수수방관하던 명문 정파가 마침내 추적대를 결성한 날은 쾌검마가 혈인검을 얻었다는 소문이 무림에 퍼지기 시작한 지 보름만이었다.

쾌검마는 추적대를 이끄는 세 명 우두머리의 진짜 목적이 무엇인지 잘 알고 있다.

그들은 자파의 장문인이나 보주에게서 쾌검마를 죽이고 묵혈쌍검을 탈취하라는 명령을 은밀하게 받았을 것이다.

이 일은 소림 장문인이나 무당 장문인, 유성보주가 직접 나서야 할 만큼 중대한 사안이지만 그럴 경우 모양새가 좋지 않았다.

전 무림의 존경을 받고 있는 그들이 혹여 묵혈쌍검에 흑심을 품고 있다는 의심을 사게 될까 봐 우려하는 것이었다.

그런 사실을 짐작한 쾌검마는 그래서 그들이, 명문 정파라는 것들이 더 가증스럽게 여겨질 수밖에 없었다.

척!

"나는 네 사부가 아니다."

흑의인은 오른쪽 어깨에 메고 있던 검 한 자루를 검집째 풀어 현악의 머리맡에 놓았다.

무인이, 더구나 검객이 자신의 검을 누군가에게 준다는 것은 목숨을 주는 것과 같다.

더구나 그 검이 정말 전설의 혈인검이라면 천하의 절반을 뚝 떼어 주는 것이나 다를 바 없는 일이다.

그러나 아직 무림에 대해서는 눈곱만큼도 모르는 현악이고 보니 그런 사실을 알 리 없었다.

흑의인에겐 쌍검이 자신의 목숨보다 더 중요했다. 쌍검이 있어야지만 사부의 유시를 이행할 수 있었다.

그가 현악에게 쌍검 중 하나를 선뜻 준 이유는 후일을 도모하겠다는 계산을 했기 때문이다.

쌍검을 지니고 있다가 죽는 것보다는 하나라도 지니고 있으면서 목숨을 보존하는 것이 더 유리했다.

묵혈쌍검은 두 자루가 함께 있어야만 전설이 실현된다.

그러므로 살아 있기만 한다면 현악이 검을 끝까지 지니고 있든 추적대에게 뺏기든 다시 회수할 자신이 있었다.

실수로, 그리고 방심 때문에 추적대의 함정에 빠졌었지만 다시 그가 원래의 능력을 되찾게 된다면 아무도 그를 상대할 수 없을 것이다.

현악은 반색하며 벌떡 일어나 앉아 덥석 검을 집어 들었다.

그에게 중요한 것은 진검이 생겼다는 사실뿐이었다.

최초로 잡아보는 진검의 느낌은 몹시 묵직했다.

그리고 싸늘한 감촉이 두 손을 타고 온몸으로 전해지면서 등골을 으스스 저리게 만들었다.

검의 손잡이도, 뱀가죽으로 만든 검집도 피 칠을 한 것처럼 붉은 것이 무엇보다도 마음에 들었다.

한 가지 기이한 사실은 검을 두 손에 잡는 순간부터 가슴이 두근거리기 시작했다는 것이다.

마치 오랫동안 헤어져 있던 피붙이를 천신만고 끝에 다시 상봉한 것처럼, 예전에 잘려졌던 팔이 기적적으로 다시 제자리에 붙은 것처럼 치미는 감동을 주체하기 힘들었다.

현악은 왜 그런 기이한 현상이 생기는 것인지 의아해하거나 궁금하게 여기지 않았다. 그저 당연한 것으로 받아들이면서 격동 속으로 빠져들었다.

잠시가 지나자 두근거림이 멎기는커녕 심장이 미친 듯이 쿵쾅거렸고 눈시울이 붉어지기까지 했다.

정말 이상한 일이었다.

그의 두 손을 타고 전해진 검의 기운이 혈맥을 타고 온몸을 휘돌았고 심장과 머리 속을 가득 채웠다.

흑의인은 그의 그런 모습을 묵묵히 지켜보았다.

이윽고 현악은 피처럼 붉은 검을 고이 가슴에 안은 후 눈을 감으며 격동 어린 목소리로 중얼거렸다.

“검 이름이 뭐요?”

“혈인검.”

전설의 쌍검 중 하나인 혈인검이었다.

현악은 지금 천하의 절반을 품에 안고 있는 것이다.

순간 현악의 꼭 감은 눈에서 눈물이 나와 뺨을 타고 흘렀다.

태어나서 최초로 흘려보는 눈물이고, 부모가 죽었을 때에도 보이지 않았던 눈물이다.

“……!”

흑의인은 그것을 보며 움찔 가볍게 몸을 떨더니 복잡한 표정을 떠올렸다.

현악은 한참 만에야 천천히 눈을 뜨고는 품에 안은 혈인검을 부드럽게 쓰다듬었다.

“흠, 마음에 꼭 드는 이름이오.”

흑의인은 뚫어지게 현악을 주시하며 방금 전에 그가 보였던 이상한 행동을 반추했다.

그러나 그는 곧 고개를 가로저으며 이 일을 머리 속에서 지워 버렸다.

그러나 몇 년 후 그는 오늘의 이 일을 다시 되새기면서 현악에게 혈인검을 주었던 것을 크게 후회하게 될 줄은 추호도 예상하지 못했다.

현악은 문득 흑의인이 조금 전에 했던 말을 상기시켰다.

“그런데 왜 당신은 내 사부가 아니라고 말했소? 당신은 내게 무공을 가르쳐 주고 있으니까 당연히 사부가 아니오?”

“우린 거래를 했을 뿐이지 사제지간이 아니다.”

흑의인의 표정과 음성은 매몰찼다.

"내가 마음에 들지 않소?"

"나는 나조차도 마음에 들어하지 않는다."

현악은 툴툴 웃었다.

"후후, 그건 나하고 똑같군. 그런데 어떻게 하면 당신이 나를 제자로 받아들이겠소?"

"내 무덤에 찾아와서 구배(九拜)를 올려라."

말인즉, 죽기 전에는 절대 제자로 거둘 수 없다는 뜻이다.

그것은 현악이 마음에 들지 않아서가 아니라 흑의인이 아예 제자 따위를 거둘 마음이 없는 것이다.

고집불통이었고, 그나마도 현악과 닮았다.

"굳이 싫다는 사람 바짓가랑이 붙잡고 싶진 않소."

현악은 흑의인이 눈을 감으려고 하자 빠르게 말했다.

"궁금한 게 있소."

흑의인은 개의치 않고 눈을 감았다.

현악은 흑의인을 응시하며 뜻밖의 말을 내뱉었다.

"내가 묻는 세 가지 중에 하나만이라도 대답해 주시오. 아니면 우리 거래는 이것으로 끝이오."

현악은 아주 조금씩 흑의인을 닮아가고 있었지만 정작 자신은 느끼지 못하고 있었다.

"첫째, 당신은 누구요? 둘째, 이 뇌옥에는 왜 들어왔소? 마지막, 당신 이름이나 별호, 아니면 정체가 무엇이오?"

흑의인은 입이 아니라 눈을 뜰 생각조차 하지 않았다. 거래가 깨져도 좋다는 뜻인가?

그러고 보니까 흑의인은 현악이 처음에 봤을 때나 지금이나 한 치도 변함없이 똑같은 장소에 똑같은 자세를 유지하고 있었다.

현악은 뇌옥에 갇힌 지 열흘째 되던 날 흑의인을 발견했다. 그 후 이틀이 지났으니 흑의인은 이틀 동안 꼼짝하지 않고 저러고 있었다는 얘기가 된다.

어쩌면 그는 현악이 발견하기 훨씬 전부터 뇌옥에 있었는지도 모른다.

그렇다면 그는 그동안 내내 저 자세로 있었을 것이다.

척!

어쨌거나 현악은 혈인검을 흑의인 앞에 내려놓고 벌떡 일어서서 뒤도 돌아보지 않고 맞은편으로 걸어갔다. 자신의 말을 증명해 보이겠다는 뜻이다.

개뿔도 없는 놈이 큰소리를 텅텅 치고 있었다.

"좋아, 우리 거래는 이것으로 끝났군."

옛말에 소도 언덕을 보고 등을 비빈다고 했다.

흑의인이 얼마나 다급한 처지인지는 모르겠으나 백정 신분으로 비검문의 무공을 훔쳐보다가 발각돼서 뇌옥에 갇혀 고문을 받는 처지인 현악의 뭘 보고 거래를 하자는 것인지 현악 자신도 알다가 모를 일이었다.

그런 형편에 거래랍시고 마음에 쏙 드는 검까지 주면서 꽤 쓸 만한 무공이라도 가르쳐 주면 현악은 그저 옳다구나 하고 군말 말고 고이 받으면 될 일이었다.

그런데 현악은 벙어리 두 몫 떠들어댄다고, 오히려 큰소리를 떵떵 치고 있지 않은가.

그건 자포자기가 아니라 배짱이었다. 그 누구에게도 쉽사리 찾아보기 힘든 두둑한 배짱인 것이다.

"나는 중상을 입었다."

현악이 맞은편 석벽 앞에 당도하여 막 앉으려고 할 때 흑의인이 중얼거리듯이 입을 열었다. 현악의 세 가지 질문 중에서 두 번째에 해당하는 대답이었다.

현악은 돌아서서 흑의인을 쳐다보았다.

"나는 많은 무림 고수들의 협공에 중상을 입고 쫓기는 몸이다. 지방 문파의 뇌옥만큼 안전한 곳도 없지. 그래서 이곳에서 치료를 하는 중이다."

그동안 현악이 흑의인에게 갖고 있던 의문 중에 한 가지가 비로소 풀렸다.

아무것도 모르는 현악의 상식으로도 뇌옥에 갇힌 사람이 검을 두 자루씩이나 지니고 있다는 사실이 무척이나 이상했었다.

게다가 수옥 무사도 이 뇌옥에 흑의인이 있다는 사실을 모르고 있는 것 같았다.

결국 흑의인은 상처를 치료하기 위해서 제 발로 뇌옥에 들어왔다는 말이 된다.

"그런데 수옥 무사 놈이 어째서 당신을 발견하지 못하는 것이오?"

"철문이 열리기 전에 내 주위에 차단막을 펼쳐 둔다. 그렇게 하면 절정고수가 아닌 다음에야 나를 그저 벽으로 여길 것이다."

이해하기 어려운 내용이었지만 이해할 수 있는 말이기도 했다.

그리고 경이로운 수법이기도 했다.

흑의인이 뇌옥을 선택하여 은신한 방법은 어찌 보면 무모했지만 달리 생각하면 기발한 발상이었다.

현악은 문득 흑의인의 처지가 자신과 비슷하다는 생각이 들었다.

"내가 도울 일은 없소?"

"건방진 소리 지껄이지 마라."

"……."

일언지하에 면박을 당한 현악은 얼굴이 뜨거워서 입술을 삐죽거리며 아무 말도 못하고 눈만 뒤룩거렸다.

'빌어먹을!'

흑의인은 눈을 감은 채 중얼거렸다.

"지금부터 하루에 검을 이만 번씩 휘둘러라."

현악은 눈을 휘둥그렇게 뜨고 입을 쩍 벌렸다.

"이만 번이라고 했소?"

"그저 휘두르는 것이 아니다. 내가 가르쳐 준 구결을 운기하면서 검을 머리 꼭대기 천중에서 바닥까지 수직으로 만 번, 왼쪽에서 오른쪽, 오른쪽에서 왼쪽 수평으로 각각 오천 번씩 만 번이다."

"……."

현악은 벌린 입을 다물지 못했다.

그는 지난 일 년 동안 매일 밤마다 목검으로 비검구식을 수련해 봐서 검법 수련이 얼마나 고된 중노동인지 잘 알고 있었다.

한 시진 동안 쉬지 않고 목검을 휘두르고 나면 아무것도 아닌 목검의 무게가 천 근처럼 느껴져서 들고 있는 것조차도 힘겨울 지경이 되고 만다.

게다가 한 시진 정도 목검을 휘두른 횟수는 아무리 많아도 삼백 회를 넘지 못했다.

하물며 목검이 그 정도인데 진검이야 오죽하겠는가. 이건 아예 시작하기도 전에 포기하라는 말이나 같았다.

저벅저벅―

"이만 번이라고 했지?"

현악은 뇌옥 복판으로 성큼성큼 걸어가면서 중얼거렸다.

'좋아. 날 시험해 보는 거다. 후후, 죽거나 아니면 살겠지.'

*　　　*　　　*

"칠제, 사숙께는 알렸느냐?"

태청십이검의 맏이인 일검 혜진(慧進)은 침상에 눕혀져 있는 혜우의 시신을 주시하며 무겁게 중얼거렸다.

"십일제의 시신을 발견한 즉시 청송자 사숙께 비합전서를 보냈습니다, 대사형."

혜진의 뒤에 시립하듯이 공손히 서 있는 팔검 혜상(慧尙)이 공손히 대답했다.

사흘 전에 안택현 외곽 어느 야산에서 시체로 발견된 혜우는 태청십이검 열두 명 중에서 십일검이었다.

지금 객방에는 죽은 혜우와 예전에 쾌검마에게 죽은 네 명을 제외한 태청십이검 일곱 명이 모두 모여 있었다.

그들은 청송자의 명으로 안택현 곳곳에 흩어져서 쾌검마의 흔적을 수색하고 있던 중에 혜우가 죽었다는 급보를 받고 한달음에 모여들었다.

그리 좁지 않은 객방이지만 당당한 장정 일곱 명이 모여 서 있자 빈

틈없이 꽉 차 보였다.

"으드득! 쾌검마 이놈!"

맏이 혜진은 혜우의 시체에 시선을 고정시킨 채 이를 갈면서 눈에서 살광을 뿜어냈다.

"대사형, 쾌검마는 이곳 안택현에 있는 게 분명합니다! 지금 당장 놈을 찾아내서 죽입시다!"

혜진 옆에 서 있는 이검 혜광(慧光)이 분을 참지 못하고 움켜쥔 주먹을 떨었다.

혜우의 미간에 새겨진 검흔은 비록 흐릿했지만 누가 봐도 쾌검기가 분명했다.

또한 그 검흔은 쾌검마의 위력이 평소에 비해서 이성 내지 삼성에 불과하다는 사실을 증명해 주고 있었다.

그것은 추적대가 예상했던 것보다 쾌검마가 더 심한 중상을 입었다는 반증이기도 했다.

"대사형, 쾌검마는 이빨 빠진 호랑이에 불과합니다! 우리 일곱 명의 형제가 세 조로 나누어 수색하다가 놈을 발견하면 본 파의 검진을 펼쳐서 죽여 버립시다!"

"사숙께서 오실 때까지 분을 참지 못하겠습니다!"

"대사형, 쾌검마를 우리 손으로 죽여서 십일제의 복수를 합시다!"

이검 혜광의 분노에 찬 말에 사형제들이 우르르 동조하고 나섰다. 그들의 분노는 폭발 직전이었다.

태청십이검의 행동에 대한 모든 결정권은 당연히 일검 혜진에게 있다.

그가 다른 사형제들과 약간 다른 점은 쾌검마에 대한 분노보다는 그를 죽여 자신의 명성을 날리고 싶은 공명심이 더 크다는 사실이었다.

혜진은 진중한 표정으로 천천히 아우들을 둘러보았다.

"좋다! 우리끼리 놈을 처치하자! 나중에 사숙께는 내가 말씀드리겠다!"

이윽고 그는 주먹을 움켜쥐며 힘있게 말했다.

*　　　*　　　*

청라는 부친에게 쾌검마를 자신들이 죽이자고 제안한 후 부친으로부터 비검문의 전권을 위임받았다.

그것 하나만 봐도 청대화가 딸을 얼마나 신임하는지 쉽게 알 수 있었다.

그녀는 그날부터 비검십당과 비검문의 전 수하들을 총동원하여 안택현 백여 리 일대를 샅샅이 수색했으나 쾌검마의 흔적은 어디에서도 찾지 못했다.

'쾌검마는 아직 안택현 내에는 들어오지 않았군. 내일부터는 외곽을 수색해 봐야겠어.'

그래서 그녀가 속으로 그렇게 작정했을 때 하나의 놀라운 보고가 날아들었다.

그것은 쾌검마 추적대로서 안택현에 들어와 있던 태청십이검 여덟 명의 무당 검수 중 한 명이 안택현 외곽 야산에서 쾌검마에게 살해당했다는 사실이었다.

팔검 혜광이 혜우의 시신을 객잔으로 옮긴 후 반 시진 뒤에 그 사실은 곧바로 청라에게 전해졌다.

안택현은 비검문의 안방이다.

평소에도 온갖 크고 작은 사건들이 속속 비검문 천이당(千耳堂)에 접수되는데, 하물며 비검문 전체가 쾌검마를 찾아내려고 혈안이 되어 있는 지금에야 더 말할 나위도 없다.

그리고 청라는 조금 전에 안택현에서 태청십이검 일곱 명이 쾌검마를 죽이기 위해서 행동을 개시했다는 보고를 연이어서 받게 됐다.

보고서에는 그들 일곱 명이 나눈 대화 내용까지 상세히 포함되어 있었다.

이로써 쾌검마가 안택현 내에 숨어 있는 것이 분명해졌다. 따라서 그녀의 계획도 약간 수정되어야만 했다.

청라는 대전에 도열한 열 명의 당주들 비검십당을 위엄있는 얼굴로 천천히 쓸어보았다.

"추명당(追命堂)은 멀찍이에서 태청칠검(太淸七劍)을 감시하라. 절대 그들에게 발각돼서는 안 된다."

"명을 받듭니다."

추명당주는 한쪽 무릎을 꿇고 공손히 고개를 숙였다.

태청칠검이 쾌검마를 발견하여 싸움이 벌어진다면 누가 이길는지 점칠 수 없다.

쾌검마의 현재 상태를 정확하게 파악할 수 없기 때문이다.

중상을 당하기 전의 쾌검마라면 태청십이검 모두라고 해도 오 초식 이내에 전멸시킬 수 있을 것이다.

그러나 지금은 아니었다.

태청칠검이 쾌검마를 죽인다면 어쩔 수 없지만 만약 죽이지 못하고 오히려 전멸한다면?

그렇다면 필경 쾌검마는 더 심한 중상을 입게 될 것이고, 그것은 청라가 쾌검마를 직접 죽일 수 있는 천재일우의 기회가 될 것이 분명했다.

그녀는 비검십당 중에 네 개 당에게 안택현 외곽을 포위하도록 지시하여 쾌검마가 태청칠검과의 싸움에서 패해 도주할 경우까지 철저히 대비시켰다.

이어서 세 개 당은 계속 쾌검마의 행적을 수색하라고 지시했고, 나머지 두 개 당은 자신이 직접 지휘하기로 했다.

바야흐로 그녀의 전쟁이 시작되었다.

진검을 있는 힘을 다해서 반복적으로 끝없이 휘두르는 수련에는 고문을 당하는 것과는 전혀 다른 고통이 수반됐다.

고문은 외부로부터의 타격이지만 진검 휘두르기는 속으로부터의 고갈이었다.

결론적으로 말하자면 현악은 진검 휘두르기를 시작한 지 사흘째가 된 지금 두 시진에 걸쳐서 백오십 회를 휘두르고는 기진맥진해서 벌렁 드러누워 버리고 말았다.

그가 지난 사흘 동안 진검 휘두르기를 한 회수를 모두 합쳐 봐야 삼천 번이 넘지 않았다. 하루에 이만 번은 고사하고 천 번도 휘두르지 못했다는 얘기다.

"헉헉헉헉!"

누워 있는 그의 온몸이 부들부들 마구 떨렸다. 뿐만 아니라 심장은 당장이라도 터져 버릴 지경이었고 허파는 찢어질 것만 같았다. 두 팔은 아예 몸통에 붙어 있는 것 같지도 않았다.

죽으면 죽었지 이젠 단 한 차례도 휘두를 수 없었다. 아니, 일어나 앉는 것조차 불가능했다.

집념이나 성깔, 그리고 힘쓰는 것이라면 안택현 내에서 사촌인 곽정을 빼곤 현악을 따를 자가 없었다.

"으으으… 섬쾌고 나발이고 그만… 포, 포기하겠소."

현악은 헐떡거리면서 끝내 그렇게 내뱉고 말았다.

섬쾌를 익히는 데 반드시 진검을 하루에 이만 번 휘둘러야 한다면 이쯤에서 포기할 수밖에 없었다.

아니면 이만 번은 고사하고 천 번을 휘두르기도 전에 현악이 죽어 자빠질 게 분명하니까.

"그렇다면 포기해라."

흑의인은 최초의 그 자세를 지금껏 닷새째 유지한 채 스산하게 중얼거렸다.

"헉헉헉! 으으… 비검구식이나 배우겠소……."

시간이 흘러도 몸이 떨리는 것이나 심장이 터질 것 같은 것, 허파가 찢어질 듯한 고통은 조금도 나아지지 않았다.

"좋을 대로."

"우라질! 비검구식은 이렇게 무자비한 방법으로 익히지 않아도 된다구! 이게 생사람 잡는 방법이지 검법 수련이라는 건가?"

"높이 나는 새가 멀리 보는 법이지."

"……."

백 척 높이의 산에 오르는 것보다 천 척 높이의 산에 오르는 것이 더 힘든 것은 당연하다.

그리고 백 척 높이 산의 정상에서보다 천 척 높이 산 정상에서 더 먼 곳까지 볼 수 있는 것 역시 당연지사.

흑의인의 말은 수련이 혹독하면 혹독할수록 더 강한 검의 달인이 된다는 뜻이었고, 그걸 현악이 알아듣지 못할 리 없었다.

그리고 그 말이 현악의 자존심과 패기를 자극했다. 그는 누운 채 우거지상을 지었다.

"씨팔! 한다구! 하면 되잖아!"

그는 혈인검을 지팡이 삼아 비틀거리면서 간신히 일어섰다.

오기는 어릴 때부터 현악의 또 다른 별명이기도 했다.

덜덜덜덜―

현악은 검을 들어올리기만 하는 데도 두 팔이 사시나무 떨듯이 떨렸고 땀이 비 오듯이 쏟아졌다.

"으윽! 빌어먹을! 이까짓 것도 못하면서 무슨 놈의 조자룡씩이나 되겠다고 염병을 하느냐구!"

그는 어금니를 있는 힘껏 악물고 씨근거리면서 겨우 검을 머리 위로 치켜들어 세우는 것까지 성공했다.

흑의인은 무표정하게 현악을 응시할 뿐 입을 열지 않았다.

사실 검법을 수련하는 사람이라면 누구나 알고 있는 사실, 즉 검을 좀 더 쉽게 휘두를 수 있는 요령이라는 것이 있었다.

그러나 흑의인은 그것을 현악에게 가르쳐 주지 않았다. 현악 스스로 깨닫게 하기 위해서였다.

쉽게 가르쳐 주는 것보다는 스스로 어렵게 터득해야지만 진짜 자기 것이 되는 것은 당연했다.

그리고 현악이 모르고 있는 게 한 가지 더 있었다.

그것은 혈인검이 보통의 검보다 대여섯 배 이상 더 무겁다는 사실이었다.

그 이유는 혈인검을 만든 쇠의 재질이 보통의 검과 판이한 것에 기인했다.

위잉!

현악은 남아 있는 모든 힘을 두 팔에 집중시킨 후 검을 힘껏 전면을 향해 수직으로 그어 내렸다.

남아 있는 힘이라고 해봤자 서너 살짜리 코흘리개가 작대기를 겨우 휘두를 수 있을 만큼의 힘이었다.

"우왓!"

순간 현악은 검의 무게를 주체하지 못하고 몸이 앞으로 확 딸려가다가 급기야 검을 놓치고 바닥에 나뒹굴고 말았다.

꿍!

웅웅―

검은 맞은편으로 쏘아가 석벽에 절반이나 푹 꽂혀서 귀곡성 같은 진동음을 흘려냈다.

검의 진동음 때문에 석벽이, 아니, 뇌옥 전체가 은은히 떨어 울렸다.

현악은 아까보다 더 기진맥진한 상태였지만 찬물을 뒤집어쓴 것처럼 정신이 번쩍 들었다.

난리법석을 피웠으니 수옥 무사가 달려올 것이 뻔한 일이다.

그는 후닥닥 일어나 급히 두 손으로 검을 잡고 힘을 주어 뽑았다. 아니, 뽑으려는 것은 그의 생각일 뿐 석벽에 한 자 정도 깊숙이 박힌 검은 벽 속에 뿌리를 내린 듯 요지부동이었다.

그는 석벽에 두 발바닥을 붙이고 온몸으로 검을 뽑으려고도 기를 써

보고 검에 매달려서 젖 먹던 힘까지 다 썼지만 꼼짝도 하지 않기는 매한가지였다.

그는 초조한 표정으로 철문을 쳐다보았다.

수옥 무사가 철문을 열고 벽에 꽂혀 있는 검을 보는 순간 산통이 다 깨지고 만다.

그러나 현악이 검을 뽑느라 일각여 동안 씨름을 하고 있는데도 수옥 무사는 나타나지 않았다.

이상한 일이었지만 현악으로선 천만다행이었다.

청라가 쾌검마를 찾아내려고 비검문의 최하급 무사들까지 깡그리 데리고 출동했다는 사실을 현악이 알 리 없었다.

"헉헉헉!"

그는 검을 보며 혀를 빼물고 헐떡였다. 어떻게든 검을 뽑아야만 했지만 방법이 없었다.

남에게 아쉬운 소리 하는 것을 죽기보다 싫어하는 현악이었지만 이런 상황이 되고 보니 애원의 눈빛까지 띠면서 흑의인을 돌아보지 않을 수 없었다.

쑥!

영원히 움직일 것 같지 않던 흑의인이 마침내 일어서서 천천히 다가와 검을 한 손으로 잡더니 마치 두부에서 젓가락 뽑듯이 가볍게 뽑아서 슬쩍 현악에게 던져 주었다.

"어어?"

쿵!

서 있을 기력조차 없는 현악은 검을 안고 엉덩방아를 찧었다.

"젠장! 감정있으면 말로 하라구, 말로!"

그는 다시 제자리로 가서 원래의 자세로 앉아 있는 흑의인에게 오만 상을 써 보이며 속에도 없는 말을 내뱉었다.

비록 흑의인과 함께 지낸 지 며칠 되지는 않았지만 현악은 그가 몹시 친근하게 여겨졌다.

흑의인이 받아들일는지 아닐지는 모르지만 현악은 방금 같은 농담을 대수롭지 않게 내뱉고 있었다.

"그만 쉬거라."

"쉬라고? 날 어떻게 보고 하는 소리요?"

백정으로 살아오면서 비틀릴 대로 비틀린 청개구리 현악이다. 자라고 하면 깨고 이쪽으로 가라고 하면 저쪽으로 가는 그인 것이다.

'우라질! 큰소리는 쳤지만 힘이라곤 한 올도 남아 있지 않은 상태라서 또다시 검의 무게 때문에 몸이 딸려갈……'

바로 그때였다,

검을 휘두르는 요령을 그가 깨우치게 된 것은.

"바로 그거였어! 푸핫핫핫핫!"

그는 검을 빤히 쳐다보다가 고개를 젖히고 미친 사람처럼 유쾌한 웃음을 터뜨렸다.

수옥 무사가 달려오는 것쯤은 조금도 겁나지 않았다.

평생 처음 깨달음이라는 것을 얻은 것이다.

수옥 무사가 한바탕 난리를 벌이는 게 무에 대수겠는가.

하다못해 나무꾼이 도끼를 휘두를 때에도 힘만을 사용하지 않고 대장장이가 망치를 내려칠 때에도 무조건 힘으로만 두드리지 않는다. 그런데 하물며 검이겠는가.

해답은 바로 요령이었다.

너무나 간단하게 들리지만 깨닫기에는 지독하게 어려운 것이 또한 요령이란 놈이기도 하다.

신분이 백정인 현악 역시 도끼를 휘둘러 소나 돼지를 잡을 때에도, 도축용으로 사용하는 여러 칼로 가축의 뼈와 살을 발라낼 때에도 힘과 요령을 적절히 배합했었다.

그렇다고 도끼나 도축용 칼을 쓰는 요령 따위로 검을 휘둘러서는 결코 안 될 것이다.

다만 그들 여러 요령에는 공통적인 부분이 얼마간 있을 테니 그것을 차용해 오면 될 터.

현악은 탈진한 상태에서 검을 휘두르다가 자신의 몸이 검에게 딸려 가는 것을 경험하고는 자신의 몸과 검이 일체가 돼야 한다는 나름대로의 깊은 이치와 요령을 깨달았다.

검을 힘들이지 않고 휘두르는 요령은 검을 힘으로 제어하려고 하지 말고 최초에 원하는 방향으로 검을 휘두른 직후 검이 가는 대로 몸도 따라가게 하는 것이었다.

이것 역시 말은 간단하지만 그 요령을 몸으로 익히는 데에는 부단한 노력이 요구될 것이다.

머리가 인지하는 것과 몸이 익숙해지는 것은 엄연히 다르다. 지금은 머리보다는 몸이 검과 친해져야 할 때였다.

◆제6장◆
섬쾌검법(閃快劍法)

현악은 검을 휘두르는 요령, 즉 검이 진행하는 방향으로 몸을 싣는 것을 별 무리 없이 숙달시키는 데에만 닷새가 걸렸다.

검법을 수련하는 다른 사람들이 봤다면 그의 놀랍도록 빠른 진전에 입에서 거품을 내뿜을 테지만 그는 오히려 닷새나 걸렸다고 자신을 책망하며 투덜거렸다.

보통 사람이라면 족히 몇 달은 걸렸을 것이고, 자질이 우수한 사람이라고 해도 최소한 한 달은 걸렸을 일이다.

백정 현악.

그에게 무공에 대한 천부적인 자질이 잠재되어 있었다는 사실을 부인할 수는 없겠지만 그보다 더 큰 힘을 발휘하고 있는 것은 그의 남다른 성격과 응어리진 분노, 그리고 한이었다.

그 닷새 동안 그는 한 번도 고문실에 끌려가지 않았다.

게다가 그동안 공급되던 형편없는 하루 두 그릇의 콩죽마저도 중단됐다.

무슨 영문인지 모를 일이고 알고 싶지도 않았지만 그에겐 수련할 시간이 많아져서 더없이 잘된 일이었다.

식사는 흑의인이 주는 엄지 손톱만한 크기의 환약을 하루에 한 알씩 먹는 것으로 대신했다.

신기하게도 그 환약을 먹으면 하루 종일 허기가 느껴지지 않았고 오히려 콩죽을 먹었을 때보다 더 든든했다.

그 환약이 무림인들이 비상시에 즐겨 먹는 벽곡단이라는 사실을 현악이 알 리 없었다.

닷새가 지났을 때, 그가 휘두르는 검의 속도는 최초에 검을 휘둘렀을 때와는 비교도 할 수 없을 만큼 빨라졌고 어느 정도의 위력마저도 실리게 되었다.

그는 검을 휘두르는 요령이 검이 가는 대로 몸이 따라가기만 하면 되는 줄 알았었다.

그런데 그것을 웬만큼 터득하고 나자 다음 문제가 나타났다.

검을 휘두르고 나서 중도에 검의 방향을 마음먹은 대로 바꿀 수가 없었다.

상대는 나무나 석상처럼 그저 뻣뻣하게 선 채 검이 다가오기를 기다려 주지는 않을 것이다.

상대의 몸을 찌르거나 베려면 적의 움직임에 따라서 검도 함께 움직여 줘야만 한다.

검에 몸을 싣는 것이 일 단계였다면 휘둘러진 검의 방향을 중도에서 변화시켜야 한다는 것이 요령의 이 단계였다.

한 번 터진 요령의 물꼬는 거침없이 현악의 머리에 퍼부어졌다.

그는 거의 침식을 잊고 요령의 이 단계 터득에만 매달렸다.

뇌옥 안은 하루 종일 검을 휘두르는 윙윙 하는 검명으로 가득 찼다.

검을 휘두르다가 지치면 운기를 했다.

운기라는 것은 거듭할수록 신기하기 짝이 없었다.

검을 휘두르느라 극도로 탈진한 몸에 짧은 시간 안에 기력을 가득 채워주었으며, 고문으로 입은 온몸의 상처를 빠르게 치료시켜 주었다.

현악은 마침내 새로운 세계의 입구에 발을 딛고 있었다.

그는 하루에 고작 한두 시진 정도만 잠을 자면서 검법 수련과 운기에만 몰두했다.

'없다!'

너무 지쳐서 아무렇게나 엎어져 잠이 들었던 현악은 깨어나서 뇌옥 안을 둘러보다가 크게 놀라고 말았다.

흑의인이 보이지 않았다.

여태껏 수십 차례 운기를 거듭한 현악은 안력이 놀랄 정도로 좋아져서 칠흑 같은 밤인데도 불구하고 뇌옥 안이 훤하게 보였다.

그러니 굳이 더듬으면서 흑의인을 찾을 필요가 없었다. 그는 뇌옥 어디에도 없었다.

'떠난 것인가?'

이상하게도 가슴 한 귀퉁이가, 아니, 온 가슴이 와르르 무너져 내렸다. 현악은 그 자리에 털썩 주저앉고 말았다.

그가 가슴에 꼭 안고 잠들었던 혈인검은 그대로 있었다.

‘젠장! 섬쾌가 진검 휘두르기 이만 번으로 다 되는 건 아니잖아! 그냥 떠나면 어쩌자는 거야?’

흑의인이 떠난 것이라면 섬쾌 수련이 중단된 것도 아쉬웠지만 다시는 흑의인을 못 본다는 사실이 더 섭섭했다.

‘그나저나 사방이 다 막혀 있는데 이 인간은 도대체 어디로 사라져 버린 거야?’

그는 눈살을 찌푸리며 철문을 쳐다보았다.

흑의인 정도의 고수가 검을 휘둘러 철문을 찢고 나가는 것쯤은 어렵지 않을 것이다.

그러나 철문은 말짱했다.

‘하지만 손바닥만한 구멍으로는……’

현악은 뇌옥에 하나밖에 없는 구멍을 쳐다보면서 속으로 중얼거리다가 너무 놀라서 헛바닥이 목구멍 속으로 말려 들어갈 뻔했다.

“……!”

추호의 소리도, 기척도 없이 구멍을 통해서 하나의 시커먼 물체가 스며들고 있었던 것이다.

‘귀신!’

첫 느낌은 그랬다.

당연히 그렇게밖에는 생각할 수 없었다. 사람이라면 손바닥만한 구멍으로 스며들 수 없을 테니까.

게다가 지금 구멍을 통해서 스며들고 있는 물체는 한 줌으로도 쥘 수 있을 만큼 가늘었다.

아무리 갓난아기라고 해도 그처럼 가늘지는 않을 것이다. 그것은 흡사 길고 검은 뱀처럼 보였다.

그런데,

스으으—

귀신이라고 생각했던 검은 물체의 처음 끝 부분이 거품처럼 커지면서 빠르게 사람의 얼굴로 변하는 것이 아닌가?

그렇게 변한 것은 떠났다고 생각한 흑의인의 얼굴이었다.

현악이 경악해서 보고 있는 가운데 검은 물체는 구멍을 통과하면서 흑의인으로 변하며 바닥에서 이 장 높이의 구멍에서 미끄러지듯이 내려와 어느새 현악 앞에 우뚝 서 있었다.

“당신… 귀신이었어?”

“축골공(縮骨功)과 환영이체술(幻影移體術)이다.”

흑의인은 중얼거리면서 자기 자리로 걸어갔다.

현악은 그가 축골공과 환영이체술이라는 괴이한 수법을 발휘하여 몸을 작게 만들고 손바닥만한 구멍을 통과했다는 사실을 깨달았다.

“가르쳐 줘.”

현악은 요즘 들어 흑의인에게 거의 반말을 하고 있었다. 그 나름대로 친근감의 표시였는데, 흑의인이 뭐라고 하지 않기에 이젠 반말이 굳어가고 있는 중이었다.

“뭘 말이냐?”

흑의인은 구석에 비스듬히 누웠다.

“방금 그거, 축골공하고 환영이체술.”

“…….”

“나더러 죽으라는 거 빼놓고는 무슨 부탁이든 다 들어줄게.”

“…….”

“응? 부탁해.”

"넌 공력이 없어서 시전하지 못한다."

현악은 약간 칭얼거렸다. 어렸을 때 모친에게 하던 것과 비슷한 행동이었다.

"나중에 써먹을 거야. 지금은 배워만 두는 거라구. 응? 가르쳐 줘."

"알았다."

"헤헷, 고마워!"

현악은 너무 좋아서 입이 귀에 걸리도록 찢어졌다.

사실 현악이 떼를 써서 흑의인이 마지못해 축골공과 환영이체술을 가르쳐 주겠다고 한 것은 아니다.

어쩌면 현악이 더한 것을 요구하더라도 흑의인은 들어줄 수밖에 없는 형편이었다.

조금 전에 흑의인은 지난번 태청십이검의 혜우처럼 비검문을 수색하던 태청십이검의 한 명을 감지하고는 그때처럼 그를 먼 곳으로 유인한 후 감쪽같이 죽였다.

그리고는 나간 김에 현 내의 동태를 먼발치에서 대충 살폈다.

추적대가 속속 안택현으로 모여들고 있었고, 이미 삼십 명 이상이나 운집한 상태였다.

게다가 비검문까지 문파 고수 이백오십여 명을 모조리 동원해서 농가의 헛간까지 샅샅이 들쑤시고 다니는 것을 목격했다.

추적대와 비검문의 표적은 바로 흑의인이었다.

그는 지난 석 달 동안 추적대와 싸우면서 도주하며 십여 군데 이상 검과 도에 찔리고 베었다.

그중에서 치명적인 상처가 세 군데다. 게다가 다섯 차례나 소림 고수들의 내가중수법에 적중되어 전신 혈맥이 토막나고 끊어진 내장이

제자리를 이탈한 상태였다.

그렇게 당하고도 살아서 숨을 쉬고 있다는 것이 기적일 정도였다. 만약 그의 공력이 절정에 달하지 않았다면 그는 이미 오래전에 죽음을 맞이했을 것이다.

그의 상처는 쉽게 치료될 수도, 빠른 시일 내에 완치될 수도 없는 상태였다.

뛰어난 의원이 여러 놀라운 영약을 사용해서도 족히 한 달 이상 성심껏 치료해야 폐인을 면할 수 있을 정도였다.

흑의인은 현재 평소 공력의 이 성가량밖에 남지 않았다.

그 정도라면 무당 검수 다섯 명의 협공을 겨우 견딜 수 있을 테고, 포위망을 뚫고 죽을힘을 다해서 도주한다고 해도 곧 기력이 고갈되어 백여 리 이상 가지 못하고 쓰러지고 말 것이다.

어쨌든 흑의인은 점점 더 독 안에 든 쥐 신세가 되고 말았다.

이제 추적대가 안택현에 모두 모이고 나면 탈출이 더욱 어려워질 것이다.

그렇다고 비검문의 이 뇌옥에 언제까지나 숨어 있을 수도 없는 노릇이고, 추적대가 안택현 곳곳을 하나씩 수색해 나간다면 언젠가는 뇌옥에도 수색의 손길이 뻗칠 게 분명했다.

그래서 흑의인은 현악이 필요했다.

처음에 그는 나중을 안배하겠다는 막연한 계산으로 현악과 거래를 했던 것인데, 시간이 지날수록 점차 현악의 역할이 중요해졌다.

이제 흑의인은 자신의 생사가 현악 손에 달려 있다고 생각했다. 이후 현악의 역할에 따라서 흑의인의 생사가 좌우될 것이다.

하지만 흑의인의 요구를 충족시키기에는 현악이 너무도 부족했다.

시간은 촉박했고 해야 할 일은 막중했다.

다시 열흘이 지났다.

쉬익! 쉭! 쉭!

현악은 혈인검을 마치 장난감 다루듯이 마음대로 갖고 놀 정도가 되었다. 혈인검이 자신의 팔이라도 된 듯했다.

실로 놀라운 진전이었다.

흑의인이 지켜봤을 때 현악은 검객의 천부적인 소질을 타고난 것 같았다.

아니, 그는 현악을 보면서 문득 문득 십여 년 전의 자신을 보는 듯한 착각에 빠지기도 할 정도였다.

그러나 흑의인은 그런 내심을 겉으로는 추호도 내색하지 않았다. 현악을 칭찬한다거나 그의 진전을 솔직하게 평가해 주는 것이 검법 수련에 조금도 도움이 되지 않을뿐더러 오히려 방해된다고 판단한 것이다.

아니, 그는 현악을 더 다그쳤다.

시간이 촉박했다.

그래서 그 즈음에 이르자 그는 내심으로 한 가지 결심을 하기에 이르렀다.

"너는 섬쾌를 그만 포기하는 게 좋을 것 같다. 그 정도는 코흘리개조차도 할 수 있다."

"무슨 소리야? 기다려 보라구! 첫술에 배부르겠어?"

"됐다! 휘두르는 것은 그만 하고 오늘부터 발검(拔劍), 그리고 낮에는 햇살을, 밤에는 달빛 베는 수련을 해라."

"발검이 검을 뽑는 거라는 것쯤은 알겠는데… 햇살과 달빛을 베라는 건 뭐지?”

“자령신공(紫靈神功)을 운기하면서 빛을 잘라라.”

“자령신공이 뭔데?”

“…….”

현악은 어리둥절했다가 곧 낮은 탄성을 터뜨렸다.

“아! 내게 가르쳐 준 운기법 이름이 자령신공인가? 그러니까 그걸 운기하면서 빛을 자르라 이거지?”

현악이 여태까지 한 검법 수련, 즉 ‘검이 가는 대로 몸을 싣는다’ 라던가, ‘뻗어낸 검의 방향을 중도에 변화시킨다’ 라는 것은 사실 비검문의 당주급조차도 하기 어려운 상승의 수련법이었다.

일반적인 검법의 수련법은 정해진 초식에 바탕을 두고 초식이 정한 방위 만을 수련하는 정도가 대부분이다.

그러나 그런 수련법으로 터득한 검법은 오래지 않아서 한계에 부딪치고 만다.

배울 때도 초식이 필요했으므로 초식이 없으면 무용지물이 돼버리는 검법인 것이다.

검법이란 그야말로 무한한 응용이다.

초식에 얽매인 검법은 초식이 정해놓은 범위 안에서만 발휘되므로 언젠가는 바닥을 드러내는 될 우물과도 같다.

하지만 무당파나 소림사, 화산파 같은 명문 대파에서는 장문인이나 장로들이 제자들에게 상승검법을 전수할 때에 지금 현악이 하고 있는 수련법을 반드시 거치게 한다.

그렇기 때문에 명문 대파의 검법과 도법이 여타 수많은 문파들보다 우위에 있는 것이 현실이었다.

그러나 명문 대파의 수련법과 혹의인의 수련법이 같은 것은 거기까지뿐이다.

햇살이나 달빛을 자르는 것은 무림의 어떤 문파에서도 하지 않는 수련법인 것이다.

아니, 그런 수련법은 아예 존재하지도 않았다.

그런 것은 전설, 혹은 신화에서나 나옴 직한 얘기를 말하기 좋아하는 사람들이 부풀려서 떠들어대는 것에 불과했다.

또한 무림에선 발검이나 발도(拔刀)를 특별한 경우를 제외하곤 크게 중요하게 여기지 않는다.

대부분의 대결이라는 것은 목숨을 걸었든 그렇지 않든 서로 무기를 뽑은 후에 벌어지고 그때부터 승부가 갈리기 때문이다.

어쨌든 현악은 그날부터 '발검' 과 '빛 자르기' 수련을 시작했다.

'설마 그년이 날 잊은 건가?

마지막으로 고문을 당한 게 보름 전이었다.

그런데도 현악은 지난 보름 동안 한 번도 끌려 나가지 않게 되자 고개를 갸웃거렸다.

게다가 지금껏 지켜본 결과 뇌옥에 수옥 무사들도 없는 게 분명했다. 오죽하면 콩죽조차 주지 않겠는가. 그것은 뇌옥에 갇힌 사람들을 그대로 방치한 것이었다.

'어쨌든 잘됐다. 이제야 모든 걸 잊고 '빛 자르기' 에만 몰두할 수 있으니까 말이다.'

고문도 없고, 아무도 방해하는 사람이 없으니 뇌옥만큼 안성맞춤의 수련 장소도 없었다.

다만 누이동생 자운이 자꾸만 눈에 밟혔다.

하나뿐인 누이 자운……

흑의인은 며칠에 한 번씩 축골공과 환영이체술을 사용하여 뇌옥의 구멍을 통해서 밖을 다녀왔다.

그렇다고 그가 버젓이 안택현 현 내를 활보한 것도 추적대 중 몇 명을 죽이고 돌아온 것은 아니었다.

추적대가 거의 모두 도착한 안택현의 상황은 그가 마음대로 활보하고 다닐 정도로 녹록치 않았다.

그는 밤에 몰래 비검문 주방에 숨어들어 최대한 흔적을 남기지 않고 먹을거리를 가지고 왔다. 지니고 있던 벽곡단이 떨어졌기 때문이다.

사람은 먹어야 살 수 있다. 제아무리 경천동지할 절세무공을 지니고 있어도 먹지 않으면 죽을 수밖에 없다. 두 사람은 흑의인이 가져온 음식으로 하루에 한 끼만 먹으며 겨우 연명했다.

그렇게 한 달이 지났다.

바깥 세상은 어떻게 돌아가고 있는지,

현악은 까맣게 잊고 있었고, 흑의인은 잠을 이루지 못했다.

파아―

'잘못 봤나?'

현악은 줄기차게 검을 휘두르다가 멈추고는 뇌옥 안을 비추고 있는 달빛에 눈을 크게 뜨고 고정시켰다.

때마침 보름이라 평소보다 달빛이 몇 배나 더 밝았다.

석벽의 구멍으로 스며든 달빛은 비스듬히 맞은편 석벽을 비추고 있었다.

현악이 뇌옥 복판에 서면 달빛이 딱 가슴 높이여서 '빛 자르기'를 하기엔 제격이었다.

그런데 그는 방금 자신이 휘두른 검이 촌음을 백으로 쪼갠 찰나지간에 달빛을 자른 듯한 느낌을 받았다.

빛 자르기를 시작한 지 열흘째.

그동안 햇살이나 달빛을 향해 검을 휘두른 횟수만 해도 수만 번이 넘었다. 그러나 단 한 차례도 빛을 자르지는 못했다.

그는 방금 자신이 잘못 본 게 아니라고 판단했다.

하루 종일 쏘아보고 있는 햇살이고 달빛이다. 그러므로 단 한 순간의 미미한 변화라도 놓칠 리 만무했다.

'내가 방금 어떻게 했었지?'

그런데 어떻게 검을 휘둘렀기에 달빛에 변화가 일어난 것인지 아무리 곱씹어 생각해 봐도 도무지 알 수가 없었다.

일 다경 동안 무려 오십 회 이상, 그리고 거의 똑같은 수법으로 검을 휘두르는데 뭐가 다른지 헷갈리는 것은 당연했다.

'다시 해보자!'

현악은 어금니를 악물고 자령신공을 운기하여 검에 주입시켰다.

아니, 운기를 한 지 얼마 안 됐기 때문에 검에 주입시킬 내기나 내력 따위가 있을 리 만무했다.

그저 운기를 한 후 몸 안에 있을 법한 그 무언가를 두 팔을 통해서 검에 주입시킨다는 의지력만 갖고 있을 뿐이었다.

사실 그의 체내에 운기를 통하여 생성된 내력이 있긴 했다. 다만 그 것은 본인이 느낄 만큼 확연한 것이 아니었다.

그러므로 검에 주입시켜서 뭔가 효과를 본다는 것은 어불성설일 수밖에 없었다.

쉬익!

쉭!

현악은 두 손으로 힘있게 검을 움켜잡고 세차게 수직으로 연달아 그어 내려 달빛 자르기를 시도했다.

여태껏 수만 번 그랬듯이 검이 그저 달빛을 통과하는 것이지 두 쪽으로 양단(兩斷)되지는 않았다.

그래도 그는 쉬지 않고 검을 휘둘렀다. 휘두르면서 검의 궤적을 뚫어지게 쏘아보았다.

열 번, 삼십 번, 백 번……

"앗!"

어느 순간 그는 나직한 탄성을 터뜨리며 동작을 멈췄다.

이번에는 똑똑히 봤다.

비록 찰나지간이었지만 분명히 달빛이 칼로 두부를 자르듯이 매끄럽게 양단되었다.

착각이 아니었다.

"……."

그런데 또 모르겠다,

도대체 달빛이 어째서 잘라졌는지를.

"빌어먹을! 눈깔은 장식품이냐구!"

쉬익! 쉭! 쉭!

그는 제 성질에 못 이겨서 냅다 검을 그어댔다.

성질을 부리는 것 같았지만 사실 그는 두 눈을 부릅뜨고 달빛을 쏘아보고 있었다.

자신이 어떤 자세에서 어떻게 내려쳤을 때 달빛이 잘라지는지를 확인하려고 온몸과 온 정신을 팽팽하게 긴장시켰다.

파아!

그리고 마침내 그는 눈으로는 검이 달빛을 정확하게 양단시키는 것을 똑똑히 보았고, 몸으로는 어떤 상황에서 달빛이 잘라지는지 분명히 감지했다.

'이런, 맙소사! 기를 검에 모으는 것이 아니었다! 기가 검신을 통해 분출되는 순간 달빛이 잘라진다! 게다가 검이 엄청 빨라야 한다!'

흑의인은 방향만 제시했었다.

그리고 무수한 시행착오 끝에 얻어진 깨달음은 결과적으로 현악의 몫이었다.

'기를 검신을 통해 분출하는 순간 달빛을 자른다! 그리고 사력을 다해서 빠르게 검을 휘두른다!'

파파아―

현악은 연이어 열 차례 검을 그어댔다.

그리고 두 차례 달빛을 잘랐다.

몸에서 기가 생성됐는지 아닌지도 잘 모르는 상황. 그런 기를 검에 주입시키는 것도 긴가민가하는 상황에서 기를 검신을 통해 분출한다는 것은 결코 말처럼 쉽지 않았다.

흑의인은 팔짱을 끼고 뚫어지게 현악을 주시했다. 그는 더 이상 누운 듯 비스듬히 기대앉아 있지 않았다.

그는 이제 현악과 헤어질 때가 됐음을 알고 있었다.

"이게 뭐지?"

현악은 흑의인이 내민 호두알 크기의 붉은색 환약 하나를 보며 의아한 표정을 지었다.

"먹고 자령신공을 운기해라."

현악이 버릇처럼 이죽거렸다.

"먹으라고? 설마 독약은 아니겠지?"

당연히 흑의인의 대답은 없다.

먹으라면 무조건 먹는다. 여태껏 흑의인의 말을 들어서 손해 본 일이 없으니까.

그리고 현악으로선 선택의 여지가 없었다.

"꿀걱!"

현악은 두말 않고 환약을 입에 넣은 후 씹지도 않고 삼켰다.

한 번 믿은 사람은 끝까지 믿는 게 그의 성격이다. 믿은 사람 때문에 자신이 죽을 지경에 처해도 결코 후회하지 않는다.

세상을 산다는 것은 어차피 목숨을 건 도박이니까.

이어서 그는 가부좌로 앉아 자령신공을 운기했다.

그는 모른다.

그가 배운 자령신공과 섬쾌가 어떤 전설을 지니고 있으며, 무림에 어느 정도의 지대한 영향력을 끼치고 있는지를.

그리고 그것을 배웠기 때문에 이후 자신이 걸어야 할 길이 얼마나 험난할지를…….

'흐윽!'

한순간 현악은 단전에서 불덩이 하나가 확 피어나는 듯한 느낌을 받고 속으로 신음을 터뜨렸다.

아니, 그 불덩이는 순식간에 활화산으로 변해 그의 온몸을 한 줌 재로 태울 듯이 극렬하게 타올랐다.

'크으의! 도, 독약이었잖아, 이거?'

그는 즉시 자령신공을 중지하려고 했지만 뜻대로 되지 않았다. 중지되기는커녕 오히려 자령신공이 불덩어리를 여러 조각으로 나누더니 온몸 곳곳으로 퍼지게 했다.

'끄으으… 타 죽는다……'

현악은 여태 무수한 고통을 겪었지만 지금 당하고 있는 것에 비하면 그것들은 아이들 장난이었다.

고문을 당하면서도 한 번도 품어보지 않았던, 차라리 죽고 싶다라는 생각을 간절히 떠올리게 할 정도였던 것이다.

슥ㅡ

그때 흑의인이 손바닥 하나를 현악의 등 한복판 명문혈에 밀착시켰다.

직후 그의 손바닥에서 부드러우면서도 서늘한 기운이 현악의 몸속으로 유입되어 순식간에 불덩어리와 뒤섞였다.

'흐으으……'

그러자 기이하게도 온몸을 태워 버릴 듯한 극렬한 열기가 차츰 가라앉기 시작했다.

뿐만 아니라 산지사방에 흩어져 있던 열기를 하나로 모아 기경팔맥과 구궁뢰부, 사지백해로 고루 퍼지고 흐르게 하더니 마지막으로 단전에 얌전하게 안착시켰다.

그것으로 지독하던 고통은 거짓말처럼 씻은 듯이 사라졌다. 현악의 죽고 싶다는 생각도 당연히 사라졌다.

"……!"

순간 현악은 소스라치게 놀랐다.

그로서는 단 한 번도 느껴보지 못했던 어마어마한 기운이 단전에서 꿈틀거리고 있었다.

손을 뻗기만 하면 그 기운이 뿜어져 나가 무엇이든 박살 내버릴 것만 같았다.

"자령단(紫靈丹)이라는 것이다."

흑의인은 현악의 등에서 손을 떼며 중얼거렸다.

"자령단? 그런데 지금 내 몸속에서 꿈틀거리는 건 뭐지?"

현악은 눈을 크게 뜨고 흑의인을 쳐다보았다.

"공력이다."

"……!"

"자령단을 복용하면 한순간에 삼십 년의 공력이 생긴다."

"삼… 십 년?"

현악은 입을 쩍 벌렸다.

그러더니 벌어진 입가가 더 찢어지면서 덜렁 귀에 걸렸다.

현악은 철이 들면서부터 무림 고수가 되길 갈망했었기 때문에 백정 짓을 하면서도 틈만 나면 무림에 대한 소문이나 지식을 알려고 부단히도 아등바등거렸었다.

그러므로 공력이 뭔지, 삼십 년의 공력이 무엇을 의미하는지 어렴풋하게나마 알 수 있었다.

"젠장! 자비심이 넘치는군 그래! 다친 사람은 당신인데 그 딴 거 당신이나 먹지 뭐 하러 나한테 먹여?"

현악은 투덜거렸다.

그러나 그 말은 진심이었다. 그가 이날까지 살아오면서 진심으로 누

군가를 위했던 것은 가족이 전부였다. 그리고 이제 한 사람이 더 보태
졌다.

사실 흑의인이 현악에게 먹인 자령단은 그가 지니고 있던 마지막 영
약이었다.

현악 말처럼 자령단을 그가 먹으면 분명히 상처 치료나 공력 회복에
보탬이 될 것이다.

그렇기는 하지만 중상을 단번에 치료하진 못하고, 이 성뿐인 공력을
기껏 삼 성 정도로 높여줄 뿐이었다. 그래서는 지금 같은 절체절명의
사지에서 살아나갈 수가 없었다.

흑의인은 얼마 전 현악에게 '빛 자르기' 를 하라고 지시했을 때 이미
자령단을 그에게 복용시키려고 결심했었다.

"네가 배운 섬쾌에는 별다른 초식이 없다. 이유는 말 그대로 섬쾌가
쾌검식이기 때문이다."

현악은 몸을 돌려 흑의인을 마주 보고 앉았다.

"대결이란 상대를 죽이거나 제압하는 것이 목적이다. 제아무리 위력
있는 초식이라고 해도, 누구도 피하거나 막아내지 못할 다변 초식이라
고 해도 상대의 초식보다 늦으면 허사다."

"제기랄! 그 정도는 나도 알고 있어. 당신 말이야, 오늘따라 유난히
말이 많은 것 같군."

정말 흑의인은 말이 많았다. 그가 이렇게 많은 말을 한꺼번에 하긴
처음이었다.

그러나 그 이유를 현악은 곧 알게 될 것이다.

"이후 적과 맞서게 되면 적을 빛이라고 생각해라."

"빛?"

“그리고 그 빛을 자르되 검을 통해서 공력을 발출하지 말고 마음을 통해서 뽑아내라.”

“마음을 통해서……? 그거 이해하기 어려운데?”

흑의인은 섬쾌에 대해서는 더 이상 설명하지 않았고, 현악의 이해 불능을 이해시키려고도 하지 않았다.

다만 자신이 마지막으로 해야 할 말을 비로소 꺼냈다.

“이제 내 요구를 말하겠다.”

“…….”

현악도 그 순간만은 긴장했다.

사실 흑의인은 현악에게 많은 것을 베풀었다.

현악으로서는 꿈에서조차 갈망하던 것들을 한꺼번에 이루게 해준 것이다. 흑의인이 현악을 새로운 세계로 들어서게 했다고 해도 과언이 아니었다.

“소림사와 무당파, 유성보 놈들을 만나면 무조건 죽여라.”

“무조건?”

현악은 놀라지 않고 덤덤하게 물었다.

“그렇다.”

소림사와 무당파가 당금 무림의 태산이요, 북두라는 것쯤은 현악도 잘 알고 있었다.

또한 유성보가 천하제일문파라는 것은 저잣거리의 코흘리개조차도 알고 있는 사실이다.

“할 수 있겠느냐?”

그렇게 말할 때 흑의인의 두 눈에서 새파란 빛이 번뜩이는 것을 현악은 발견했다.

그 눈빛을 접하는 순간 현악은 자신도 모르게 오싹 소름이 끼쳤고 오금이 저렸다.

"못하겠다면?"

그 섬뜩함을 떨쳐 내려고 그는 친근감의 표시, 또 농담을 뱉어냈다.

"지금 당장 널 죽인다."

흑의인의 대답은 농담이 아니었다.

그는 원래 무표정한 얼굴이었지만 그렇게 말할 때에는 눈에서 은은한 살광이 일렁였다.

현악은 문득 그의 정색을 자신도 정색해서 받아들이면 그와의 친근감이 사라지게 될지도 모른다는 불안감이 순간적으로 들었다. 물론 현악 혼자만 느끼는 친근감이겠지만.

"하겠다고 하고서 나중에 안 하면 어쩌지?"

현악은 절반의 농담 중에 절반의 진심을 담았다.

"널 믿는다."

"뭘 보고 날 믿어?"

"넌 약속을 어길 놈이 아니다."

"제길! 그사이에 나란 놈을 정확하게도 꿰뚫어 봤군!"

"하겠느냐?"

"하지. 소림사 중 놈들, 무당파 도사 놈들, 그리고 유성보 새끼들만 만나는 족족 죽이면 되는 거지? 알았어! 죽일게!"

현악은 자신이 소림 고수나 무당 검수, 유성보 고수들을 한 명이라도 죽일 만한 실력이 되는지는 염두에 두지도 않고 대뜸 대답했다.

어쩌면 그는 자신이 흑의인을 위해서 뭔가 해줄 것이 있다는 사실이 기뻤는지도 모른다.

그리고 믿음이었다.

흑의인이 그들을 죽이라고 했을 때에는 현악이 그들을 죽일 만한 실력이 되니까 그랬을 거라고 믿었다.

그리고 흑의인의 판단은 정확했다.

"이제 가라."

그 말을 끝으로 흑의인은 최초에 현악이 그를 발견했을 때와 같은 자세로 돌아갔다.

"농담이지?"

현악은 흑의인이 농담하는 것을 한 번도 본 적이 없었다.

아니, 그의 표정이나 기도가 잠시나마 흐트러지는 것조차 보지 못했다.

현악은 움직이지 않고 한참이나 흑의인을 똑바로 주시했다.

이상하게도 가슴이 답답했고, 목구멍에서 뭔가 치밀어 올랐다.

흑의인은 눈을 감은 채 역시 미동하지 않았다.

"부탁이 있어."

한참 만에 현악이 약간 갈라지는 듯한 목소리를 냈다.

"우리… 거래하고는 상관없는 거야. 그냥 내 개인적인 부탁이야."

"……."

쿵쿵!

"젠장, 나보다 더 재미없고 딱딱한 인간을 이런 데서 만나게 될 줄은 정말 몰랐군."

현악은 주먹으로 바닥을 치며 억울해 죽겠다는 듯한 표정을 지었다.

"내 형이 돼줘."

느닷없는 말.

흑의인은 눈을 뜨지 않았지만 몸이 미미하게 움찔하는 것을 현악은 발견하지 못했다.

"들어주든 말든 상관없어. 무조건 난 이제부터 당신을 형이라고 생각하겠어."

"……."

"형."

"……."

"갈게. 어디 있든 몸조심해. 그리고 죽지 말고 살아 있으라구."

현악의 마지막 말은 철문 쪽에서 들려왔다.

쩡! 쩡! 쩡! 쩡!

뒤이어 날카로운 쇳소리가 네 차례 연속해서 터졌다. 그리곤 원래의 침묵이 이어졌다.

잠시가 흐르자 흑의인은 천천히 눈을 뜨고 철문을 쳐다보았다.

철문 한복판에 사각의 커다란 구멍이 뻥 뚫려 있었고, 더 이상 현악의 모습은 보이지 않았다.

'이름이나 물어볼 걸 그랬군.'

그는 중얼거리면서 다시 눈을 감았다.

◇제7장◇
나는 조자룡보다 강해졌다

으스름한 밤.

뇌옥은 비검문 뒤편 야트막한 언덕의 중간쯤에 있었다.

뇌옥을 나온 현악은 가슴을 쭉 펴고 두 팔을 활짝 벌리며 차가운 공기를 한껏 들이켰다.

마치 더러운 공기를 토해내고 대지의 기운을 가득 들이키는 듯한 몸짓이었다.

그는 벌거벗은 알몸에 한 가닥 끈으로 혈인검을 오른쪽 어깨에 질끈 묶어 멘 우스꽝스런 모습이었다.

그러나 그는 조금도 개의치 않았다.

그는 발 아래 펼쳐진 비검문의 이십여 채 전각들을 천천히 굽어보았다.

"후후, 기다려라, 계집."

그는 중얼거리고 나서 성큼성큼 뛰듯이 언덕을 내려갔다.

뇌옥을 나가게 되면 제일 먼저 무얼 할 것인지 오래전부터 이미 정해두었다.

지금 그는 조자룡보다 훨씬 강해졌다.

쏴아아—

뜨거운 물이 무르익은 여체에 끼얹어졌다.

물방울은 둥글고 가녀린 어깨와 탐스럽게 솟은 젖가슴, 잘록한 허리를 적시면서 흘러내려 탱탱하고 풍만한 엉덩이 안쪽에 감춰져 있는 신비지문을 적셨다.

늦은 밤.

닷새 만에야 비검문에 돌아온 청라는 제일 먼저 옷을 훌훌 벗어 던지고 목욕부터 시작했다.

쾌검마를 수색하느라 하루에도 몇백 리씩 싸돌아다니면서 온몸이 먼지투성이며 땀 범벅이 됐는데도 닷새 동안이나 목욕을 하지 못해서 그야말로 죽을 맛이었다.

'쾌검마는 아직 안택현 경내에 있는 게 틀림없어.'

현재 안택현에는 추적대의 절반이 들어와 있었고 나머지 절반은 쾌검마가 탈출할 만한 요소요소를 지키고 있었다.

비검문도 더 이상 은밀하게 행동하지 않고 이젠 드러내 놓고 쾌검마를 찾아다녔다.

다만 겉으로는 추적대에 협조하는 척하면서 쾌검마가 숨어 있을 만한 장소가 발견되면 제일 먼저 청라에게 알렸다.

그 후 쾌검마가 없는 것으로 밝혀지면 아무것도 모르는 체 추적대에 알려주는 계책을 썼다.

소림 고승 혜각 선사(慧覺禪師)와 무당 노도사 청송자, 그리고 유성보의 젊은 영웅 유성추혼(流星追魂)이 자파의 고수들을 이끌고 안택현 현 내와 십여 개 마을을 이 잡듯이 뒤지기 시작한 지 보름째.

여러 모로 보아 이제쯤 쾌검마의 마각이 드러날 때가 됐다.

그가 안택현에 있다면 찾아내는 것은 시간문제였다.

중요한 것은 어떻게 추적대보다 먼저 청라가 쾌검마를 찾아내서 죽이느냐 하는 것이었다.

쏴아아―

청라는 마지막으로 뜨거운 물을 희고 탄력있는 몸에 쏟아 부은 후 목욕실을 나섰다.

상체에 비해서 하체가 훨씬 길고 늘씬한, 그래서 한 군데도 흠 잡을 곳 없는 탄력있고 멋진 몸매였다.

그녀가 몸에서 물을 흘리며 내실로 들어서자 기다리고 있던 시녀가 그녀의 몸을 정성껏 닦아준 후 옷을 입혔다.

시녀가 물러간 후 청라는 창문을 활짝 열어젖히고 그 앞에 서서 밖을 바라보았다.

밖에는 그쳤던 눈발이 다시 흩날리고 있었다.

'눈이 많이 오면 추적이 더 쉬워지겠군.'

그녀의 머리 속에는 오로지 쾌검마를 죽일 궁리만 가득 들어차 있었다.

쾌검마를 추적하기 시작한 후부터 뇌옥에 가둬둔 벌레 같은 백정 놈 따윈 한 번도 떠올린 적이 없었다.

아니, 백정 놈에 대한 기억조차 없었다.

거대한 비검문 전역을 지키는 경호 무사는 겨우 열 명뿐이었다. 모두 쾌검마 수색에 동원됐기 때문이다.

"소문주 년의 거처가 어디냐?"

그 열 명의 경호 무사 중 한 명의 목줄기에 피처럼 붉은 검이 겨누어져 있었고, 그 검을 쥐고 있는 사람이 중얼거리듯이 물었다.

경호 무사는 전각 벽에 등을 대고 전면을 보면서 공포에 질린 얼굴로 몸을 사시나무 떨듯이 떨어댔다.

"으으, 살려… 주십시오……."

검을 겨누고 있는 사람이 엄동설한에 벌거벗은 알몸이라는 사실 때문에 경호 무사는 더 공포를 느껴야 했다.

벌거숭이는 조금도 춥지 않은 듯 가슴을 활짝 편 모습이었고, 사타구니에서 음경이 흔들거리는데도 입가에는 묘한 미소가 매달려 있었다.

벌거숭이 현악은 입술 끝을 일그러뜨리며 다시 물었다.

"소문주 년 거처가 어디냐고 물었다."

그의 말투는 자신도 모르는 사이에 흑의인을 닮아 있었다.

"저, 저깁니다."

"그년은 있느냐?"

"얼마 전에 수색에서 돌아오셔서 거, 거처에 계실 겁니다."

푹!

"끅!"

경호 무사의 목에 겨누어져 있던 피처럼 붉은 검이 그대로 목줄기에 쑤셔 박혔다.

검끝이 경호 무사의 목 뒤로 나와 벽에 꽂혔다.

경호 무사는 눈을 부릅뜨고 벌린 입에서 가래 끓는 소리를 내면서 온몸을 푸들푸들 떨더니 잠시 후에 숨이 끊어졌다.

그는 자신의 목줄기를 관통해서 벽에 꽂혀 있는 검 때문에 죽어서도 쓰러지지 못했다.

현악은 물끄러미 경호 무사를 쳐다보았다.

태어나서 처음 사람을 죽였다.

그렇다면 뭔가 전율이라던가, 아니면 그와 비슷한 기분이라도 들어야 하는데 그저 덤덤할 뿐이었다.

'살인이라는 게 별것 아니었군?'

백정인 그는 셀 수도 없을 만큼 많은 가축을 죽여봤다.

그런데 가축을 죽이는 것이나 사람을 죽이는 것이나 별반 차이가 없었다.

가축은 죽어서 사람들에게 고깃덩이나 남기는데 사람은 아무것도 남기지 않으니까 오히려 가축만도 못한 것 같았다.

어떠한 살인이든 살인에는 이유와 목적이 필요하다.

그것이 없을 때, 아니면 밝혀지지 않을 때 살인마라는 오명을 갖게 된다.

현악이 경호 무사를 죽인 이유는 청라의 거처를 알아내는 것과 옷을 얻기 위해서였다.

발품을 팔아 수고를 기울인다면 경호 무사를 죽이지 않고서도 청라의 거처를 찾아낼 수 있었을 것이다. 비록 오랜 시간이 걸리더라도 말이다.

또한 거의 텅 빈 것이나 다름없는 비검문에서 옷 한 벌 훔쳐 입는 것쯤은 별로 어렵지 않을 터였다.

그러나 현악은 경호 무사를 죽임으로써 그 두 가지를 한 번에 간단하게 해결해 버렸다.

예전이라면 상상조차 못할 일이었다.

그러나 그는 이미 예전과 많이 달라졌다.

지금의 그는 무시 못할 힘을 얻었고, 그 힘을 적절하게 사용하기 시작한 것이다.

"그렇다면 너는 옷이라도 남겨라."

현악은 검에서 손을 떼고 빠른 동작으로 경호 무사의 옷을 벗겨 입었다. 체구가 달라서 약간 헐렁했다.

속곳 하나만 걸치고 알몸이 된 경호 무사가 목에 검을 꽂은 채 벽에 기대 서 있는 모습은 섬뜩하기 짝이 없었다.

목에서 검을 뽑았다면 피가 콸콸 흘러서 옷을 버렸을 것이다.

현악은 깨끗한 옷을 원했다.

청라는 목욕만 하고 다시 쾌검마를 찾으러 나가려 했다.

그런데 씻고 나니까 쌓였던 피로가 한꺼번에 몰려들었다. 일각 동안만 눈 좀 붙여야지 하고 침상에 누운 게 한 시진 전이었다.

"……!"

순간 청라는 미미한 기척을 느끼고 번쩍 눈을 떴다.

"음, 깜빡 잠이 들었나 보군."

몸을 일으킨 그녀는 어깨에 검을 멘 경호 무사 한 명이 실내 한복판에 우뚝 서 있는 것을 발견하고는 경계심을 풀면서 작게 기지개를 켰다.

겹겹이 쌓인 피로가 한 시진 눈을 붙였다고 풀릴 리 만무했다. 오히려 잠들기 전보다 몸이 더 찌뿌드드했고 정신이 몽롱했다.

"지금 시각이 얼마나 됐느냐?"

청라는 일어나 동경 앞에 서서 머리를 매만지며 태연히 물었다.

"자시가 좀 지났습니다."

경호 무사는 약간 뚝뚝한 어조로 대답했다.

"음, 너무 늦었군. 별다른 보고는 없느냐?"

"무슨……?"

"밥통! 수십 명의 추적대와 본 문 전체 고수들이 지금 장난 삼아 안택현 전역을 수색하고 있다더냐? 당연히 쾌검마의 수색 진전을 물은 것이 아니겠느냐?"

청라는 뒤돌아보지 않은 채 머리를 매만지던 손을 멈췄다가 쨍한 호통을 날리고 나서 다시 머리를 다듬었다. 자신이 내지른 호통 때문에 얼마간 정신이 드는 것 같았다.

경호 무사, 아니, 경호 무사의 옷을 입은 현악은 입술 끝을 비틀며 흐릿한 미소를 흘렸다.

"후후, 네년 성깔은 여전하군."

"……!"

순간 청라의 온몸이 돌처럼 굳어졌다.

'경호 무사가 아니다!'

너무 방심했다.

게다가 경호 무사 복장만 보고 어이없게도 수하라고 착각하다니?

대체 저자는 누군가?

그녀의 검은 탁자 위에 있다.

그러나 정체 불명의 괴한은 등 뒤 석 자 거리에 서 있다. 몸을 날려서 아무리 빠르게 검을 집어도 늦다.

머리 회전도, 행동도 재빠르다. 그녀는 빠르게 공력을 끌어올려 양손에 집중시켰다.

무공은 검법만 있는 것이 아니다. 권법도 있고 각법도 있다. 게다가 괴한은 검을 뽑지도 않은 상태였다.

"음!"

막 돌아서며 급습을 가하려던 그녀는 등 한복판이 뜨끔한 것을 느끼고 방금 전보다 더 몸이 굳어버렸다.

확인하지 않더라도 검이 자신의 등에 두 치 깊이로 꽂혔다는 사실을 감지할 수 있었다.

그녀가 번개같이 몸을 돌리기도 전에 괴한은 어느새 검을 뽑아 그녀의 등을 가볍게 찌른 것이다.

지독하게 빠른 발검이었다.

일말의 소리조차 나지 않았으니까.

검에 찔린 두 치라는 깊이는 추호도 치명적이지 않지만 고통을 느끼게 하기에는 가장 적당했다.

사람이든 가축이든 치명상을 당하면 고통보다는 온몸에서 기력이 빠져나간다.

고통은 곧바로 두려움과 복종을 요구하는 법이다.

"후후, 등과 가슴이 뚫려서 그곳으로 숨을 쉬고 싶다면 어디 한 번쯤 움직여 봐라."

현악은 나직한 웃음을 흘리면서 지금의 상황을 느긋하게 즐겼다.

처음에 그는 청라를 과소평가했었다.

그래서 도둑처럼 살금살금 그녀의 방에 잠입하여 급습을 가하려고 했었다.

방문을 열고 들어서니까 청라는 마침 자고 있었다. 하늘이 자길 돕는다고 생각했다.

그러나 청라가 현악의 기척을 느끼고 즉시 일어나자 자신이 착각했다는 것을 곧 깨닫게 되었다.

그녀가 산서 무림에서도 손꼽히는 여고수라는 사실을 감안하지 않은 결과였다.

만약 현악이 경호 무사의 옷을 입고 있지 않았더라면 상황은 지금과는 크게 달라졌을 것이다.

"네놈은 누구냐?"

청라는 성깔뿐 아니라 카랑카랑한 목소리도 여전했다.

"후후, 이런 날이 오리라곤 꿈도 꾸지 못했겠지, 계집."

"……!"

한순간 청라 몸속의 피가 싸늘하게 얼어붙었다. 약간은 귀에 익은 음성이었다.

"으아앗! 지금 당장 날 죽여야 할 것이다, 이 개년아! 날 죽이지 못하면 언젠가는 네년 눈에서 피눈물이 흐르게 해주겠다! 어서 날 죽여라!"

바로 그 목소리였다.

"너, 너는?"

현악의 미소가 조금 더 짙어졌다.

"그래, 벌레 같은 백정이다."

“어… 떻게 네놈이……?”

반면에 청라의 놀라움은 더 커졌다.

“후후, 백정이 지금부터 냄새 나는 암캐를 어떻게 다루는지 감상하
도록 해라.”

슥—

현악은 청라의 등 한복판에 검을 꽂은 채 왼손을 뻗어 그녀의 옷을
잡았다.

찌이익—

“앗!”

단 한 번의 손짓에 상의가 찢어져서 허공으로 날아가고 희고 매끄러
운 상체가 드러났다.

혈인검의 끝은 여전히 그녀의 등 한복판에 고통의 깊이 두 치 정도
로 꽂혀 있었다.

청라는 두 눈에서 새파란 한광을 쏟아냈다.

“이놈! 무슨 짓이냐!”

승승장구. 이날까지 누구와 싸워서 단 한 번도 패한 적이 없었고, 누
구에게 험한 꼴을 당해본 적이 없는 그녀다.

“호오~ 아직도 기가 살아 있다 그건가?”

찌이익!

이번에는 청라의 바지가 단번에 찢어졌다.

동그란 어깨와 한 줌도 안 될 듯 가느다란 허리에 이어서 탄력있는
엉덩이와 곧게 뻗은 두 다리를 지닌 눈부신 여체의 뒷모습이 고스란히
드러났다.

“이, 이놈!”

청라는 수치심보다는 분노 때문에 몸을 부들부들 떨었다.

"내 몸에 손가락 하나라도 댄다면 지옥 끝까지라도 네놈을 쫓아가서 천참만륙 내고 말 테다!"

그녀는 서슬이 퍼레서 주먹을 움켜쥐고 외쳤다.

"흐음, 그건 언젠가 내가 벌레처럼 꿈틀거리며 질렀던 악다구니하고 왠지 비슷한 것 같군 그래."

"……."

그랬었다.

그녀가 현악을 고문했을 때, 현악 앞에 순박한 소향이 강간당한 채 혀를 깨물고 죽은 시체가 되어 늘어져 있을 때 그때 현악이 썼던 악다구니와 너무 닮았다.

"빌어라."

현악의 즐기기는 끝났다.

이젠 복수다.

"……."

"빌지 않겠느냐?"

"빌면… 나를 놔주겠느냐?"

청라의 음성이 한풀 꺾였다.

"일단 빌어봐라."

비연검 청라가 무너지고 있었다.

산서 무림의 자존심이며 비검문의 기둥인 그녀가 벌거벗은 채 무너지는 순간이었다.

"자, 잘못했다……. 용서해라……."

"비검문에서는 잘못을 반말로 빌라고 가르치느냐?"

지금은 단둘뿐 아무도 없다. 여기에서 무슨 일이 벌어지고 있는지는 둘만이 안다.

그러므로 일단 빌고 그 다음에 놈이 방심하는 틈을 타서 순식간에 제압해 버린다. 그 후에는…….

"용… 서하세요."

"무엇을?"

이제야 알 것 같았다.

힘있는 자들의 마음을 말이다.

검은 현악의 손에 쥐어져 있고 청라는 벌거숭이가 되어 빌고 있는 중이다.

그녀가 현악을 고문했을 때 어떤 느낌이고 기분이었는지를 지금 현악은 생생하게 맛보고 있었다.

"죄없는 당신을 고문하고… 그 소녀를 죽게 한 것."

"내가 죄가 없다는 건 알고 있느냐?"

"네……."

양보하려면 끝까지 양보한다.

무너지려면 아예 바닥 속으로 가라앉는다.

그래야 상대가 방심한다.

"회개에는 당연히 눈물이 따르는 법이지."

현악이 그녀 뒤에 서 있기 때문에 볼 수 없었을 뿐이지 청라는 이미 눈물을 흘리고 있었다.

단지 그 눈물이 회개의 눈물이 아니라 분노와 치욕 때문이라는 게 다를 뿐.

그게 어떤 눈물이든 상관없었다.

이런 상황에선 몇 방울의 눈물이라도 흘려야 제격이라고 힘있는 현악은 생각하고 있으니까.

"흑흑, 잘못했어요. 제발 용서하세요."

청라는 양보하는 김에 아예 흐느끼는 소리까지 냈다.

울음이란 이상했다.

철이 들고 나서부터 한 번도 울어본 적이 없는 그녀가 일단 울기 시작하자 뭐가 그리 서러운지 이것이 연극이라는 사실도 잊은 채 더욱 구슬픈 흐느낌으로 이어졌다.

"흑흑흑, 용서하세요. 부디… 돈이라면 얼마든지 드리겠어요."

"흐흐, 내가 그렇게 빌었으면 넌 날 풀어주었겠느냐?"

"……."

흐느낌이 뚝 멈췄다.

아니, 절대 풀어주지 않았을 것이다.

스슷―

그때 청라의 등 한복판을 찌르고 있던 검이 느릿하게 아래로 그어졌다.

"……."

두 치 깊이로 긴 칼자국이 세로로 그어지며 피가 흘렀다. 그 피가 허리를 타고 엉덩이의 골짜기 속으로 스며들었다.

그걸 보던 현악의 눈에서 늑대의 눈빛이 흘러나왔다.

그는 고문을 당하면서, 뇌옥에서 뼈를 깎는 수련을 하면서, 부러진 갈비뼈를 부여안고 차디찬 뇌옥 바닥을 뒹굴면서 이를 갈며 궁리했었다.

언젠가 청라에게 복수할 기회가 생긴다면 어떻게 해야 그년을 가장 처참하게 짓밟을 수 있는지를.

그리고 그는 방금 가장 적당한 복수를 생각해 냈다. 눈부시며 매력적인 청라의 뒷모습이 그걸 가르쳐 주었다.

현악의 입술이 묘하게 비틀어지며 명령이 흘러나왔다.

"굽혀라."

"……?"

청라는 현악의 말이 무슨 뜻인지 금방 알아차리지 못했다.

"두 손으로 침상을 잡고 허리를 굽히라는 말이다, 이년아! 사람 말도 알아듣지 못하느냐?"

청라는 엉거주춤하며 시키는 대로 했다.

척!

현악이 그녀의 엉덩이에 자신의 하체를 붙이면서 검을 가로로 그녀의 뒷목에 댔다.

차디찬 검의 감촉이 그녀의 뒷목을 타고 온몸으로 퍼졌다.

"한 치라도 움직이면 목을 뎅겅 잘라 버리겠다. 언제든 시험해 봐도 좋아."

"……."

현악은 중얼거리면서 청라의 음부를 가리고 있는 가느다란 속곳을 찢어낸 후 자신의 바지를 내렸다.

"……!"

그제야 청라는 그가 자신에게 무슨 짓을 하려는 것인지 깨닫고 몸이 돌처럼 굳어버렸다.

"아, 안 돼! 하지 마!"

현악은 왼손으로 청라의 매끄럽고 탄력있는 엉덩이를 쓰다듬으면서 차갑게 중얼거렸다.

"좋아, 그만두지. 대신 네 목을 자르마."

"……."

청라는 입 안이 바짝 말랐다.

"골라라. 목을 잘라주련, 아니면 네 엉덩이 사이에 내 물건을 넣어줄까?"

"……."

무슨 말이든 해야만 하는데 무슨 말을 해야 할지 생각조차 나지 않았다.

"셋을 셀 동안 골라라. 대답하지 않으면 목을 자르겠다."

"……."

"하나."

"……."

"둘."

"……."

"세……."

"어, 엉덩이에 물건을 넣어라!"

청라의 대답은 다급했다.

게다가 자신이 무슨 말을 하는지도 몰랐다.

그저 방금 전에 현악이 했던 말. 목을 자르는 것과 엉덩이 사이에 자신의 물건을 넣겠다는 말 중에서 목을 자른다는 말의 반대말을 황급히 주워댄 것에 불과했다.

치욕도 이런 치욕이 없을 것이다.

"흐흐, 이제 조금쯤은 알겠느냐? 백정이라는 것이, 천민이라는 것들이 너희 힘있는 자들에게 어떤 심정이었는지를?”

청라는 현악의 말이 한마디도 귀에 들어오지 않았다. 대신 자신의 엉덩이 사이로 비집고 들어오는 하나의 딱딱한 이물질에 온 신경이 곤두섰다.

그것은 살아서 꿈틀거리는 이물질이었다.

그녀의 순결과 정신을 파괴하면서 복수와 한을 심어주는 이물질인 것이다.

“아악!”

그리고 청라의 음부가 벌어진 크기만큼 입 또한 벌어지며 찢어지는 비명이 터져 나왔다.

현악이 하체를 움직이는 동안 순결의 앵혈이 그녀가 흘리는 눈물이 되어 새하얀 허벅지를 타고 흘러내렸다.

현악은 스스로의 맹세를 지켰다,

청라 눈에서 피눈물이 흐르게 해주겠다던.

비록 피눈물은 다른 곳에서 흘리고 있었지만…….

온 천지가 눈으로 덮여 은세계를 이룬 밤에 현악은 집을 떠난 지 두 달 하고도 이십여 일 만에 돌아왔다.

그러나 그를 반겨야 할 자운은 집에 없었다.

“자운아!”

그나마 좁은 집을 헛간까지 샅샅이 찾았으나 자운은 어디에도 보이지 않았다.

‘이 아이가 대체 어디를……?

그때까지만 해도 현악은 크게 걱정하지 않았다.

자운이 집에 혼자 있는 게 무서워 멀지 않은 곳에 있는 외가댁에서 기거하고 있을 것이라고 편한 대로 생각했다.

탕탕탕!

현악이 외가인 철물점의 문을 두드리자 한참이 지나서야 사촌인 곽정이 눈을 비비면서 문을 열었다.

"현악아!"

현악을 발견한 곽정은 크게 놀라 손을 덥석 잡으며 반가워했다.

"너… 비검문에 감금됐다던데 언제 풀려난 거야?"

"조금 전에. 자운이 안에 있지?"

"없어."

곽정은 착잡한 표정으로 고개를 가로저었다. 그의 대답은 전혀 뜻밖이었다.

"……!"

순간 현악의 안색이 홱 변했다.

"자운은 네가 비검문에 잡혀 있는 동안 줄곧 비검문 전문 앞에 무릎 꿇고 밤낮으로 널 풀어달라고 빌었어."

"자운이……?"

현악은 뒷머리를 쇠망치로 호되게 얻어맞은 듯한 충격을 받았다.

자운은 충분히 그러고도 남을 아이인데 왜 거기까지는 생각이 못 미쳤는지 모를 일이었다.

"자운은… 이 추운 겨울에, 그것도 눈을 고스란히 맞으면서 며칠이 지나도 꼼짝도 하지 않았어. 감기가 걸리는 건 당연했지. 내가 몇 번이나 찾아가서 말렸지만 막무가내였으니까."

현악은 망연자실해졌다.

"사흘이 지난 날 가보니까 자운이 비검문 전문 앞에 쓰러져 있더군. 그래서 집에 데려다 눕혀놓고는 수시로 너희 집에 드나들며 죽을 쒀서 먹였어."

현악이 고문을 당하고 있을 무렵에 자운도 전문 밖에서 함께 고문을 당하고 있었던 것이다.

"자운더러 네가 올 때까지 우리 집에 함께 있자고 하니까 언제 오빠가 돌아올지 모른다고… 오빠가 돌아와서 집에 아무도 없는 걸 보면 서운해할 거라면서 한사코 집을 떠나지 않았어."

왜 자운을 크게 걱정하지 않았던 것일까?

어째서 자운보다 나의 야망이 더 소중하다고 생각했던 것인가?

천하를 발 아래 둔들 자운에게 무슨 일이 생기는 것보다 더 크겠는가?

'어째서 나는……'

현악의 가슴이 미어졌고 딛고 선 땅이 끝없이 아래로 꺼지는 것 같았다.

곽정이 날리는 눈송이를 올려다보며 쓸쓸한 표정을 지었다.

"닷새 전인가… 아침에 가보니 자운이 없더군. 백방으로 찾아다녔지만 허사였어. 안택현에는 없는 게 분명해."

쿠쿵 하고 현악 속에서 거대한 것이 무너져 내렸다.

"자운아……."

중요한 것은 자운이 없으면 천하도 필요없다는 사실을 현악이 지금 막 깨달았다는 사실이다.

*   *   *

비검문 너머 저 멀리 태악산 산등성이로 해가 떠오르고 있었다.

늦은 아침이 되도록 청라는 쾌검마를 찾으러 나가지 않았다.

그녀는 밤새 꼼짝도 하지 않고 탁자 앞 의자에 앉아서 열린 창문으로 눈 내리는 밖을 쏘아보고 있었다.

새 옷으로 말끔하게 갈아입었기 때문에 누가 보더라도 그녀가 지난 밤에 강간을 당했으리라고는 추호도 생각하지 못할 것이다.

목욕을, 그놈의 물건이 닿았고 삽입됐던 옥문을 스무 번도 더 문질러 씻어서 겉으로의 흔적은 지웠겠지만 찢어진 처녀막과 굵은 음경이 밀고 들어왔던 그 아픔과 가슴속에 잘 드는 칼로 새겨 박은 듯한 원한만큼은 죽어도 지워지지 않을 것이다.

"흐흐… 이제 조금쯤은 알겠느냐? 백정이라는 것이, 천민이라는 것들이 너희 힘있는 자들에게 어떤 심정이었는지를?"

눈을 떠도, 감아도 현악의 목소리가 고막을 쟁쟁 울렸다.

옥문에는 아직도 그의 음경이 끼워져 있는 것처럼 아프고 뻐근했다. 아무래도 그 흉악한 놈이 자신의 음경을 떼어내 옥문 속에 그냥 끼워두고 떠난 것 같았다.

그렇다고 옥문 속을 파헤쳐 낼 수는 없는 노릇.

옥문 속에 있는 것은 음경이 아니라 현악의 분노와 한이었다.

청라에게 새로 생겨난 원한은 살아 있는 생명체처럼 그녀의 몸속을 떠돌며 야금야금 골수로 파고들었다.

빌라고 해서 빌었다.

눈물은 왜 흘리지 않느냐고 해서 눈물도 흘렸다.

그리고 스스로 허리를 굽히고 다리를 벌렸으며 강간도 당했다.

아니면 그놈은 외눈 하나 깜짝하지 않고 청라의 목을 가차없이 잘랐을 것이다.

그 순간 청라는 솔직히 겁이 났었다.

쨍!

손에 쥐고 있던 옥 찻잔이 산산조각났다.

그리고 청라의 어금니 사이에서 이 갈리는 소리가 흘러나왔다.

"으드득! 그놈을 죽이고야 말겠어!"

◈제8장◈
쾌검출도(快劍出道)

청라는 현악네 푸줏간 뒷문 밖 마당에 서 있고, 청풍당주와 두 명의 청풍당 휘하 고수가 집을 이 잡듯이 뒤지고 있었다.

전각이나 장원이 아닌 천민의 방 두 칸짜리 집이어서 아무리 이 잡듯이 뒤져도 소요되는 시간은 반 각의 절반이면 충분했다.

"아무도 없습니다."

이윽고 청풍당주가 공손히 보고했다.

이미 예상했던 보고다.

현악이 자신의 집이나 근처에서 발견된다면 그놈은 미쳤거나 죽고 싶어서 환장한 놈이 분명했다.

청풍당주는 단지 현악이 뇌옥을 탈출했기 때문에 소문주가 바쁜 와중에도 짬을 내어 몸소 그를 잡으러 왔다고만 생각했다.

　"전에 보고드렸던 내용이지만 놈에겐 누이동생이 하나 있는데 본 문전문 앞에 사흘 동안 무릎 꿇고 오라비의 방면을 빌었습니다. 그러다가 쓰러져서 집에 업혀 왔다는데 며칠 전부터 실종됐다는군요. 그리고 이 근처에 놈의 외가가 있답니다."

　"가자."

　말을 하고 걸음을 옮기지만 그곳에 가도 별 소득이 없을 것이라고 청라는 생각했다.

　현악이 그의 주장대로 정말 다른 문파의 사주를 받아서 비검구식을 염탐한 게 아니라면 그는 무고하게 붙잡혀 고문을 당하면서 몇 번이나 죽을 고비를 넘겼고, 여자 친구의 죽음을 목격해야 했으며, 끝내는 누이동생마저 실종됐다.

　그야말로 풍비박산인 것이다.

　피해로 치자면 순결을 짓밟힌 청라에 비할 바가 아니었다.

　그래도 청라는 자신이 더 큰 피해를 당했으며, 반드시 현악을 죽여야만 원한이 백분의 일이라도 풀릴 것이라고 생각했다.

　왜냐 하면 인간과 벌레는 엄연히 별개였으므로……

＊　　　＊　　　＊

　안택현 외곽에서 현 내로 곧게 뻗은 관도를 세 명의 젊은 무당 검수가 경신술을 전개하여 달리고 있었다.

　그들은 반나절 동안 안택현 동쪽 외곽을 수색하다가 별 성과를 거두지 못한 채 현 내로 돌아가는 중이었다.

　그들이 펼치는 경신술은 신행표(神行飄)라는 무당파의 독문신법으로 발이 거의 지면에 닿지 않는 듯하면서도 바람처럼 빨랐다.

그때 그들 세 명의 무당 검수가 쏘아가는 전면 멀리에 한 사람이 마주 달려오는 모습이 보였다.

달려오는 사람은 경신술을 전개하지 않고 그저 두 발로 부지런히 달렸다. 그 모습만 보면 그는 무림인이 아니었다.

무당 검수들은 순식간에 그 사람 가까이에 도달했다.

마주 달려오던 사람은 현악이었는데 비검문 하급 무사들이 입는 갈의 경장을 입었고 오른쪽 어깨에는 혈인검을 멘 모습이었다.

무당 검수들은 그가 입은 복장을 보고 그가 비검문 하급 무사라고 판단했다.

명문 대파인 무당파의 검수들은 산서 무림 변두리 비검문의 하급 무사 따위는 안중에도 두지 않는다.

지금이라고 해서 예외는 아니다. 무당 검수들은 쏘아가는 속도를 늦추지 않았다.

그러나 그들은 급히 멈춰야만 했다.

현악이 자신들의 앞에 우뚝 버티고 서서 두 팔을 양쪽으로 활짝 벌린 채 멈추라는 자세를 취하고 있었기 때문이다.

"무슨 일이오?"

무당 검수 중 한 명이 위엄있게 물었다. 대답 여하에 따라서는 하급 무사 따위가 감히 무당 검수들의 가는 길을 멈추게 한 이유를 톡톡히 따져 묻겠다는 표정이 역력했다.

그런데 현악의 입에서 흘러나온 말이 가관이었다.

"너희는 소림사나 무당파, 유성보 중에 어느 문파 사람이냐?"

중은 한 번 척 봐서 알겠는데 도사는 본 적이 없었기 때문에 물어볼 수밖에 없었다.

“…….”

“…….”

얼마나 어이가 없는지 무당 검수들은 일순간 할 말을 잃고 말았다.

“삼 파 중에 어디에도 속해 있지 않다면 그냥 가던 길이나 가라.”

현악은 귀찮다는 듯 손을 휘휘 저으면서 무당 검수들을 지나치려고
했다.

“헛헛!”

“이거야 원. 핫핫핫!”

무당 검수들은 그제야 어이없는 웃음을 터뜨렸다.

다짜고짜 반말에, 무당파 검수를 목전에 두고도 알아보지 못하더니
이젠 그냥 가란다.

순간 무당 검수 중 한 명이 막 뒷모습을 보이며 걸음을 옮기고 있는
현악의 오른쪽 어깨에 꽂힌 혈인검에 시선을 고정시키며 눈을 찢어지
도록 부릅떴다.

‘혈인검!’

다른 두 무당 검수도 거의 같은 순간에 혈인검을 발견하고 안색이
급변했다.

그들은 일제히 외쳤다.

“멈추시오!”

현악은 걸음을 멈추고 돌아서서 또 엉뚱한 말을 했다.

“이제 생각났느냐?”

“무량수불……. 도우는 그 검을 어디에서 얻었소?”

무당 검수 한 명이 날카로운 눈빛으로 혈인검을 주시하며 물었다.

그들은 이미 공력을 극한까지 끌어올린 상태였다.

"이 검은 원래 내 것이다."

현악은 검을 장난스럽게 툭툭 쳤다.

혈인검이 혈살성 쾌검마가 새로 얻은 전설적인 검이라는 것은 천하가 알고 있는 사실.

게다가 이미 쾌검마와 몇 차례 혈전을 벌인 적이 있는 이들 세 명의 무당 검수는 쾌검마의 진면목을 생생하게 기억하고 있었다.

그러므로 눈앞의 이 엉뚱한 비검문의 하급 무사가 결코 쾌검마가 아니라는 것은 장님이 아닌 이상 식별할 수 있었다.

그런데도 혈인검을 지니고 있다. 쾌검마 정도의 혈살성이 비검문 하급 무사에게 선뜻 검을 주었을 리는 없고, 뺏겼을 것이라고는 더 더욱 상상할 수 없는 일이다.

그렇다면?

"사제들, 아무래도 이자는 주안술(朱顔術)이나 역용술로 모습을 바꾼 쾌검마인 것 같다."

세 명의 무당 검수 중 맏이가 날카롭게 현악을 쏘아보면서 나머지 두 명에게 재빨리 전음을 보냈다.

쾌검마 정도의 절정고수라면 주안술로 능히 자신의 모습을 바꿀 수 있다고 판단한 것이다.

고도의 주안술이라면 얼굴뿐 아니라 체형까지도 바꿀 수 있고 성별까지 자유자재로 골라서 변환할 수 있었다.

게다가 역용술이라면 하오배들도 쓸 수 있는 간단한 방법이다.

스슥—

세 명은 재빨리 현악을 포위하면서 오른손을 어깨의 검으로 가져갔다. 신속한 대응이었다.

"뭐 하는 거지, 너희들?"

현악은 가볍게 인상을 썼다.

"쾌검마, 결국 모습을 드러냈군!"

무당 검수들의 눈에서 형형한 안광이 파도처럼 쏟아졌다.

"나… 더러 하는 말이냐?"

"그렇소. 이곳에 쾌검마 귀하 말고 누가 또 있소?"

"내가 왜 쾌검마지?"

무당 검수 한 명이 혈인검을 가리키며 냉랭하게 코웃음 쳤다.

"흥! 쾌검마도 실수를 할 때가 있군. 주안술로 얼굴을 바꾸고도 자신의 애검인 혈인검을 버젓이 지니고 다니다니……."

"이봐, 나는 쾌검마가 아니다."

현악은 얼굴을 굳혔다.

그는 쾌검마라는 말을 지난밤에도 청라에게서 들었다.

그녀는 쾌검마 추적대와 비검문의 모든 고수들이 안택현 전역에서 쾌검마를 수색하는 중이라고 말했었다.

그런데 이들은 아예 한술 더 떠서 현악더러 쾌검마라고 하고 있지 않은가?

"……!"

문득 어떤 생각이 현악의 뇌리를 두드렸다.

'혈인검이 쾌검마의 애검이라고?'

혈인검은 분명히 뇌옥의 흑의인 '형(兄)' 이 현악에게 주었다.

그러므로 혈인검의 원래 주인은 형인 것이다.

'설마 형이 쾌검마?'

형은 말했었다, 협공을 당해서 중상을 입고 쫓기다가 뇌옥에 숨어들어 와서 치료를 하는 중이라고.

"죽는 게 두렵소, 쾌검마? 이렇듯 구차한 방법을 쓰면서까지 살기를 원하는 것이오?"

세 명 중 하나가 긴장하는 중에도 약간 비웃듯이 말했다.

그러나 그의 말은 현악의 귀에 들어오지 않았다.

'그렇다. 추적대니 비검문이니 하는 놈들은 바로 형을 찾고 있는 거였어. 이제 보니까 그놈들이 형을 중상 입혔군. 그래서 형이 쫓기다가 뇌옥에 숨어들었던 거야.'

비로소 현악은 중요한 사실을 깨닫게 되었다.

그리고 형이 왜 자신에게 소림사와 무당파와 유성보 고수들을 만나는 족족 죽이라고 했는지도 이제는 확연히 알 것 같았다.

'소림사와 무당파, 유성보 새끼들이 형을 그 지경으로 만들었어. 그리고는 멧돼지 사냥하듯이 형을 몰아서 비참하게 뇌옥에 숨게 한 거야. 죽일 새끼들!'

그는 참을 수 없는 울화가 치밀었다.

'형은… 내가 활로(活路)를 열어주길 원하는 거다. 내게 형의 혈인검을 선뜻 주고 섬쾌를 가르친 후에 자령단까지 먹여서 공력을 생기게 해준 이유는 나더러 제이의 쾌검마가 되어 형이 도망칠 수 있도록 활로를 열어달라는 것이었어.'

어찌 보면 흑의인의 계략에 말려들었다고 생각하여 지독한 배신감을 느낄 수도 있는 상황이었다.

그러나 현악은 결코 평범한 사람이 아니다. 그는 추호도 그렇게 생각하지 않았다.

한 번 믿은 사람은 끝까지 믿는다.

한 번 형은 영원한 형이다.

그것이 단순하고 우직한 현악의 믿음이고 우정인 것이다.

'내가 활로를 열어줘야 형이 도망칠 수 있다! 지금 형은 나만 믿고 있다. 그러니까 내가 형을 살려야 한다.'

현악의 심장이 빠르고도 힘차게 뛰었다. 겁나는 게 아니라 오히려 용기가 마구 솟구쳤다.

"우핫핫핫! 그래! 내가 바로 쾌검마다, 이 자식들아! 그래서 어쩔 테냐? 한번 붙어보겠느냐?"

현악은 주먹으로 가슴을 쿵쿵 치며 껄껄 웃었다.

그러자 세 명의 무당 검수가 적잖이 놀라는 표정을 짓더니 곧 고개를 갸웃거렸다.

현악이 자신은 쾌검마가 아니라고 했을 때는 그가 쾌검마라고 철석같이 믿었는데 이제 그가 스스로 쾌검마라고 외치자 전혀 쾌검마 같다는 생각이 들지 않았다.

우선 쾌검마는 현악처럼 말이 많지 않았다. 그는 말보다는 검이 앞서는 혈살성이었다.

두 번째로 쾌검마는 '이 자식들아' 라는 품위없는 말을 절대 사용하지 않는다.

그가 말을 아낄뿐더러 무척 고고한 성품을 지녔다는 것은 천하가 다 아는 사실이다.

무당 검수들은 심각한 표정으로 서로의 얼굴을 쳐다보면서 뭔가 전음으로 상의를 했다.

쾌검마는 아무리 목숨이 위태로운 지경에 처해도 현악이 보여주었는 언행 같은 것은 절대 하지 않는다.

그는 마지막 죽는 순간까지도 고고함을 잃지 않을 몇 안 되는 유일한 인물인 것이다.

그래서 무당 검수들은 현악이 지니고 있는 검이 단지 혈인검과 비슷하게 생긴 붉은 검일 뿐이고, 그가 절대 쾌검마가 될 수 없다는 최종 결론을 내렸다.

"실례했소. 우리가 사람을 잘못 본 것 같소."

결국 그들은 정중히 사과하고 그 자리를 떠나려고 했다.

그러나 중요한 것은 이젠 현악이 그들을 순순히 보내줄 수 없게 됐다는 사실이었다.

"어딜 가느냐, 이 자식들아! 내가 쾌검마라니까! 이 새끼들이 눈깔이 삐었나? 쾌검마도 알아보지 못하다니!"

무당 검수들은 씁쓸하게 현악을 쳐다볼 뿐 입을 열지 않았다. 갈수록 현악은 쾌검마와 닮지 않았다.

문득 현악은 그들이 누군지 궁금했다.

"그런데 너희는 누구지?"

"우린 무당파 제자들이오."

"무당파라고?"

현악의 입가에 득의한 미소가 피어올랐다.

"후후, 정말 잘 만났다, 너희 도사 새끼들!"

무당 검수들은 현악의 두 눈에서 새파란 살기가 뿜어지는 것을 발견하고는 흠칫했다.

그리고 다음 순간 그들은 더 놀라야 했다.

파앗!

“큭!”

뭔가 눈앞에서 은은한 혈광이 번뜩이는가 싶었는데 세 명의 무당 검수 중에 오른쪽 무당 검수가 답답한 신음을 토해냈다.

두 명의 무당 검수는 급히 오른쪽 무당 검수를 쳐다보았다.

오른쪽 무당 검수의 이마에는 팥알만한 크기의 구멍이 뚫려 있는데 그곳에서 분수처럼 피가 뿜어지고 있었다.

진짜 쾌검마가 펼치는 공포의 쾌검마류는 눈썹과 눈썹 사이 미간과 뒤통수를 관통하는 동전 크기의 구멍을 뚫으며 한 방울의 피도 흐르지 않는다.

그가 중상을 입은 후에는 가볍게 긁힌 검흔을 새기지만 역시 피를 흘리게 하진 않았다.

그런데 현악은 미간보다 두 치는 위쪽인 이마에 적중시켰으니 위치도 달랐고 팥알 크기이니 검흔의 크기도 달랐다. 게다가 관통시키지도 못했고 세 치 깊이의 구멍만 뚫어놓았다.

쿵!

이마에서 피를 뿜어내던 무당 검수가 눈을 부릅뜬 채 묵직하게 앞으로 엎어졌다.

픽!

그런데 이번에는 왼쪽에서 둔탁한 음향이 터졌다.

가운데 무당 검수가 다급히 쳐다보니 왼쪽 사제의 관자놀이에 역시 팥알 크기의 구멍이 뚫려서 금방 아기를 낳은 임산부의 퉁퉁 붇은 젖꼭지에서 젖이 뿜어지듯 피가 뿜어지고 있었다.

왼쪽의 무당 검수는 오른쪽을 쳐다보느라 고개를 돌리고 있다가 왼쪽 관자놀이에 적중당한 것이 분명했다.

그 역시 쾌검마의 수법과는 거리가 멀었다.

"끄으… 사형……."

그는 눈을 희번덕이면서 가운데 무당 검수에게 살려달라는 듯 안타깝게 손을 뻗다가 쓰러졌다.

혼자 남은 무당 검수는 얼굴 가득 경악을 떠올린 채 현악을 쳐다보았다.

방금 전까지의 씁쓸한 표정 따윈 이미 사라져 버렸다.

현악은 무당 검수가 조금 전에 봤을 때처럼 그저 우뚝 서 있었다.

어깨의 혈인검은 한 번도 뽑힌 적이 없는 것처럼 검집 안에 그대로 담겨 있었다.

그래서 그가 두 명의 무당 검수를 죽였다는 사실이 쉽게 믿어지지 않았다.

그러나 이곳에는 현악 혼자뿐이다. 그러므로 그가 손을 썼을 것이라는 추측이 가능했다.

혼자 남은 무당 검수는 최초에 현악을 쾌검마라고 생각했다가 다시 쾌검마가 아니라고 판단했고, 이젠 그가 쾌검마일지도 모른다고 다시 생각을 고쳐 먹을 수밖에 없는 상황이 돼버렸다.

"귀하는……."

무당 검수는 너무 놀라서 도사들이 사용해야 하는 '도우'라는 말을 쓰는 것도 잊었다.

"으핫핫! 내가 쾌검마다! 이제 알았느냐?"

현악은 너무 신이 났다. 두 차례 칼질에 두 명을 죽였으니 신바람이 나는 것은 당연했다.

"……."

“이 자식이? 대답해라! 내가 쾌검마다! 알았느냐?”

“아, 알았소.”

“알았으면 됐다.”

현악은 비로소 흡족한 미소를 입가에 머금었다.

순간 혼자 남은 무당 검수는 현악의 오른손이 어깨의 검을 잡는 것을 보았다. 그것이 그가 이승에서 본 마지막 장면이 되었다.

퍼억!

그는 정확하게 미간 한복판에 팥알을 새겨 넣는 행운을 누렸다. 하지만 젖을 짜내는 듯한 피를 뿌려야만 했다. 그는 피를 뿜어내면서 서서히 뒤로 넘어갔다.

“도대체 이 일이……”

그는 죽어가면서까지 현악이 쾌검마인지 아닌지를 머리 아프게 고민할 것이다.

쿵!

현악의 얼굴에서 신나는 표정이 사라졌다.

그는 잠시 정신이 나간 듯한 표정으로 우두커니 서 있다가 이윽고 무당 검수 세 명이 땅에 쓰러져 있는 광경을 멀뚱거리는 얼굴로 보면서 중얼거렸다.

“뭐… 야? 설마 칼질 세 번에 세 명을 모조리……”

흑의인 형은 적을 빛이라 생각하라고 했고, 검이 아니라 마음을 통해서 공력을 뿜어내라고 말했다.

그래서 현악은 그저 시키는 대로만 했을 뿐이다. 그랬더니 한 번 검을 뽑을 때마다 무당 검수가 한 명씩 죽어 자빠졌다.

그가 뇌옥에서 마지막으로 수련했던 것은 발검과 빛 자르기였다. 그것은 직접 검을 사용하여 빛을 자르는 것이었다.

현악과 무당 검수들과의 거리는 여섯 자.

혈인검의 길이는 석 자, 팔은 길어야 두 자니까 검을 쥔 팔을 한껏 뻗어야 다섯 자다.

즉, 검이 닿지 않는 거리라는 뜻이고, 검의 끝과 무당 검수 사이에 한 자라는 간격이 있다는 뜻이다.

그런데 방금 현악은 여섯 자 거리에 있는 무당 검수들을 모두 죽인 것이다.

마음을 통해서 공력을 뿜어낸다.

공력이 검을 통과하면 검기가 된다.

그렇다. 그는 믿을 수 없게도 삼십 년 공력으로 검기를 발출했던 것이다.

원래 검기를 전개하려면 최소한 일 갑자인 육십 년의 공력이 있어야만 흉내라도 낼 수 있다.

그러나 고작 삼십 년 공력의 그가 검기를 발출할 수 있었던 이유의 절반은 발검과 빛 자르기를 수련한 덕분이었고, 나머지 절반은 그가 연마한 검법이 쾌검마의 절학 섬쾌였기 때문이다.

육안으로는 거의 볼 수 없을 정도로 빠른 발검,

공력을 검신으로 뿜어내 빛을 양단하는 상승 수법.

그 둘이 멋진 조화를 이루어 삼십 년 공력만으로도 검기를 발출하게 하는 불가사의를 만들어낸 것이다.

그것이 바로 쾌검마의 섬쾌이며, 섬쾌가 만들어낸 검기가 섬쾌검기였다.

비록 한 자라는 짧은 검기였지만 그래도 검기였다.

섬쾌는 쾌검마류보다 한 단계 아래의 검법이다. 그것도 겨우 삼십 년 공력으로 펼쳤는데도 불구하고 이 정도 위력이니 정작 쾌검마류의 위력이란 가히 상상을 불허하지 않겠는가.

그러나 그 오묘한 조화를 현악이 알 리 없었다. 그는 그저 좋았고 세상을 다 가진 것처럼 기뻐서 죽을 지경이었다.

아니, 오묘한 조화까진 모른다고 해도 검과 자신의 팔을 합친 다섯 자 길이로 여섯 자 거리에 서 있는 무당 검수를 죽였다는 사실은 충분히 이상하게 여길 만한 일이었다.

그런데도 그는 그것조차도 깨닫지 못했다.

그만큼 현재의 그는 단순했고, 이 순간의 기쁨이 지대했다.

"나… 정말 고수가 됐어!"

현악의 입가에 미소가 피어오르더니 곧 얼굴 전체로 퍼졌다.

"우핫핫핫! 난 고수가 됐다!"

그는 가슴을 활짝 펴고 우렁찬 웃음을 터뜨렸다.

그러다 뚝 멈추고는 이내 시무룩하게 중얼거렸다.

"자운을 찾아야지… 병신처럼 웃긴."

*　　　*　　　*

안택현 현 내.

추적대의 무당파 고수들이 묵고 있는 객잔 입구 앞에 한 대의 수레가 멈춰 있고 그 주위에 여러 명의 무당 검수들이 둘러서 있었다.

무당 검수들은 수레를 보면서 하나같이 침통한 표정이었다.

수레에는 현악에게 죽은 세 명의 젊은 무당 검수의 시체가 나란히 실려 있었다.

청송자는 반백의 수염을 반 뼘가량 기른 위엄있는 용모에 육십여 세 정도의 노도사다.

그는 무당파 네 명의 장로인 무당사로(武當四老) 중 셋째이며, 이번에 쾌검마를 추적하기 위해 선발된 삼십 명의 무당 검수를 인솔하는 책임을 맡고 있다.

그는 수레에 눕혀져 있는 세 명의 무당 검수 시체를 눈살을 찌푸린 채 유심히 살피고 있는 중이었다.

그가 보기에 세 명의 무당 검수를 죽인 수법은 쾌검마류는 아니었지만 그와 흡사했다.

청송자는 그것이 쾌검마가 오 년 전 무림에 처음 출현했을 때 사용하던 수법, 즉 섬쾌검기와 동일하다는 사실을 그리 오래 걸리지 않아서 알아냈다.

쾌검마류에 적중된 사람의 상처 부위에서 피가 뿜어지지 않는 이유는 쾌검마류가 극양의 검기이기 때문인데, 이 사실을 알고 있는 무림인들은 의외로 많지 않았다.

극양지기가 실린 채 뿜어진 검기 쾌검마류는 미간을 관통하면서 찰나지간에 구멍을 태워 버려서 핏줄을 막아버린다. 그래서 피가 뿜어지지 않는 것이었다.

그런데 세 구의 시체에 새겨진 쾌검마류의 검흔은 쾌검마가 즐기는 부위인 미간이 아니었다. 하나는 이마, 또 하나는 관자놀이, 그리고 하나만 미간이었다.

그래서 청송자는 그것 역시 나름대로 분석한 후에 해석을 내렸다.

중상을 당해서 공력이 크게 저하된 쾌검마가 이제는 쾌검마류를 전개하지 못하고 그보다 한 단계 아래인 섬쾌를 시전한 것이라고 말이다.

"시체가 발견된 곳은 어디냐?"

"삼사숙님, 세 명의 사제들은 현 내로 향하는 동쪽 관도상에서 발견됐습니다."

태청십이검의 일검인 혜진이 청송자 옆에서 공손히 대답했다.

"음, 쾌검마가 마침내 은신처에서 기어나왔군."

결정이란 빠를수록 좋다, 특히 이런 상황에서는.

자신의 판단대로라면 지금 이 순간에도 쾌검마는 도주하고 있을 것이 분명했다.

세 명의 사질이 죽은 것은 안된 일이지만 그들의 죽음으로 인해서 쾌검마의 행적이 드러났으니 어쩌면 잘 죽었다고도 할 수 있다는 비정한 생각마저 들었다.

'상처를 보니 쾌검마의 부상이 생각보다 깊은 것 같군. 이것은 평소 쾌검마의 이성 수준에도 미치지 못한다.'

청송자의 머리가 빠르게 회전했다.

'그자가 안택현 일대에 있는 게 분명했군. 이것은 본 파가 그자를 제거하고 묵혈쌍검을 손에 넣을 수 있는 절호의 기회!'

그는 뭔가 계산하면서 혜진에게 물었다.

"혜진아, 동쪽 관도는 어디로 이어지느냐?"

태청십이검의 맏이인 혜진은 오래전에 안택현에 들어와 있었으므로 이제쯤 이곳 지리에는 훤했다.

"네, 오십여 리쯤 가면 심수(沁水)라는 강이 나오고 그걸 건너 백여 리쯤에 장자현(長子縣)이 나옵니다. 거길 지나면 하남입니다."

하남이면 중원이다.

"음, 확실한 도주로군. 놈이 이제는 변방보다는 중원이 나을 것이라고 생각한 건가?"

태청십이검과 복장이 다른 칠성검수(七星劍手)의 첫째인 혜동(慧東)이 청송자에게 공손히 물었다.

"어떻게 할까요, 삼사숙님?"

칠성검수는 태청십이검과 같은 항렬이지만 급이 높았다. 그러므로 청송자가 부재중에는 혜동이 무당 검수 전체를 이끌었다.

청송자의 명령은 명쾌했다.

"본 파의 모든 제자들에게 전해라. 나는 칠성검수와 놈을 뒤쫓고 다른 제자들은 앞질러 가서 놈의 앞길을 막는다."

"알겠습니다."

무당 검수들이 일사불란하게 움직이고 있을 때 한 명의 늘씬한 소녀 고수가 청송자에게 사뿐사뿐 걸어오고 있었다.

"노도장께선 혹시 무당파의 청송자 노선배님이 아니신가요?"

청송자는 마음이 급했다.

"어린 여도우는 뉘신가?"

"후배는 비검문의 청라라고 해요."

청라는 공손히 허리를 굽혔다.

"그런가? 내겐 무슨 볼일이라도 있는 겐가?"

청송자의 목소리에는 약간의 짜증이 배어 있었다.

그것을 알아차리지 못할 청라가 아니었다.

그녀는 무당 검수 세 명의 시체를 실은 수레가 현 내로 들어온 직후에 수하로부터 그 사실을 보고받고 즉시 달려오는 길이었다.

그리고는 몰래 숨어서 여태 지켜보다가 무당 검수들이 부산하게 움직이기 시작하는 것을 보고 뭔가 있다고 짐작하여 청송자를 은근히 떠보기 위해서 나타난 것이다.

그런데도 청송자는 딴청을 부리고 있었다.

"노선배님, 본 문이 이곳에서 멀지 않으니 소녀와 함께 가서서 차라도 한잔하시는 게 어떠세요?"

"무량수불… 호의는 고맙지만 사양하겠네."

청송자가 늙은 너구리라면 청라는 어린 여우였다. 꼬리가 아홉 개나 달린 구미호.

'역시 쾌검마의 행적을 발견한 게 틀림없군.'

그녀는 이쯤에서 물러날 때라고 판단했다.

"그럼 다음 기회에 소녀가 꼭 모시도록 해주세요."

"그러게."

청송자는 건성으로 대답하고 휭하니 객잔으로 들어갔다.

청라는 청송자의 뒷모습을 보며 흐릿한 미소를 지었다. 그녀의 짐작이 틀림없다면 청송자는 일단 객방으로 들어갔다가 재빨리 창문으로 빠져나갈 것이다.

그녀가 둘러보니 무당 검수들이 대로의 한쪽 방향으로 무리 지어 쏘아가고 있었다.

그들이 쏘아가는 방향은 성 밖 동쪽 관도로 가는 길이었다.

추적대 삼 파끼리도 서로 쾌검마를 죽이려는 암투가 벌어지고 있음을 청라는 벌써부터 감지하고 있었다.

하나 그녀는 추적대 삼 파의 우두머리들이 진심으로 원하고 있는 것이 묵혈쌍검이라는 사실은 추호도 생각하지 못하고 있었다.

그녀는 이미 비검문의 당주급들과 일류고수 삼십 명을 근처에 배치

시켜 두었다.

그러므로 청송자가 출발하면 멀찌감치에서 그를 따라가기만 하면 되는 것이다.

＊　　　＊　　　＊

현악은 걷다가 달리다가 해질녘이 돼서야 어느덧 도도히 흐르는 강변의 허름한 주루 앞에 도착했다.

그는 주루에 들어갔다가 곧 다시 나왔다.

한가하게 밥이나 술을 마시러 들어간 게 아니라 주루 주인에게 자운의 인상착의를 말하며 혹시 그녀를 보지 못했느냐고 물어보기 위해서였다.

그는 안택현에서 이곳까지 오십여 리를 오는 동안 세 군데의 주루에 들러 자운에 대해서 물었다.

하나 대답은 세 곳 모두 '못 봤다' 였고, 방금 나온 주루 주인도 같은 대답을 했다.

현악은 착잡하기 이를 데 없는 표정으로 강을 바라보았다.

'자운아, 대체 어디에 있는 것이냐?'

누이동생의 이름을 속으로 부르기만 해도 금세 가슴에서 흐르는 눈물로 마음이 축축해졌다.

이 강의 이름은 심수라고 하는데 강을 건너면 장자현이다. 그는 자운이 아직은 안택현 경내에 있을 것이라 생각하고 발길을 돌렸다.

그는 관도에 섰다.

관도를 되돌아가면 다시 안택현이 나온다.

그때 문득 어쩌면 자운이 집에 돌아와 있을지도 모른다는 생각이 불현듯 들었다.

그런 생각이 들자 마음이 급해졌다.

그는 관도 너머의 산을 쳐다보았다.

태악산 줄기인데 산을 가로지르면 안택현 현 내까지 삼십여 리밖에 되지 않았으므로 이십여 리를 단축할 수 있었다.

휘익!

그는 즉시 산 쪽으로 달려갔다.

그가 가려다가 발길을 돌린 관도의 끝인 안택현 쪽에서는 청송자가 이끄는 칠성 검수들, 그리고 그들을 뒤쫓는 소림 고수와 유성보 고수들, 청라가 이끄는 비검문 고수들까지 떼거리로 몰려오고 있는 중이었다.

◆제9장◆
쾌검왕(快劍王)

현악의 기대는 빗나갔다.

자운은 집에 돌아와 있지 않았다.

"자운이 안택현에 있다면 여태 집에 돌아오지 않을 리가 없어. 무슨 일이 있는 게 분명해."

"무슨 일?"

외가집 초라한 주방의 낡은 탁자에 현악과 곽정이 침통한 얼굴로 마주 앉아 있는데 곽정이 심각하게 말하자 현악이 낯빛을 더욱 굳혔다.

"자운이 예쁘기 때문에 예전부터 저잣거리에서 흑심을 품고 있는 놈들이 많았잖아."

곽정의 말에 현악은 불길한 생각에 가슴이 철렁 내려앉았다.

"이런 말 하긴 좀 그렇지만… 그놈들이 자운을 납치해서 못된 짓을 저지른 후에 기루나 창루 같은 데 팔아넘겼을 수도 있거든."

“…….”

탁자에서 흐릿하게 타오르는 촛불이 더 흐려지는 것 같았고 현악의 마음은 그보다 백 배나 더 흐려졌다.

“만약 그렇다면 너 혼자 자운을 찾는 건 무리야. 바다에 빠진 바늘 찾기라구.”

현악은 자운이 기녀나 창녀가 됐을지도 모른다는 생각을 막 하려다가 고개를 세차게 흔들며 그만두었다. 온몸의 피가 머리끝으로 다 몰리는 것 같았기 때문이다.

“개 같은 년!”

현악은 씹어 뱉었다.

생각할수록 청라가 증오스러웠다. 그녀가 아니었으면 자운이 실종될 리가 없었다.

“으드득! 아예 짓뭉개 버리는 건데…….”

그는 생각할수록 괘씸해서 이까지 갈아붙였다.

“누굴?”

“비검문 소문주 년!”

현악은 침을 뱉듯이 내뱉었다.

“…….”

곽정은 얼굴 가득 경악을 떠올리더니 잠시 후 무겁게 입을 열었다.

“어제 소문주가 우리 집에 왔었어. 온갖 협박을 하면서 너에 대해서 캐묻더군.”

“그년이?”

현악은 두 눈에서 불길을 뿜어냈다.

“네 행방을 묻기에 절대 모른다고 딱 잡아뗐어. 우리 집에 와서 자운의 행방을 묻고는 곧 어디론가 떠났다고 했지."

곽정은 그때의 공포가 아직도 가시지 않았는지 몸을 부르르 떨면서 말을 이었다.

"할아버지와 부모님이 엎드려서 용서해 달라고 울며 불며 애원하는 데도 그놈들 눈 하나 까딱하지 않더라. 너 있는 곳을 대지 않으면 우릴 모두 죽이겠다고 설쳐 대는데, 무서워서 죽는 줄 알았다."

곽정은 현악과 동갑이지만 현악보다 머리 하나가 더 크고 체구도 우람했다.

그는 성격도 대담하고 겁이 없어서 저잣거리에서는 아무도 그를 건드리지 못했다.

그런 곽정이 겁을 먹었다면 청라와 비검문 고수들이 어지간히 위세를 부린 모양이었다.

"그래서?"

"그런데 웬일인지 소문주가 말없이 돌아서니까 수하들도 우릴 내버려 두고 어쩔 수 없이 돌아서더라."

현악은 눈에서 불을 뿜으며 주먹을 움켜쥐었다.

"음, 잘못했어. 그때 쥐도 새도 모르게 그냥 죽여 버렸으면 뒤가 시끄럽지 않는 건데……."

정말 후회막급이었다.

그때는 눈에 뭐가 씌었는지 찢어 죽여도 시원치 않은 계집을 무엇 때문에 강간했는지 알다가도 모를 일이었다.

현악 딴에는 간단하게 죽이는 것보다 청라의 순결을 짓밟는 것이 죽을 때까지 지워지지 않을 치욕을 안겨주는 것이라고 판단했는지도 몰랐다.

그러나 오판이었다. 그런 년은 부끄러움 따윌 모르는 년이다. 그러니까 자길 강간한 현악을 잡겠다고 현 내를 들쑤시고 다니는 것이 아니겠는가.

하지만 현악은 여자를 잘 몰랐다.

더구나 청라처럼 오만도도하고 유아독존적인 성격을 지닌 여자에 대해서는 더욱 그랬다.

청라로서는 현악이 자신을 그냥 죽이는 편이 더 좋았다. 그녀를 강간한 것은 그녀를 천 가지 방법으로 천 번 연이어 죽인 것보다 더 잔인했다.

목숨 하나를 죽여도 땅 끝까지라도 추적해서 찢어 죽여도 시원치 않을 판국인데 천 개의 목숨을 천 번 죽인 것보다 더 잊혀지지 않는 치욕을 안겨주었으니 그녀의 분노와 원한은 하늘에 닿고 땅을 뒤덮을 지경이었다.

"술 없냐?"

현악은 실종된 자운에 대한 염려와 청라에 대한 분노를 다스릴 그 무엇이 필요했다.

곽정은 현악에게만은 언제나 다정했다. 사촌 간이라 그런 것도 있지만 어릴 때부터 둘은 친형제 이상이었다.

현악의 성격이 괴팍해서 아무도 그의 비위를 맞추지 못했지만 곽정은 달랐다. 그는 뭐든지 현악에게 양보했고 든든한 바람막이가 돼주었다.

"현 내의 하오배 패에게 부탁하는 방법이 있긴 한데……."

곽정이 찬장을 뒤져서 화주 한 병과 잔 두 개를 갖고 와 앉으며 어렵사리 입을 열었다.

“하오배?”

현악을 술을 입 안에 쏟듯이 털어 넣고는 곽정을 쳐다보았다.

“응. 그놈들은 조직이 잘돼 있고 발이 넓으니까 자운이 살아 있기만 하면 어렵지 않게 찾아낼 수 있을 거야.”

“그럴지도 모르겠군.”

곽정은 술을 벌컥벌컥 들이키고 나서 이맛살을 찌푸렸다.

“하지만 맨입으로는 어림도 없을 거야. 모르긴 해도 최소한 은자 몇십 냥은 달라고 할걸?”

은자 열 냥이면 한가족이 반년은 너끈히 먹고산다. 현악이나 곽정에게 그런 큰돈이 있을 리 만무했다.

그러나 현악은 예전의 그가 아니다. 비검문 뇌옥에서 두 달 이상 갇혀 있는 동안 섬쾌만 배운 게 아니었다. 세상 일이 돈만으로 되는 게 아니라는 것도 배웠다.

그리고 지금 그는 무림 고수가 아닌가? 무림 고수는 돈 따위에 연연하지 않으며 해서도 안 된다.

“하오배 위에는 뭐가 있지?”

그는 말하고 나서 화주 한 잔을 또 입 안에 털어 넣었다.

“풍사단(風邪團) 홍동지단이 아니겠어?”

“사파 말이야?”

현악은 가볍게 눈살을 찌푸렸다.

“응. 언젠가 들은 적이 있어. 안택현에 있는 서너 개 하오배 패는 물론이고 이 근방 여러 현의 하오배들이 풍사단 홍동지단에 매월 정기적인 상납을 한다고 말이야.”

풍사단.

총단은 여량산(呂梁山)에 있으며 산서 지역 사파 무림의 절반을 지배하고 있고, 휘하에 열두 개의 지단(支團)을 거느리고 있으며 홍동지단은 그중 하나였다.

"하오배 놈들보다는 사파라고 해도 무림인 쪽이 얘기하기가 훨씬 쉬울 테지."

현악은 거푸 화주 잔을 비우면서 뭔가 결단을 내렸다.

무림 고수가 된 그는 그래도 무림인을 상대해야 말발이 먹힐 거라고 판단한 것이다.

"현악 너, 지금 무슨 생각 하고 있는 거냐?"

곽정은 현악의 표정에서 뭔가 수상한 기미를 눈치챘다.

"곽정아."

"응?"

"난 자운을 찾는 대로 중원 무림에 간다."

"중원 무림?"

전혀 예상치 않았던 말에 곽정의 눈이 휘둥그레졌다.

"너, 비검문에서 무슨 일 있었지?"

그는 현악이 오른쪽 어깨에 메고 있는 혈인검을 보며 수상쩍은 표정을 지었다.

"너, 나중에 나랑 무림에서 만나지 않으련?"

"어… 떻게?"

곽정은 뜨악한 표정을 지었다.

"내가 배운 것을 네게 가르쳐 주마, 고스란히."

"뭔데?"

"넌 이런 곳에서 망치나 두드리고 살기엔 아까운 놈이다."

곽정은 피식 웃었다.

"별수있냐? 조상 대대로 대장장이였는데. 송충이는 솔잎이나 먹으며 살아야지."

그 웃음이 무척이나 자조적이었다.

현악은 엷은 미소를 지으며 손가락 세 개를 펴 보였다.

"나 오늘 무당파 고수를 세 명이나 죽였다."

이상하게도 그렇게 말하는 현악의 목소리에는 힘이 실렸고 어깨가 딱 벌어지며 자못 당당했다. 마치 잘했다고 칭찬이라도 해달라는 듯한 모습이었다.

"……."

곽정은 잠시 현악의 말을 이해하지 못하는 표정이었다.

당연했다. 무당파가 어떤 곳이며, 그곳에서 수련하는 도사들이 구름을 부르고 하늘을 날아다니는 경천동지의 재주가 있다는 소문은 일찍부터 들어온 곽정이었다.

현악이 그런 신선을 세 명이나 죽였다는 것이니 곽정이 어찌 이해할 수 있겠는가.

현악은 혈인검을 가볍게 두드려 보이며 씨익 웃었다.

"바로 이 녀석으로 한 칼에 한 놈씩 딱 세 번 휘둘렀지."

"……."

곽정은 입을 쩍 벌리고 눈을 찢어져라 부릅떴는데 얼마나 놀랐는지 벌어진 입속에서는 쇳소리 같은 신음이 흘러나왔다.

그는 한참 만에야 겨우 신음처럼 말문을 열었다.

"저, 정말이구나, 너?"

"그놈들을 죽인 수법을 지금 너에게 가르쳐 주려는 거다."

청천벽력 같은 선언이었다.

순간 곽정의 얼굴과 온몸이 벼락이라도 맞은 듯 부르르 떨리더니 그대로 현악에게 무릎을 꿇고 머리를 조아렸다.

"부디 가르쳐 다오! 너의 개가 돼도 좋으니 제발 이곳을 떠나 넓은 세상에서 훨훨 날 수 있게 해다오!"

"개라니, 말도 안 된다! 넌 내 사촌이자 가장 친한 친구 아니냐?"

현악은 미소 지으며 곽정을 일으켰다.

"개는 쓸모가 없어서 싫다, 말이라면 몰라도."

"그럼 말이 되마!"

현악은 시간이 가는 줄 모르고 자기가 흑의인 형에게 배웠던 것들을 곽정에게 아낌없이 가르쳐 주었다.

이제 곽정이 그것을 어떻게 받아들이고 얼마나 성공시킬는지는 본인에게 달렸다.

곽정의 얼굴은 흥분과 기대감으로 벌겋게 달아올라 있었다. 그는 자신이 이미 무림 고수가 된 듯한 기분에 사로잡혔다.

"그런데 꼭 검을 사용해야만 하냐? 도는 안 돼?"

곽정이 진지하게 물었다.

현악은 팔짱을 끼고 고개를 모로 꼬았다.

"글쎄, 안 될 이유는 없겠지. 그런데 왜?"

곽정은 쑥스러운 미소를 지었다.

"사실은… 부모님 몰래 도를 하나 만들어둔 게 있거든. 언젠가 사용하게 될지도 몰라서."

"이 자식, 내가 검 한 자루 만들어달라고 할 땐 기겁을 하더니."

현악이 눈을 부릅떴다.

"아, 아냐. 나도 대장간에 굴러다니는 잡동사니 쇳조각들을 긁어 모아서 겨우 만든 거야."

곽정은 손사래를 치더니 곧 의아한 표정을 지었다.

"그런데… 무림에 가면 널 어떻게 찾지?"

그는 벌써부터 그런 게 걱정인 모양이다.

현악은 슬쩍 무림 고수 같은 미소를 날렸다.

"쾌검마를 찾아라."

"쾌검마?"

현악은 급히 손을 저었다.

"아니다. 쾌검왕(快劍王)이다. 그게 내 별호다."

즉흥적으로 떠오른 별호를 아무거나 주워댔다. 쾌검마는 형이니까 쾌검마가 둘이면 곤란했다.

"쾌검마는 뭐고 쾌검왕… 은 또… 너, 설마……?"

곽정은 요즘 현 내에 수많은 무림 고수들이 몰려와 설치고 다니는 이유를 소문으로 들어서 알고 있었다. 그들이 쾌검마라는 혈살성을 잡아 죽이려 한다는 것도 들었다.

현악은 방금 전보다 더 의미심장하고 야릇한 미소를 흩날렸다.

"훗, 더 알려고 하지 마라. 알면 다친다."

곽정은 뭔지는 모르지만 갑자기 현악이 너무나 존경스러웠다.

그는 키가 현악보다 머리 하나는 더 크고 체중은 두 배 가까이 나가는 거구였지만 이 순간만큼은 자기가 현악보다 한없이 작게만 여겨졌다.

"조, 존경한다, 현악. 아니, 쾌검왕아!"

“푸핫핫핫핫!”

별안간 현악은 고개를 젖히고 호방한 웃음을 터뜨렸다. 지붕이 들썩거렸고 곽정은 심장이 다 벌렁거렸다. 정말 무림 고수다운 멋들어진 웃음소리였다.

“너그들 안 자냐? 맞고 싶냐?”

그때 닫힌 방 안에서 할아버지의 쩌렁한 호통이 터졌다.

순간 자칭 쾌검왕과 장차 무림인이 될 거구의 소년은 사색이 되어 화살처럼 밖으로 도망쳤다.

“간다.”

현악은 대문 밖에서 밤하늘을 그윽하게 응시하며 분위기있게 중얼거렸다.

곽정에겐 그 모습마저도 오줌이 찔끔거릴 만큼 멋있어 보였다.

“이 밤중에 어딜 간다는 거야?”

“어디긴, 풍사단 홍동지단이다.”

“너……”

곽정 얼굴에 경악이 파도처럼 물결쳤다.

“반드시 자운을 찾을 테다.”

휘익!

현악은 바람처럼 골목 밖을 향해 쏘아갔다.

“과, 과연 몸놀림이 바람처럼 빠르구나.”

곽정은 순식간에 어둠 속으로 사라져 가는 현악을 보며 감탄을 금치 못했다.

쿵!

“윽!”

그때 현악이 달려간 어둠 속 저만치에서 둔탁한 소리와 신음성이 동시에 터졌다.

보이지는 않았지만 큰 물체가 나뒹군 것 같았다.

"현악아, 무슨 일이냐? 괜찮으냐?"

"하하! 괜찮다! 별일 아니다!"

젠장, 거기에 하필 돌부리가 튀어나와 있을 줄이야.

"하하하! 정말 간다! 열심히 수련해라!"

현악은 곽정을 향해 손을 흔들어 보이고는 또다시 바람처럼 대로로 달려나갔다.

그런데 무르팍이 무지하게 아팠다.

그 즈음 현 내에는 버글거리던 추적대와 비검문 고수들의 모습이 한 명도 보이지 않았다.

현악이 무당 검수 세 명을 죽인 것을 청송자는 쾌검마의 소행이라고 판단했고, 그가 이끄는 무당 검수들이 동쪽 관도로 몰려간 직후 소림사와 유성보, 비검문까지 대거 그쪽으로 몰려가 버렸기 때문이다.

그들은 쾌검마를 찾지 못하자 동쪽 관도의 끝과 주변의 산을 샅샅이 뒤지느라 밤이 짧을 지경이었다.

정작 쾌검마 흉내를 낸 현악은 버젓이 안택현 현 내에서 술을 마시고 있었는데 말이다.

그래서 현악은 아무 방해도 받지 않고 풍사단 홍동지단이 있는 서쪽으로 밤을 새워 달려갔다.

풍사단 홍동지단은 산서 땅 한복판을 세로로 가로지르는 큰 강인 분수(汾水) 강가의 야트막한 언덕에 자리잡고 있었다.

현악이 안택현에서 삼십여 리 떨어진 이곳에 당도했을 때 먼산으로 아침 해가 떠오르는 중이었다.

쿵쿵쿵!

현악은 힘껏 홍동지단의 전문을 두드린 후 기다리는 동안 옷에 뽀얗게 앉은 먼지를 털었다.

그긍!

묵직한 전문이 열리고 어깨에 대감도를 멘 한 명의 사파 고수가 나와서 새우 같은 눈에 깔보는 듯한 눈빛을 담고는 턱을 치켜들고 현악의 아래위를 훑어보았다.

무림에 대해서는 잘 모르는 현악의 눈에도 그 사내는 영락없는 사파 고수처럼 보였다.

그는 현악이 새파란 소년이라서 호통을 치려다가 그가 비검문 경호무사의 복장을 하고 있는 걸 발견하고 의아한 표정을 지었다.

"비검문에서 왔소?"

"아니오."

부탁을 하러 온 처지라서 현악은 정중해야 할 필요가 있었다.

"그럼 무슨 일로 왔소?"

현악은 당당하게 대꾸했다.

"풍사단 홍동지단주를 만나러 왔소."

"지단주를 아오?"

"모르오."

"미친놈!"

쿵!

몇 마디 짧은 문답이 오가더니 육중한 소리가 났다. 사파 고수가 안으로 들어가 전문을 굳게 닫아버린 것이다.

현악은 난감한 표정을 지었다.

"이럴 때는 어째야 하는 거지?"

그는 곧 어깨를 으쓱거렸다.

"별수없지."

이어서 그는 천천히 전문으로 걸어가 그 앞에 우뚝 서서 오른손을 어깨의 검으로 가져갔다.

사파 고수는 전문을 닫고 안쪽으로 걸어가며 투덜거렸다.

"쌍! 아침부터 재수없게."

쩌적!

그때 등 뒤에서 뭔가 이상한 소리가 들려서 사파 고수는 뚝 걸음을 멈추고 뒤를 돌아보았다.

'뭐였지?

전문은 아무렇지도 않았고 아무도 보이지 않았기 때문에 그는 고개를 갸웃거렸다.

툭!

그때 두께가 반 자나 되는 전문 한복판에서 실밥이 터지는 듯한 미약한 음향이 나며 가느다란 세로의 틈이 생기더니 그곳으로 빛이 새어 들어 왔다.

쩌쩌쩡!

다음 순간 전문이 두 쪽으로 쪼개지며 우두커니 서 있는 사파 고수를 향해 날아왔다.

"흐악!"

그가 땅바닥에 뒹굴어 있을 때 현악이 사라진 전문 안으로 늠름하게 걸어 들어오고 있었다.

그리고 그의 말.

"혹시 너는 산 목숨으로 날 홍동지단주에게 안내하고 싶은 생각은 없느냐?"

역시 어디서나 힘이 통한다는 것을 현악은 방금 다시 한 번 경험했다.

월혼도(月魂刀) 채엽(蔡燁)은 평소 자신이 즐겨 앉는 단상 위의 호피 의에 느긋하게 앉아서 눈을 반쯤 뜨고 전면을 쳐다보았다.

"넌 뭐냐?"

무림의 정복판은 명문 대파와 방파들, 내로라하는 무림인들이 우글 거리는 중원, 즉 하남 무림이고 호북이나 호남, 산동, 안휘, 강서 무림 정도가 준중원이라고 말할 수 있었다.

그 외의 지역을 무림의 변방으로 치는데, 산서 땅은 변방 중에서도 변방으로 취급되어 산서에 있는 방파나 무림인들은 어디 가서 무림 고 수입네 하고 이름 석 자도 밝히기가 낯뜨거운 게 작금의 현실인 상황 이었다.

무림에는 정파가 존재하고 있었고, 정파보다 더 큰 지역과 세력을 지니고 있지만 힘은 정파와 비슷한 사파가 있으며, 어느 지역에도 붙박 혀 있지 않은 채 어둠 속에 존재하는 마도가 있다.

풍사단은 산서 사파 무림의 절반을 장악하고 있으며, 총단주 이하 열두 명의 지단주, 그리고 오백여 명의 엄청난 사파 고수를 거느리고 있다.

그 숫자는 비검문이 보유하고 있는 이백오십 명 고수의 두 배에 달하는 것이지만 실력 면에서는 두 방파가 비슷했다. 그만큼 사파는 정파에 비해서 실력이 떨어졌다.

월혼도 채엽은 홍동지단주로서 풍사단 서열 칠위의 인물이다.

채엽 옆에 있는 작은 탁자에는 그의 애도인 월혼도가 놓여 있고, 단상 아래 좌우에는 벽을 등지고 각각 다섯 명씩의 향주급 사파 고수들이 당당하게 서 있었다.

채엽은 이십대 중반이며 약간 길쭉한 얼굴에 후리후리한 체구, 가늘고 날카로운 눈매를 지녔다.

청년의 나이로 풍사단 지단주가 됐다는 것은 그가 평범하지 않은 이력의 소유자라는 사실을 대변해 주었다.

"사람을 찾아주시오."

현악은 채엽의 전면 이 장 거리에 장승처럼 우뚝 서서 똑바로 그를 주시했다.

무림 고수인 그는 이제 어떤 상황, 어떤 인물 앞에서도 주눅 따윈 들지 않게 되었다.

"사람을?"

채엽은 흐릿한 미소를 흘렸다.

"후후, 우린 돈이 되는 일이면 무엇이든 하지. 그래, 넌 그 대가로 얼마를 내놓을 생각이냐?"

현악의 대답은 간단했다.

"돈은 없소."

"그럼 무엇으로 대가를 치를 셈이지?"

"귀하의 부탁 한 가지를 들어주겠소."

"내 부탁을 들어주겠다구?"

채엽은 하품을 했다.

잠이 부족해서가 아니라 지겹다는 뜻이다.

채엽의 수하들은 지단주의 그런 마음을 재빨리 간파했다.

왼쪽 벽을 등지고 서 있는 다섯 명의 사파 고수 중에서 길쭉한 얼굴에 홍의 경장을 입은 사향주(四香主)가 언월도를 움켜쥐고 현악에게 성큼성큼 걸어가며 은은히 호통을 쳤다.

"이놈아, 여기가 그 유명한 풍사단 홍동지단이다! 네놈은 여길 무덤으로 생각하고 찾아왔겠지?"

현악은 그를 쳐다보지도 않고 채엽을 주시하고 있었다. 어찌 보면 뉘 집 개가 짖느냐는 듯한 모습으로 비칠 수도 있었다.

그리고 방금 나선 사향주의 눈에도 분명히 그렇게 비춰졌다.

그는 현악 옆쪽 일 장 거리에 우뚝 서서 콧김을 뿜으며 당장에라도 언월도를 휘두를 듯 으름장을 놓았다.

"당장 꺼지지 않으면 명년 오늘이 네놈 제삿날이 될 것이다!"

현악은 어제부터 자의 반 타의 반으로 쾌검마가 됐다. 그리고 순전히 자의로 쾌검왕이 되었다. 쾌검마이며 쾌검왕인 그가 그 정도 위협에 흔들리면 무림의 웃음거리가 될 것이다.

그는 꿈쩍도 하지 않았다.

휘잉!

"뒈져랏!"

사향주는 현악의 그런 반응에 짙은 눈썹을 꿈틀하더니 전력으로 언월도를 휘둘러 가면서 쩌렁한 포효를 터뜨렸다.

족히 백오십 근은 넘을 듯한 언월도에 적중되면 베이기도 전에 짓뭉개지고 말 듯했다.

채엽은 눈을 약간 크게 떴는데 그의 눈에서 졸음이 걷혔다.

언제 봐도 사람 몸이 베어지고 피가 뿌려지는 광경은 근사하니까 그 장면을 놓칠 수는 없었다.

언월도가 현악의 머리를 쪼갤 듯이 비스듬히 세로로 그어갈 때, 어느새 현악의 오른손이 혈인검을 잡고 있었다.

카캉!

땅!

그리고 각기 다른 두 개의 음향이 터졌다.

아무도, 채엽마저도 현악이 발검했다가 검을 다시 겁집에 꽂는 것을 보지 못했다.

그래서 그들은 현악이 그냥 검을 뽑지도 않고 묵묵히 서 있는 것으로만 여겼다.

그렇다면 방금 들린 두 마디의 음향은 무엇이고 공격하던 사향주가 어째서 공격하던 자세 그대로 석상처럼 굳어진 채 우뚝 서 있는 것인가?

해답을 아는 사람 역시 아무도 없었다.

"……!"

문득 채엽의 시선이 사향주가 두 손으로 움켜쥐고 있는 언월도에 고정되며 눈이 약간 커졌다.

그의 눈에서 졸음이 완전히 사라진 것도 그때였다.

길이 두 자 반의 언월도 칼날이 중간에서 부러진 것을 발견했기 때문이다. 사향주는 절반뿐인 언월도를 움켜쥔 채 서 있었다.

채엽은 재빨리 대전 안을 두리번거리다가 부러져 나간 언월도의 반

쪽을 찾아냈다. 그것은 처음에 사향주가 서 있던 왼쪽 자리 뒤쪽 벽에 깊숙이 꽂혀 있었다.

모두의 시선이 방금 공격하던 사향주의 얼굴에 집중됐다. 그리고 그의 코에서 쥐어짜내는 듯 가느다란 핏줄기가 허공으로 뿜어지는 것을 신기한 듯 쳐다보았다.

그들은 사향주가 공격하다 말고 무슨 특별한 재주를 부리고 있는 것쯤으로 생각했다.

하지만 그 생각은 곧 착각으로 증명됐다.

쿵!

사향주는 코에서 피를 뿜어내는 괴상한 장면을 연출하면서 묵직하게 뒤로 쓰러졌다.

그는 언월도를 잔뜩 움켜쥔 채 방금 전 현악을 공격할 때의 사나운 표정을 얼굴 가득 떠올리고 있었다. 그의 코에서 분수처럼 위로 뿜어진 피가 그의 얼굴로 다시 떨어져 시뻘겋게 물들였다.

그는 죽었다.

사나운 표정을 고통의 표정으로 바꿀 여유조차 없이.

그의 콧등에는 팥알만한 구멍이 네 치 깊이로 뚫려 있었다.

현악은 쾌검마가 상대의 미간만을 적중시킨다는 사실을 아직 모르고 있었다.

만약 알았다면 수단 방법을 가리지 않고 상대의 미간을 맞히려고 기를 썼을 것이다.

대전 안에 괴괴한 적막이 감돌았다.

아무도 입을 열지 않았고, 차츰 모두의 얼굴에 떠올랐던 신기하다는 표정은 경악으로 변해갔다.

그들 중에 대전 바닥에 죽어 있는 사향주가 어떻게 죽었는지 아는 사람은 아무도 없었다.

다만 채엽만이 어렴풋이 추측했다.

현악이 번개처럼 빠르게 검을 뽑아 언월도를 자르고 사파 고수의 콧등에 구멍을 뚫었다는 사실을.

채엽은 날카로운 눈빛으로 현악을 주시했다.

'음, 내 수하 중에서 세 번째로 강한 사향주를 그처럼 간단하게 죽이다니… 저자, 이제 보니 굉장한 일류고수였군.'

맹세컨대 채엽은 여태껏 방금 현악이 보여준 쾌검이 아니라 그 비슷한 것조차도 본 적이 없었다.

게다가 현악의 우뚝 서 있는 모습은 어떤가.

한 치의 동요도 없이 뭔가 자욱하면서도 은은한 기도를 뿜어내고 있지 않은가.

그래서 채엽은 시간이 흐를수록 현악을 점점 더 높게 평가할 수밖에 없었다.

'저자, 굉장한 기도를 갖고 있다!'

채엽은 목젖을 울리며 마른침을 삼켰다. 한차례 신기를 목격했으니 당연히 대접이 달라져야 할 것이다.

"귀하는 누구시오?"

"쾌……."

현악은 하마터면 쾌검마라고 말할 뻔하다가 꿀꺽 삼켰다. 자운을 찾아달라고 부탁하러 온 처지에 이들에게까지 사기를 치고 싶은 마음이 없었다. 게다가 이들은 쾌검마 추적대와는 상관이 없었다.

"쾌검왕."

그래서 그는 자신이 곽정에게 말해 준 급조된 별호를 말해 주었다.

쾌검의 왕, 즉 쾌검왕이라는 그다운 단순한 작명법이었다.

할아버지가 화전민이었고, 아버지가 백정, 그리고 자신도 백정이었던 그의 최대 희망은 신분 상승이었다.

그가 가장 되고 싶은 것은 조자룡이지만 사람 이름을 별호로 사용할 수는 없었다.

누군가 현악더러 별호가 뭐냐고 물었을 때 '나는 조자룡이다' 라고 대답한다면 왠지 이상할 것 같았다.

그래서 조자룡 다음으로 되고 싶었던 '왕' 을 별호로 삼은 것이다.

그러나 채엽이나 사파 고수들이 듣기에도 괴상한 별호일 수밖에 없었다.

또한 그들이 '쾌검왕' 이라는 별호를 듣고 '쾌검마' 를 연상하는 것은 너무도 당연했다.

그들은 쾌검마가 어떤 인물인지 너무나 잘 알고 있었다. 쾌검마를 죽이겠다고 추적대가 안택현에 잔뜩 몰려와서 설쳐 대고 있는 사실도 손바닥 들여다보듯이 알고 있었다.

'꿀꺽.'

채엽은 필시 쾌검왕이 쾌검마와 깊은 관계가 있을 것이라고 추측했다.

그는 등줄기에서 식은땀이 흐르는 걸 느끼면서 마른침을 한 번 더 삼켰다.

"쾌검마… 하고는 무슨 관계요?"

'저 자식은 골치 아프게 뭘 자꾸 묻나?

현악은 속으로만 투덜거렸다.

하지만 부탁을 하러 온 처지니까 아무 때나 발작을 해선 안 된다고
인내를 다짐했다.

"형."

곤란할 때일수록 말은 짧게 하는 게 좋다.

'쾌, 쾌검마가… 혀, 형이라고?'

채엽은 너무 놀라서 하마터면 혀가 목구멍 속으로 말려 들어가고 눈
이 튀어나올 뻔했다.

대전의 모든 사람들도 똑같은 경험을 하고 있는 중이었다.

'저 자식이 설마 사기를 치는 건 아니겠지?'

사파인들은 무조건 의심이 많다.

채엽이라고 예외일 수 없다. 그는 예리하게 현악을 주시하다가 이윽
고 의심을 접었다.

그는 나름대로 안목이 있다고 자부하는 사람이었다. 그는 현악의 얼
굴과 표정에서 눈곱만큼도 거짓을 발견하지 못한 것이다.

현악은 흑의인을 형으로 삼기로 했었다. 흑의인이 받아들이든 말든
한 번 형은 영원한 형이다.

그리고 그 후 형이 쾌검마라는 사실을 알게 됐다. 그러므로 현악은
거짓말을 한 게 아닌 것이다.

"쾌검왕께선 무슨 일로……?"

채엽은 너무 긴장해서 현악이 사람을 찾아달라고 했던 말을 잠시 잊
었다가 곧 기억해 냈다.

"아, 아니… 누굴 찾으십니까?"

말투도 '해라'에서 '하오'로 변하더니 어느새 '하십니까'로 변해
있었다.

"이름은 자운."

이어서 그는 자신이 살던 안택현의 동네와 푸줏간, 자운이 실종된 경위 등을 아주 간략하게 설명했다.

물론 자신이 자운의 오빠이며 백정이었다는 말은 하지 않았다. 쓸데없는 말을 해서 무림 고수의 격을 실추시켜서는 안 될 일이었다.

채엽은 흔쾌히 승낙했다.

"좋습니다. 조만간 자운 낭자를 찾아서 데리고 오겠습니다."

"부탁은?"

"무슨……."

채엽은 또 말끝을 흐렸다가 현악이 조금 전에 사람을 찾아주는 대신 부탁 한 가지를 들어주겠다고 했던 말을 기억해 냈다.

그는 땀을 뻘뻘 흘리면서 두 손을 휘휘 저었다.

"핫핫! 부탁이라뇨? 그런 말씀 하지 마십시오! 오히려 쾌검왕님의 하명을 수행하는 저희가 영광입니다! 하하!"

채엽의 웃음에는 과장이 역력했다.

사실 그는 생명의 위협을 느끼고 있었다. 그가 판단한 쾌검왕이란 인물은 성격이 괴팍한 것 같았다. 그런 자는 언제 어느 때 돌발적인 행동을 취할지 모른다.

채엽은 또한 자신이 쾌검왕의 적수가 되지 못한다고 판단했다. 이럴 때는 그저 말조심, 또 말조심이 최상책이라고 그의 경험이 속삭여 주었다.

채엽과는 반대로 이 순간의 현악은 생생하게 느끼며 만끽하고 있는 것이 있었다.

철저한 힘의 논리를.

그래, 바로 이런 거였다.

강자가 약자를 밟고 우뚝 서 있는 것.

그리고 그것은 백정이었던 현악이 간절히 염원하던 것이기도 했다.

그는 뱃속이 간지러우며 스멀스멀 기분 좋은 웃음이 피어나는 것을 참느라 무던히도 애쓰면서 고개를 가로저었다.

"아니, 거래는 거래니까."

공짜라니? 그것은 똥 누고 밑 안 닦은 것 같지 않은가. 쾌검왕의 마음에 들지 않는다.

"정히 그러시다면……."

채엽은 곤란하다는 표정을 지으면서도 나름대로 빠르게 머리를 굴렸다.

"나중에 말씀드리겠습니다, 자운 낭자를 찾아드린 후에."

솔직히 그는 무슨 부탁을 해야 할는지 짧은 순간에 생각해 내지 못한 것이다.

현악은 대답 대신 고개를 한 번 끄덕여 주었다.

"그러지."

그의 말투는 채엽과는 반대로 처음의 '하오'에서 '하지'로 변해 있었다. 쾌검왕 정도 되면 그래도 괜찮다고 그는 속으로 생각했다.

채엽은 채엽 나름대로 속으로 득의하게 웃었다.

'후후, 쾌검왕이라는 별호는 처음 들어보지만 저자가 정말 쾌검마의 동생이라면… 게다가 내 생각이 틀리지 않는다면 저자는 머지않아 꽤나 명성을 날리게 될 것이다. 후훗, 부탁은 그때 가서 해도 늦지 않지.'

◆제10장◆
봉황일미(鳳凰一美)! 삼 년 후에 혼인하자!

울창한 숲 가운데로 굽이쳐 흐르는 맑은 냇가의 어느 커다란 바위 위에 현악이 가부좌의 자세로 앉아 운기를 하고 있다.

그는 풍사단 홍동지단을 떠나 안택현으로 돌아가는 길이다.

현재로서 자운에 대해서는 그가 할 수 있는 일이 없었다. 풍사단 홍동지단주 월혼도 채엽이라는 자가 자운을 어렵지 않게 찾을 수 있을 것처럼 장담했으니 그를 믿고 기다려 보는 것이 현악이 할 수 있는 전부였다.

현악은 원래 안택현 일대 지리는 눈을 감고도 훤했으므로 관도보다 더 빠른 산길을 택했다가 잠시 운공을 하고 있는 중이었다.

채엽은 자운을 찾아내는 즉시 현악에게 연락하겠다고 약속했다.

또한 현악이 어디에 있든 채엽이 그를 찾아내는 일은 어렵지 않다고도 말했다.

그것은 풍사단이기에 가능한 일이었다.

슥—

이윽고 현악은 천천히 눈을 떴다.

두 눈에서 예사롭지 않은 은은한 정광이 일렁였다.

그는 한차례 자령신공을 운기할 때마다 미약하게나마 공력이 더 축적되는 것을 생생하게 느낄 수 있었고, 심신도 조금씩 더 가벼우며 맑아졌다.

그것은 가뭄으로 말라서 쩍쩍 갈라진 논바닥에 단비가 내리는 것과도 같은 기분이 들게 해주었다.

현악은 냇물 건너의 울창한 숲을 응시했다.

'나는 아직 형이 가르쳐 준 섬쾌의 진정한 위력을 모르고 있어.'

무림에 발을 들여놓은 이상 자신이 지니고 있는 솜씨가 어느 정도인지는 확인해 볼 필요가 있었다.

그래야만 적을 맞이했을 때 힘의 강약을 조절할 수 있을 것이라고 생각했다.

그는 아주 서서히 진짜 무림 고수가 되어가는 중이었다.

'그러나 아직 한 번도 패한 적이 없다.'

지금까지 무당 검수 세 명과 풍사단 홍동지단의 사파 고수, 도합 네 명을 죽였다.

그는 바위에서 내려와 냇물을 건너 숲이 시작되는 곳으로 가서 한 그루 나무를 마주하고 멈췄다.

'한 가지 분명한 것은 섬쾌가 대단한 검법이라는 사실이다. 비검구식 따윈 비교도 되지 않을 만큼.'

형의 말은 옳았다.

진검이 있는데 무에 목검이 필요하겠는가.

현악의 눈빛이 좀 더 강해지더니 전면의 나무를 노려보면서 오른손이 혈인검을 잡았다.

파아앗!

그 자신조차도 언제 검을 뽑았다가 다시 넣었는지 느끼지 못할 정도로 지독하게 빠른 발검과 착검.

그리고 그는 보았다.

발검하고 착검하는 극히 찰나지간에 하나의 붉고 흐릿한 빛이 눈앞의 허공을 쪼개면서 섬전처럼 쏘아져 나가는 광경을.

그로서는 처음 보는 섬쾌의 실체였다.

여태까지는 별로 신경을 쓰지 않았고 그럴 만한 겨를도 없었기 때문에 혈인검에서 뿜어지는 검기를 볼 사이도 없이 상대를 거꾸러뜨렸다.

팍!

현악이 서 있는 곳에서 족히 여섯 자 반 거리에 있는 한 그루 아름드리나무에서 가벼운 음향이 터졌다.

'검이 닿지도 않는 거리인데……'

현악은 두 눈을 휘둥그렇게 뜨며 놀라워했다.

'아! 그때도 무당 도사들은 검이 닿지 않는 거리였어.'

그 사실마저도 이제야 새삼스럽게 깨달아졌다.

그때는 여섯 자였지만 지금은 여섯 자 반의 거리다. 검기가 무려 한 자 하고도 반이나 발출된 것이다.

휙!

그는 즉시 나무로 달려가 확인했다.

현악의 가슴 높이 나무에 아주 흐릿한 흔적이 새겨져 있었다. 못으로 가볍게 찌른 듯한 흔적이어서 자세히 살펴보지 않으면 발견하기 어려웠다.

그것은 무당 검수들에게 새겨주었던 팥알 크기보다 작고 더 흐릿했다. 아마도 거리가 그때보다 반 자 더 멀기 때문일 것이다.

현악은 나무를 보면서 흡족한 표정으로 감탄했다.

'흐음, 과연 대단한 위력이다.'

그는 검에서 발출된 것이 검기라는 사실도 알지 못했다. 그저 자신의 몸에서 공력이 검을 통해서 뿜어지는 것이라고만 여겼다.

쾌검마가 정상적이었을 때 쾌검마류를 전력으로 펼치면 삼십 장 밖에 있는 바위에 동전 크기의 구멍을 뚫을 수 있을 정도의 엄청난 위력을 발휘한다.

그러므로 현악은 쾌검마에 비하면 월광과 반딧불이의 차이라고 할 수 있다.

그러나 그는 직접 검으로 나무를 찌르지 않고서도 허공을 격하여 흔적을 새겼다는 사실이 경이롭기만 했다.

'이런! 서둘러야겠다.'

그는 퍼뜩 정신을 차리고 냇물을 따라 달려 내려가기 시작했다.

'형이 어떻게 됐을지 궁금해 죽겠군.'

그는 안택현으로 돌아가서 한바탕 소란을 벌일 생각이었다. 그래서 그 혼란을 틈타 형이 쉽사리 도망치도록 하려는 것이다.

'너무 늦다.'

그는 자신의 달리는 속도가 너무 늦어서 실망했다.

경신술을 모르는 그가 공력을 전혀 사용하지 않고 그저 두 다리로만 달리는 것이어서 늦는 것은 당연했다.

그는 공력을 검에 주입시키는 것만 알았지 모든 것에 활용할 수 있다는 사실을 미처 깨닫지 못한 상태였다.

그는 얼마 전에 관도상에서 세 명의 무당 검수들이 경신술을 전개하여 쏘아오는 것을 봤었고, 그것이 경신술이라는 것을 한눈에 알아보았다.

'제길, 이왕이면 형에게 경신술이라도 하나 더 배워둘 것을……'

후회막급이었지만 이미 때는 늦었다. 형을 언제 다시 만날는지 기약조차도 없었다.

그때 문득 그는 제딴에 기발한 생각을 떠올렸다.

'자령신공을 운기하면서 달린다면?'

아무래도 공력을 운기하면서 달리면 그냥 달리는 것보다 나을 것 같아서 그는 즉시 실행에 옮겼다.

휘익!

아니나 다를까. 그의 몸이 갑자기 시위를 떠난 화살처럼 빠르게 쏘아져 나갔다.

"이, 이거!"

현악의 입이 또 찢어졌다. 달리면서 운기도 하고 빨리 달릴 수도 있으니 일석이조가 아닌가 말이다.

그가 지금 달리는 속도는 방금 전에 달리던 것에 비해서 최소한 다섯 배 이상 빨랐다.

경신술을 배운 무림의 삼류무사가 달리는 것에 비하면 속도가 절반에도 미치지 못하겠지만 어쨌든 지금의 그는 하늘을 나는 기분이었다.

'핫핫핫! 몸이 새털처럼 가볍다! 이 정도라면 백 리라도 단숨에 달려갈 것 같다!'

휘이이!

냇가의 나무들이 소리를 내며 그의 뒤로 밀려갔다.

'아아! 상쾌하다! 이런 기분 처음이다!'

그의 입이 자꾸만 더 크게 찢어졌다.

'무공이라는 것이 이런 것이었구나! 푸핫핫핫!'

결국 그는 공력을 달리기에도 적용할 수 있다는 사실을 스스로 깨달았다. 그리고 앞으로는 더 많은 것들을 깨닫게 될 것이다.

"……!"

순간 그는 뭔가 이상한 느낌을 받았다.

그런 느낌은 난생처음이었다.

획!

그는 느낌이 감지된 오른쪽의 울창한 숲을 재빨리 쳐다보다가 눈을 부릅떴다.

"……!"

한줄기 반투명한 빛살이 숲 속에서 쏘아져서 어느새 그의 측면 일장까지 쇄도하고 있는 것을 발견한 것이다.

빛살은 그의 얼굴을 노리고 있었으므로 그는 찰나적으로 암습이라고 판단했다.

게다가 빛살은 일체의 파공음도 내지 않았다.

생각하고 자시고 할 여유가 없었다. 여차하는 순간 얼굴에 구멍이 뚫리고 말 판국이다.

사아아—

현악이 본능적으로 다급히 고개를 뒤로 벼락같이 젖히자 빛살이 그의 코 끝을 아슬아슬하게 스치면서 지나쳤다.

그런데 단지 스치기만 했을 뿐인데도 코끝에 찌르르한 통증이 느껴졌다.

'뭐, 뭐지, 방금 그건?'

암습을 당한 것도 처음이지만 그런 것을 피한 것도 처음이었고, 방금 봤던 빛살 같은 것도 처음 보는 것이었다.

그것은 현악이 조금 전에 나무에 발출했던 검기와 비슷한 것 같기도 했다.

"……!"

그때 또 느껴졌다.

방금 빛살이 쏘아오기 전에 감지했던 그 느낌과 같았다.

이번에는 뒤쪽에서였는데 뒤통수와 뒷목이 바늘로 찌르는 듯 따끔거렸다.

그래서 그는 순간적으로 자신이 뭔가에 적중된 줄 알았다.

그러나 다시 생각을 바꿨다.

뭔가에 적중되는 것은 그것보다는 좀 더 큰 느낌일 것 같았다.

촌음을 백으로 쪼갠 찰나지간에 그의 머리 속에서 여러 생각들이 어지럽게 교차했다.

어쨌든 그의 판단은 옳았다.

뒤통수와 뒷목이 따끔거리는 것은 쏘아져 오는 그 뭔가의 예기(豫氣)인 것이다.

돌아보고 확인하는 것은 이미 늦었다. 피하기에도 늦었다.

째쨍!

그의 머리가 어떻게 할 것인지 판단을 내리기도 전에 오른손은 이미 검을 뽑아서 그 뭔가를 튕겨내고 있었다.

그는 또 그렇게 발검을 방어로도 활용할 수 있다는 사실을 배웠다.

쏘아오던 것은 방금 전과 같은 두 개의 빛살이었는데 혈인검에 튕겨져서 허공으로 흔적없이 흩어졌다.

현악은 혈인검을 움켜쥔 채 신형을 멈추고 날카로운 눈으로 천천히 주위를 쓸어 보았다.

그의 정신과 온몸이 극도의 긴장감으로 팽팽해졌다.

*　　　*　　　*

푸드득—

한 마리 비둘기가 창가에 서 있는 청라의 팔뚝에 내려앉았다.

그녀는 비둘기, 즉 전서구의 발목에 매달려 있는 대롱 속에서 돌돌 말린 종이 쪽지를 꺼내서 펼쳤다.

"……!"

순간 안색이 크게 변한 그녀는 즉시 밖으로 달려나가면서 날카롭게 외쳤다.

"출동이다! 서둘러라!"

방바닥에 떨어진 서찰은 삼 파를 감시하는 수하 중 한 명이 보낸 것인데, 거기에는 급히 휘갈겨 쓴 듯한 짧은 글귀가 적혀 있었다.

유성보 고수들이 비밀리에 홍동현으로 이동하고 있습니다.

사실 조금 전에 한 명의 사파 고수가 말을 타고 다급히 안택현 현 내로 달려 들어와 유성보 고수들이 묵고 있는 객잔 앞에 멈췄다.

　얼마나 빨리 달려왔는지 도착하자마자 말이 거품을 물고 쓰러졌고, 말에서 내린 자는 유성보 고수들에게 자신을 유성추혼에게 안내해 달라고 숨을 몰아쉬면서 부탁했다.

　잠시 후 그는 유성추혼에게 거금 은자 천 냥짜리 전표를 받아 쥐고는 어떤 정보를 말해 주었다.

　쾌검마의 동생인 쾌검왕이라는 자가 지금 홍동현에서 안태현으로 향하는 관도로 오고 있습니다.

　거금을 챙긴 자는 풍사단 홍동지단의 향주였고, 현악을 지척에서 본 여러 사람 중에 한 명이었다.

　그는 유성추혼과 헤어진 후 말도 버려둔 채 어디론가 홀연히 사라졌는데 아마 홍동지단으로 돌아갈 것처럼 보이지는 않았다.

　은자 천 냥짜리 전표가 수중에 있으니 천하 어디를 가더라도 평생 떵떵거리면서 살 수 있을 것이다.

　생각지도 않았던 정보를 얻은 유성추혼은 그 즉시 고수들을 이끌고 홍동으로 뻗은 서쪽 관도로 향했다. 물론 소림 고수들과 무당 검수들에게는 일체 알리지 않은 비밀스러운 행보였다.

　그런다고 그 사실을 모를 소림과 무당이 아니었다.

　청라가 비검십당과 삼십 명의 일류고수를 이끌고 서쪽 관도에 들어섰을 때 소림 고수들과 무당 검수들은 이미 그들보다 오 리 이상은 앞서가고 있는 중이었다.

*　　　*　　　*

현악은 주위를 날카롭게 살펴보았지만 사람이든 짐승이든 움직이는 물체는 아무것도 발견하지 못했다.

'도대체 이건… 상대가 어디에 있는지 종잡을 수조차 없으니……'

귀신에게 홀린 듯한 기분이었다.

"악적!"

그 순간 느닷없이 현악의 등 뒤에서 날카로운 여자의 호통성이 터졌다.

번쩍!

"……!"

현악이 움찔하며 급히 뒤를 돌아보자 눈앞에서 눈부신 섬광이 번뜩였다. 단지 그뿐이었다.

그는 피하지도 못하고 허둥대면서 단순히 눈부심 때문에 왼팔을 들어 눈을 가렸다.

팍!

"윽!"

찰나 왼쪽 어깨가 화끈했다.

뭔가가 어깨를 깊숙이 베며 스쳐 갔다.

한 번도 경험한 적이 없는 위기감이 엄습했다.

이러다가 상대가 누군지도 모른 채 죽을 수도 있겠구나라는 생각이 뇌리를 스치기도 했다.

휙!

그는 즉시 두 발로 땅을 힘껏 박차면서 뒤쪽으로 삼 장이나 물러섰다.

평소 같았으면 엄두도 내지 못할 거리였지만 다급한 상황은 잠시 그가 초인적인 능력을 발휘하게 했다.

현악은 다친 어깨를 살펴볼 겨를도 없이 급히 전면을 쳐다보다가 눈을 커다랗게 뜨고 말았다.

한 명의 십육칠 세가량의 소녀가 냇가의 야트막한 바위 위에 도도한 자세로 우뚝 서 있었다.

눈처럼 흰 백색 외투에 역시 백색의 긴 치마를 입었는데 오른손에 한 자루 백검(白劍)을 쥐고 있는 아름다운 모습이었다.

현악은 소녀를 보는 순간 자신이 다쳤다는 사실도, 지금이 어떤 상황인지도 잠시 망각할 수밖에 없었다.

그 정도로 소녀는 아름다웠다.

현악이 사물이든 사람이든 그 무엇인가를 보고 지금처럼 넋을 잃어보기는 난생처음이었다.

'뭐 저렇게 예쁜 거야?'

하나 그런 생각은 그리 오래가지 않았다. 그는 못마땅한 듯 가볍게 인상을 썼다.

"너는 왜 나를 공격한 거지?"

"몰라서 묻는 것이냐?"

백의소녀는 청라와는 전혀 다른 영롱한 옥음을 발했는데, 싸늘함과 날카로움이 배어 있었다.

그러나 누구라도 그녀의 호통을 들었다면 그녀가 호통 치는 일에 익숙하지 않다는 사실을 즉시 알아차릴 것이다. 그만큼 그녀의 호통은 어색했다.

"모른다."

모르니까 모른다고 할 수밖에 없는 현악이다.

백의소녀는 그 무엇으로도 비교할 수 없을 만큼 아름다운 두 눈에 원한을 가득 담고 현악을 쏘아보았다.

"나는 남해신검(南海神劍) 단우헌(段于軒)의 딸 단우옥(段于玉)이다! 너는 설마 이 이름을 모른다고 하진 않겠지?"

당금 무림에는 전 무림에서 가장 강하다는 백 명의 절정고수가 있고, 그들을 백무신(百武神)이라고 한다.

백무신은 하나같이 대문파의 장문인이거나 방주, 혹은 한 지방의 절대자, 그게 아니면 무림을 진동시킨 혁혁한 초강 고수들로 이루어져 있다.

쾌검마 추적대를 이끌고 있는 소림 장로 혜각 선사나 무당 장로 청송자, 유성보주의 아들인 유성추혼 같은 쟁쟁한 고수들도 백무신에 들지 못할 정도였다.

쾌검마는 백무신에 들기를 거부했지만 무림인들은 그를 백무신으로 인정했다. 아니, 그는 백무신에 들고도 남을 실력자였다.

남해신검은 백무신 중에 한 명이면서 해남도주(海南島主)이라는 신분이기도 했다.

"그래서?"

현악은 자기하고는 전혀 상관없다는 투로 떨떠름하게 내뱉었다.

백의소녀 단우옥은 긴 속눈썹을 파르르 떨었다. 분노하고 있는 것이 분명했다.

"쾌검마, 네놈이 아버님을 무참히 살해하고서도 나를 모른다고 잡아뗀다는 말이냐?"

'또 쾌검마인가?'

문득 현악은 일이 꼬이는 것을 직감했다.

"어째서 날 쾌검마라고 하는 거지?"

단우옥은 투명할 정도로 희고 가느다란 손가락을 들어 혈인검을 가리켰다.

"천하에 그 혈인검이 몇 개씩이나 되더냐? 쾌검마가 얼마 전에 혈인검을 얻었다는 사실을 모르는 무림인은 없다! 그런데 혈인검을 갖고 있는 자가 쾌검마가 아니면 누구겠느냐?"

'혈인검이 형 것이었으니까 날 형으로 착각하는 것도 이상한 일은 아니로군.'

현악은 오른손에 쥐고 있는 혈인검을 굽어보며 내심 씁쓸하게 중얼거렸다.

단우옥은 원수인 쾌검마를 죽이기 위해서 대륙 최남단에서도 뱃길로 백여 리나 떨어진 해남도를 떠나 혈혈단신으로 장장 만 오천여 리가 넘는 대륙을 횡단했다.

그녀는 무림을 발이 닳도록 돌아다니면서 쾌검마의 행적을 추적하다가 얼마 전에 소림, 무당, 유성보의 추적대가 쾌검마를 쫓는 중이며, 그래서 쾌검마가 중상을 입고 산서로 도망쳤다는 소문을 들었다. 그래서 한달음에 이곳으로 달려온 것이다.

그러나 쾌검마도 현악도 모르고 있는 사실이 하나 있었다.

그것은 추적대가 중상을 입은 쾌검마를 추적하고 있다는 소문이 삽시간에 무림 전역에 퍼졌기 때문에 묵혈쌍검을 노리는 무림 고수들이 구름처럼 산서 땅으로 모여들고 있는 중이라는 사실이었다.

거기에다가 쾌검마에게 개인적인 원한이 있는 무림 고수들까지 가세했다.

그런 사실을 알 턱이 없는 현악은 멀뚱한 얼굴로 단우옥을 쳐다보았다.

"넌 쾌검마를 직접 본 적이 있느냐?"

"없다! 하지만 아버님 미간에는 쾌검마류라는 검흔이 새겨져 있었다! 너는 누가 아버님의 살해범이라고 생각하느냐?"

"쾌검마류가 쾌검마의 검법이냐?"

소녀의 눈에는 현악이 영락없이 딴청을 부리는 것으로 보였다.

"나쁜 놈! 그걸 모르는 사람이 어디에 있느냐?"

"그럼 쾌검마가 네 부친을 살해한 게 맞군."

현악은 고개를 끄덕였다.

"쾌검마가 왜 남해… 뭐라고 했지?"

"남해신검 단우헌!"

"그래, 쾌검마가 남해신검 단우헌을 왜 죽인 거지?"

"나쁜 놈아, 그건 내가 너에게 묻고 싶은 말이다!"

"그런데 남해신검이 원래 악인이냐?"

단우옥의 얼굴 가득 어이없다는 표정이 떠올랐다.

남해신검은 해남도뿐만 아니라 무림에서도 남해불존(南海佛尊)이라 불릴 정도로 후덕하고 자비로운 인물이었다. 그러므로 해남도 근처에서 남해신검이 악인 어쩌고 했다가는 몰매 맞아 죽기 십상이다.

"우매한 너에게 한 가지만 말해 주마. 우리 해남도에는 천은당(天恩堂)이라는 곳이 있다."

"그런데?"

"천은당에는 가족들조차도 포기하고 내다 버린 대풍라(大風癩:문둥병) 병자들을 비롯하여 천여 명의 불치병 환자들이 기거하면서 치료를 받고 있다."

"너희… 의원하니?"

현악이 그렇게 생각하는 것은 당연했다.

"무슨 헛소리를! 아버님께서는 오래전부터 그런 병자들을 본 도로 데려와 돌보셨다! 그들 중에는 병이 깨끗이 나아 해남도에서 고기잡이를 하거나 농사를 지으며 사는 사람들도 많이 있다!"

현악은 진심으로 감탄했다.

"그렇다면 너희 아버님은 훌륭한 분이시군!"

"……."

"쾌검마 나쁜데? 그런 좋은 분을 죽이다니."

단우옥의 눈빛이 가볍게 흔들렸다. 그녀는 지금 현악이 하는 말을 도무지 이해할 수 없었다.

현악은 그제야 자신의 왼쪽 어깨를 슬쩍 쳐다보았다. 어깨 바깥쪽에 베인 상처가 생겼는데 생각보다 깊지는 않았다.

현악은 단우옥을 보며 짐짓 너그럽게 웃었다.

"허헛! 훌륭한 아버님의 딸이니 너도 좋은 사람이겠지! 그러니 날 다치게 한 것은 용서하마!"

그러더니 곧 진지한 표정으로 바꿨다.

"그리고 부디 원수를 갚길 빌겠다."

누가 누구 원수를 갚길 빈다는 것인지…….

휘익!

현악은 몸을 돌려 냇가를 따라 바람처럼 멋지게 쏘아갔다.

그러나 그는 채 십여 장도 가지 못해서 자신이 달려가는 전면에 어느새 단우옥이 우뚝 서 있는 것을 발견하고는 화들짝 놀라며 급히 멈춰야만 했다.

'굉장히 빠르군. 음, 어영부영 도망치는 건 안 되겠다.'

"비겁하구나, 쾌검마!"

단우옥은 경멸하는 얼굴로 현악을 쏘아보았다.

"쾌검마가 나처럼 젊으냐?"

도망이 안 된다면 이젠 설득이다.

"직접 본 적은 없지만 삼십 세가 채 안 됐다고 들었다!"

"거봐! 난 아니잖아! 난 이제 열일곱 살이라구! 어디로 봐서 내가 그렇게 나이가 들어 보이냐?"

"가증스러운 놈! 쾌검마 정도의 절정고수라면 주안술을 시전하는 것쯤은 간단할 것이다!"

단우옥은 호락호락하지 않았다.

"주안술이 뭔데?"

현악은 정말 궁금해 죽겠다는 표정을 지었다.

어제 무당 검수들도 그에게 주안술이니 역용술 어쩌고 해서 내심 궁금해하던 터였다.

단우옥은 발끈했다.

"내공이 반박귀진(反撲歸眞)의 경지에 이르면 신체는 물론 용모까지 마음먹은 대로 자유롭게 바꿀 수 있다는 것을 진정 네가 모른다는 말이냐?"

'정말 예쁘군.'

사람이 화를 내는데도 어째서 저렇게 예쁠 수가 있는 것인지 현악은 이해하기 힘들었다. 그래서 그는 입을 헤벌리고 침을 흘리면서 소녀를 쳐다보았다.

“쾌검마가 그런 반박… 경지에 이르렀느냐?”

“네놈이 끝까지!”

단우옥은 더 이상 원수와 입씨름하고 싶은 생각이 눈곱만큼도 없었다.

“죽어랏, 쾌검마!”

전면 이 장 거리에 있던 단우옥이 느닷없이 곧장 현악에게 쏘아가며 수중의 백검을 그어대자 예의 한줄기 반투명한 빛살 하나가 섬광처럼 뿜어졌다.

쌔액!

“웃!”

현악이 급히 상체를 비틀자 빛살이 아슬아슬하게 귓가를 스쳐 갔다.

“계집애야! 그만 해라! 나는 쾌검마가 아니라구!”

이상한 일이었다.

단우옥이 무서워서도, 형 대신 자기가 죽는 게 겁나서도 아니었다. 오히려 그는 추적대에게 자신이 쾌검마인 것처럼 위장해서 형을 도주하게 만들려 하고 있지 않은가.

그런데 단우옥하고는 정말 싸우고 싶지 않았다.

그녀가 자기를 쾌검마로 오해하여 죽이려 드는 게 싫었다.

그 이유가 무엇 때문인지는 알 수 없었지만.

쉭! 쉭! 쉭!

“봉황설영(鳳凰雪影)!”

단우옥이 백검을 현란하게 떨치자 여태까지와는 달리 날카로운 파공음이 일며 세 개의 검영이 복판과 좌우에서 현악에게 쏘아갔다.

바야흐로 저 유명한 해남도의 독문검법 봉황십이검법(鳳凰十二劍法)

이 펼쳐지고 있었다.

봉황십이검법은 무림오대검법으로도 꼽힐 만큼 유명했고 위력적이며 독보적이었다.

과거 남해신검은 이 검법으로 무림을 주유하면서 거의 적수를 찾아보지 못했으며 마침내 백무신의 위에 올랐었다.

봉황설영이란 초식은 너무 빨랐고, 현악이 피할 것까지 계산하여 펼쳐졌기 때문에 한순간 그는 크게 당황했다.

파아아—

현악은 급히 몸을 비틀었다.

그러나 세 개의 검영 중 두 개가 각각 그의 옆구리와 허벅지를 얕게 베며 스쳐 갔다.

“그만 하라니까!”

현악은 물러나며 버럭 고함쳤다.

쐐애액!

“봉황유운(鳳凰流雲)!”

대답은 햇살처럼 쏟아지는 네 개의 검영으로 돌아왔다.

검영들은 직선으로 쏘아오지 않고 짧은 거리인데도 크게 곡선을 그렸기 때문에 그것들이 마지막 순간에 자신의 몸 어느 부위를 목표로 하고 있는지 현악은 도무지 감을 잡을 수가 없었다.

채채챙!

그는 바짝 긴장하고 있다가 어지럽게 검을 휘둘러서 쏟아져 오는 검영들을 힘겹게 막아냈다. 그러나 세 개만 막았을 뿐 나머지 한 개를 놓치고 말았다.

퍽!

“윽!”

현악은 답답한 신음을 터뜨렸다.

검영이 왼쪽 어깨를 관통한 것이다.

어깨의 앞과 뒤에서 분수처럼 핏물이 뿜어졌고, 그 소리가 현악의 귀에도 들렸다.

“봉황월파(鳳凰月波)!!”

그러나 단우옥은 현악이 숨 쉴 틈조차 주지 않았다.

완벽하게 기선을 제압한 그녀의 백검에서 칼날 같은 검풍이 파도처럼 쏟아져 나왔다. 그 초식은 이름처럼 정말 달빛을 닮았다.

째째째쨍!

“우웃!”

현악은 어지럽게 검을 휘두르면서 힘겹게 막았으나 반탄력 때문에 뒤로 쏜살같이 튕겨 날아갔다.

‘쾌검마가 아무리 중상을 당했다지만 겨우 이 정도라니…….’

단우옥은 잠시 공격을 멈추고 고개를 갸웃거렸다.

쾌검마는 백무신 중 한 명인 부친을 죽인 초절정고수며 그 자신도 백무신이다.

그러므로 중상을 입었다고 해도 이렇게 약할 리가 없었다. 최소한 단우옥 자신이 죽음을 각오한 채 맹공을 퍼부어도 쾌검마를 어쩌지 못해야 당연했다.

우지끈!

“으윽!”

현악은 등을 나무에 부딪치고는 부러진 나무와 함께 볼썽사납게 나뒹굴었다.

“으으……”

그는 비틀거리면서 일어나다가 허공에서 단우옥이 자신을 향해 맹렬히 쏘아져 내리는 걸 보며 안색이 급변했다.

“봉황천풍(鳳凰天風)!”

쏴아아!

허공에 떠 있는 단우옥의 검에서 커다란 소용돌이 검풍이 발출되어 무시무시하게 현악에게 내리 꽂혔다.

‘대단하다! 이런 게 진짜 검법이로구나!’

현악은 자신이 위기에 처했다는 사실도 잊은 채 감탄을 금치 못하다가 검풍이 머리 위에 이르자 혼비백산했다.

“우왓!”

푸악!

그는 황급히 옆으로 데구르르 몸을 굴려서 간신히 피했다.

소용돌이 검풍 봉황천풍은 방금 그가 있던 자리에 떨어지며 흙과 눈이 허공으로 어지럽게 솟구쳤다.

그 자리에는 깊이가 두 자나 되는 흙구덩이가 뻥 뚫려 있었다. 피하지 못했다면 현악의 몸에 구멍이 뚫리든지 몸이 두 동강이 났을 것이다.

“자, 잠깐 멈춰라!”

단우옥이 쏘아오면서 재차 검법을 펼치려고 하자 현악은 일어서지도 못한 채 손바닥을 내밀며 황급히 외쳤다.

단우옥은 현악 앞에 내려서며 싸늘하게 꾸짖었다.

“유언을 남길 테냐?”

마지막 일 초식만 더 퍼붓기만 하면 상대를 죽일 수 있을 텐데도 현악의 외침에 즉시 멈춘 단우옥의 그런 행동은 그녀의 성품 두 가지를 대변했다.

첫째, 마음이 모질지 못하다는 것,

둘째, 뛰어난 실력에 비해서 강호 경험이 풍부하지 못하다는 것.

"제기랄! 치사하게 계속 공격하지 말고 나한테 착검할 기회를 준 다음에 제대로 한번 붙어보자!"

한가하게 단우옥의 성품 같은 것을 분석할 여유가 없는 현악은 옷을 털면서 일어나며 볼멘소리로 외쳤다.

"검을 꽂고서 싸우자는 말이냐?"

아무리 경험이 부족한 단우옥이지만 현악이 자신의 손에 쥐고 있는 검을 검집에 다시 꽂은 다음에 싸우자는 말에는 어리둥절할 수밖에 없었다.

"그렇다! 나한테도 초식을 펼칠 기회를 줘야 공평한 싸움이 아니겠느냐?"

"무슨 소리냐? 그렇다면 너는 착검을 해야만 초식을 펼칠 수 있다는 말이냐?"

"당연하지 않느냐! 너, 바보 아니냐?"

진짜 바보가 멀쩡한, 아니, 해남도에서는 천재라는 소리를 들었고, 강호에 나온 지 반년 만에 봉황일미(鳳凰一美)라는 아호를 듣게 된 미녀를 바보로 전락시키고 있는 순간이었다.

그러나 결정적으로 봉황일미 단우옥의 천성적인 성품은 착했고 순수했으며 여렸다.

"좋아, 너는 어서 싸울 준비를 해라."

척!

"하하하! 다 했다! 너는 이제 아무 때나 공격해라!"

현악은 검을 꽂고는 가슴을 활짝 펴며 인심 쓰듯이 껄껄 웃었다.

단우옥은 뭔가 좀 석연치 않다는 생각이 들었지만 크게 개의치 않았다.

현악이 실력이라는 것이 방금 경험한 정도에 불과하다면 그가 착검을 하든 발가락으로 검을 잡고 휘두르든 백전백승할 자신이 있었다.

단우옥은 이번 대결에서야말로 기필코 쾌검마를 죽여서 원수를 갚으리라 결심하고 팔십 년 내공을 모두 끌어올려 검을 쥔 오른손에 집중시켰다.

휘익!

"봉황단천(鳳凰斷天)!"

순간 그녀는 곧장 현악에게 쏘아가면서 번개같이 검을 세로와 가로로 그어 십 자를 만들었다.

그러자 세로와 가로 두 개의 반달을 닮은 검기가 겹쳐진 채 십(十)자를 만들어 무시무시하게 뿜어져 나갔다.

초식 이름 단천처럼 마치 하늘을 쪼갤 듯한 무서운 기세였고, 여태까지의 공격들은 비교도 되지 않을 만큼 막강했다.

현악은 단우옥이 초식을 펼치는 것을 본 직후에 발검했다.

번쩍!

단우옥은 이제 곧 현악의 몸이 갈기갈기 찢어져서 즉사할 것이라는 사실을 의심하지 않았다.

"……!"

그런데 하나의 흐릿한 빛살이 자신이 펼친 두 개의 검기, 즉 십자검기(十字劍氣)를 뚫고 단 한 번도 본 적이 없는 빠르기로 쏘아오자 그녀는 크게 당황하고 말았다.

그녀는 꼼짝도 할 수 없었다.

아가리를 크게 벌린 맹호 앞에 놓인 새끼 사슴처럼 미처 얼굴에 경악하는 표정을 떠올릴 겨를조차 없었다.

그저 아주 찰나지간에 '자신이 이제 죽는구나, 쾌검마를 너무 얕본 게 실수였어' 라는 막연한 생각이 뇌리를 스쳐 갔을 뿐이다.

빛살은 순식간에 그녀의 얼굴 앞에 당도했다.

파아—

그런데 어찌 된 일인지 빛살이 그녀의 코앞에서 급격하게 방향을 꺾더니 귓가를 스치며 아련한 파공음을 여운으로 남기면서 사라져 버렸다.

창졸간에 벌어진 일이었다.

퍼퍽!

"으악!"

그리고 다음 순간 단우옥이 발출한 봉황단천이 현악의 가슴 한복판에 무자비하게 작렬했다.

십자검기가 현악을 갈기갈기 베고 찢었는데, 그 여파가 주위의 나무들을 마구 베며 허공으로 흩날렸다.

와자자작!

현악은 가슴과 배에서 피를 뿜으면서 나뭇가지들을 부러뜨리며 뒤로 팅겨져 날아갔다.

그 광경은 마치 태풍에 휩쓸린 것 같았다.

단우옥은 망연자실한 표정으로 그 광경을 바라보았다.

'어째서……?

현악은 수북이 눈이 쌓인 숲 바닥에 떨어져서도 이 장여나 더 밀려 갔다가 겨우 멈췄다.

방금 전 단우옥의 코앞에서 급격하게 방향을 바꾼 그것은 분명히 그녀로서는 한 번도 본 적이 없는 쾌검마의 쾌검마류 같았다.

아니, 분명했다.

그렇게 빠른 검기는 쾌검마류 외에는 없을 것이므로.

그리고 검법을 펼친 사람이 의도적으로 검을 틀지 않고는 얼굴을 향해 쏘아오던 검기가 갑자기 방향을 바꿀 리가 없었다. 그것은 갓 검법에 입문한 초심자라도 알 수 있는 사실이었다.

'도대체 왜 방향을……?

결론적으로 단우옥은 현악이 자신을 죽일 수 있었으면서도 죽이지 않았다고 생각할 수밖에 없었다. 자신을 죽였다면 현악은 저 지경이 돼서 나뒹굴지 않았을 것이다.

단우옥은 칠팔 장이나 날아가서 나뒹굴어 있는 현악을 복잡한 눈빛으로 바라보았다.

그녀가 보기에 현악은 죽은 것 같았다.

당연한 일이다.

아직 완성되진 않았어도 팔십 년 공력이 고스란히 실린 봉황십이검의 마지막 절초식 봉황단천이었다.

그런데 죽었다고 판단한 현악의 몸이 미미하게 꿈틀거렸다.

아니, 꿈틀거렸다고 여기는 순간 그는 옆의 나무를 붙잡고 힘겹게 일어서고 있었다.

한데 더 이상한 것은 현악이 죽지 않고 일어서는 모습을 본 단우옥이 속으로 안도의 한숨을 토해내고 있다는 사실이다.

부친을 죽인 불공대천지수가 죽지 않고 일어서는 데도 안도의 한숨이라니?

게다가 그녀는 더 이상 공격하지 않았다.

지금 초식을 펼치면 아예 원수의 숨통을 끊어놓을 수 있을 텐데도 그녀는 그렇게 하지 않았다.

만약 그렇게 한다면 방금 전에 벌어진 의문을 풀지 못한 채 평생 가슴에 묻고 살아야 할 것 같았다.

"너는… 왜 날 죽이지 않았느냐?"

단우옥은 신형을 날려 현악 앞에 내려선 후 의아한 표정으로 물었다.

"너… 혼인했느냐?"

현악은 한마디로 참혹한 몰골이었다.

가슴의 뼈가 다 드러났고, 복부가 갈라져서 피를 철철 흘리면서도 그는 매우 중요하다는 듯 찡그린 얼굴에 진지한 표정 하나를 얹어서 엉뚱하게 물었다.

"아직… 난 겨우 열여섯 살이야."

단우옥은 현악의 질문에 순순히 대답했다.

그가 마지막 순간에 검기의 방향을 튼 이유가 이 대답과 관련이 있을 것이라고 여겼다.

"으으… 더럽게 아프군. 그럼 누구와 저, 정혼한 적은… 있느냐?"

"없어."

그녀는 참을성있게 대답했다.

"내… 이름은 현악이다!"

그의 이름 같은 것은 궁금하지 않았다.

"내 이름이 뭐라고 그랬지?"

"현악……."

"그래, 너 앞으로 삼 년만 기다려라."

"……?"

"나는 아직 완… 성되지 않았… 으니까… 삼 년 후쯤… 유명해진 다음에… 우리… 혼… 인하자……."

"……."

단우옥은 자신의 귀를 의심했다.

"창피한 일… 이지만… 나… 첫눈에 너한테 반했다……."

"그러니까 너……."

"으으… 혼인할 여… 자를 죽일 수는… 어, 없잖느냐?"

"미친놈!"

휘익!

순간 단우옥은 냉갈을 터뜨리며 곧장 현악에게 쏘아갔다.

저런 놈 입에서 뭔가 기대한 것부터가 잘못이다.

쐐애액!

현악을 만신창이로 만들었던 그 봉황단천이 그녀의 검에서 다시 방금 전보다 더 강력하게 펼쳐졌다.

미쳐도 단단히 미친놈이다.

평생 처녀로 늙어 죽어서 처녀귀신이 된다 한들 어찌 부친을 죽인 원수와 혼인을 하겠는가.

"허헛! 이러면 안 되잖아, 옥아."

현악은 툴툴 웃으면서 마치 오빠가 사랑스러운 누이동생을 타이르듯이 그녀의 이름을 다정하게 불렀다.

봉황단천의 십자검기가 무시무시하게 현악을 향해 뿜어져 갔다. 이번에는 가슴이 아니라 머리다.

적중되면 머리통이 박살날 것이고, 그 머리통에 붙은 주둥이로 다시는 혼인을 하자는 둥 허튼소리를 하지 못할 것이다.

그 순간, 우연이었을까?

단우옥은 자신을 응시하고 있는 현악의 눈을 보았다.

아니, 현악의 눈빛이 그녀의 눈 속으로 빨려들었다는 표현이 적절할 것이다.

"……!"

푸카가각!

현악의 머리통을 박살 내야 마땅할 십자검기가 아슬아슬하게 그의 머리 위를 스치며 애꿎은 나무를 박살 냈다.

그녀도 현악처럼 어이없는 짓을 하고 말았다.

"허헛, 좋아. 그, 그래야 내 여자지."

현악은 당연히 그럴 줄 알았다는 듯한 표정으로 뭐가 좋은지 껄껄 웃었다.

사실 그는 단우옥을 처음 보는 순간 정말 혼이 뽑혀서 달아나도록 놀랐었다.

그는 천하를 발 아래에 두겠다는 야심찬 포부를 품고 있었고, 그에 어울리는 미녀가 자신의 아내가 돼야 한다고 오래전부터 꿈꿔 왔었다.

그리고 그 아내감은 예상보다 빨리 나타나 주었다. 더구나 잠시 겪어봤지만 마음씨마저 곱고 순수한 것 같았다.

나이는 어리지만 백정 짓을 하며 저잣거리의 숱한 인간 군상들을 겪어온 애영감인 현악이다.

그러니 사람을 척 보기만 해도 한눈에 알 수 있었다.

눈이 부실 정도로 아름다운 데다가 마음씨마저 선녀 같으니 현악으로선 더 이상 따져 볼 게 없었다.

'내 아내감이다.'

한 번 점찍었으니 그의 성격상 그 결정은 죽을 때까지 변하지 않을 터.

결론적으로 그는 쾌검마가 아니다. 그러므로 그녀와는 터럭만큼도 원한이 없다.

그리고 오해는 시간이 지나면 자연히 풀릴 것이다. 그러니 혼인을 하는 것에 장애가 될 일이 터럭만큼도 없었다.

현악의 가슴과 배에서 흐른 피가 그가 딛고 선 발 아래 눈을 시뻘겋게 물들였다.

그런데도 그는 흐뭇하게 웃었다.

"허허, 옥아, 너… 잊지 마라. 삼 년 후다."

"닥쳐라! 네놈이 날 죽이지 않았기에 나도 빚을 갚은 것뿐이니 딴생각일랑 하지 마라!"

단우옥은 날카롭게 외쳤다.

하나 능구렁이 현악은 이미 꿰뚫고 있었다. 평생 화 한 번 내본 적이 없는 그녀의 선한 본성을.

"아차! 이거 곤란한데?"

현악은 갑자기 고개를 절레절레 흔들었다.

단우옥은 장래 아내고, 쾌검마는 형이다. 곧 형이 아내의 원수인 셈이다.

"으으… 저기 말이야."

갑자기 다친 가슴과 복부가 무지하게 고통스러워서 그는 허리를 구부리며 힘겹게 입을 열었다.

"……."

"초., 촌수로… 부인하고… 의형하고… 누가 더 가깝지?"

대체 무슨 뚱딴지 같은 소린지…….

"으으… 참고로… 그 의형은… 만난 지 두어 달밖에 안… 됐어……."

"그야 당연히 부인이지! 왜 그런 것을 묻느냐?"

"으으… 알았다. 네가… 원하기만 한다면… 내가 나중에… 장인어른… 원수를 갚아줄게……."

"……."

물론 현악의 말은 진담이 아니다. 어찌 형을 죽일 수 있겠는가. 다만 그만큼 단우옥이 자기 마음에 들었다는 의미였다.

단연코 단우옥은 이날까지 십육 년을 살아오면서 현악 같은 희한한 종류의 인간을 만나 보기는커녕 그런 인간이 있다는 말조차 들어본 적이 없었다.

그러나 그녀는 이 순간 다른 생각을 하고 있었다.

방금 전 자신이 봉황단천을 펼쳤을 때 현악의 두 눈에 떠올라 있던 눈빛.

그녀의 눈이 틀리지 않았다면 그 눈빛에는 진심과 순수함이 담겨 있었다.

그것도 아주 가득.

그래서 그녀는 그런 눈빛을 갖고 있는 사람이 부친의 원수라는 사실이 순간적으로 믿어지지 않았다.

그래서 초식의 방향을 바꿨던 것이다.

"가."

이번에는 단우옥이 엉뚱한 말을 했다.

예비 부부는 닮는 것인가?

"가. 그리고 다시는 내 눈앞에 나타나지 마. 다시 만나면 그때는 정말 죽일 거야."

현악은 물끄러미 단우옥을 응시했다.

마치 그녀의 아름다운 모습을 영원히 잊지 않기 위해서 가슴에 새겨 두려는 듯.

단우옥은 자신을 응시하는 현악의 눈빛에서 조금 전에 봤던 진심과 순수를 또 보았다.

그리고 그 눈빛에서 아까는 없었던 한 가지를 더 발견했다. 그것은 열정이었다. 뜨겁게 활활 타오르는.

비틀비틀.

이윽고 현악은 묵묵히 몸을 돌려 냇가를 따라 내려가기 시작했다.

그는 한 번도 뒤돌아보지 않았고 아무 말도 하지 않은 채 그렇게 사라졌다.

그리고 그를 바라보는 단우옥의 가슴속으로 기묘하고도 스산한 한 줄기 바람이 스쳐 갔다.

◆제11장◆
필사의 도주

팍!

“크흑!”

수북이 눈이 쌓인 울창한 숲 속.

필사적으로 도주하는 현악의 등으로 날카로운 것이 날아와 베면서 미약한 음향이 터지며 핏물이 허공으로 확 뿜어졌다.

유성보의 유명한 절학인 유성분광검법(流星分光劍法)이며 무림오대 검법 중 하나이기도 했다.

게다가 방금 초식은 바짝 뒤따르고 있는 유성추혼의 솜씨였다. 그는 유성보 고수들의 선두에서 현악을 쫓고 있는 중이다.

유성추혼과 현악의 거리는 대략 십오 장여.

검기를 십오 장 거리까지 발출할 수 있는 고수는 당금 무림에 흔하지 않았다.

현악의 등에 적중된 분광검법의 한줄기는 다행히 사정권에서 벗어나 위력이 많이 감소되어 그의 몸을 양단시키지는 못했다.

그렇지만 그의 등에 반 치 깊이, 세 치 길이의 가볍지 않은 상처를 입혔다.

한 시진 전에 현악은 단우옥과 헤어져 하산하다가 일단의 무림 고수들과 맞부딪쳤었다.

그들은 쾌검왕을 찾느라 숲을 샅샅이 뒤지고 있던 유성추혼과 고수들이었다.

현악은 이미 단우옥에게 심한 중상을 입은 몸이었다.

그런 상태에서 다수를 상대하여 싸움을 할 정도로 그는 바보가 아니었다.

즉시 몸을 돌려 도주하는 그를 유성보 고수들이 발견했고, 그때부터 지금껏 반 시진에 걸친 처절한 생사의 추격전이 이어지는 중이었다.

현악은 그 반 시진 동안 방금 전 일검까지 도합 세 군데 상처를 더 입었다.

현악은 무림인이 기본적으로 알고 있어야 하는 지혈이나 응급조치법조차도 모르고 있었다.

그래서 단우옥에게 중상을 입은 후 지금껏 계속 피를 흘렸으며 현재는 꽤 많은 피를 흘린 상태였다.

등에 일검을 맞은 현악은 앞으로 고꾸라질 듯이 흐느적거리면서 달려나갔다.

"크으으……."

쉬익!

순간 왼쪽에서 한 명의 유성보 고수가 쏘아왔고, 그의 검이 번뜩이며 허공을 갈랐으며, 검에서 발출된 날카로운 검풍은 현악의 상체를 노리고 있었다.

현악은 공력이 잘 모아지지 않았다. 공력을 운기할 수 없으니 도망치는 속도가 빠를 리 없었고, 몰아쳐 오는 공격을 피하거나 방어할 수도 없는 암담한 상황이었다.

그리고 지금 자신의 상체를 향해 쏘아져 오는 검풍을 뻔히 보고만 있을 수밖에 없었다.

적중되면 끝장이다.

그는 어금니가 부러지도록 힘껏 악물었다.

'제발 힘을!'

파앗!

현악은 발작적으로 쥐어짜내듯 발검했다.

"으악!"

유성보 고수가 발출한 검풍이 현악에게 당도하기 전에 쾌검이 그의 목줄기에 꽂혔다.

현악의 발검은 이 할의 한과 삼 할의 발악과 오 할의 공력이 만들어 낸 합작품이었다.

쿵!

쐐애!

첫 번째 공격자의 몸이 땅에 떨어지는 순간 이번에는 오른쪽에서 파공음이 흐르며 예리한 검풍이 나뭇가지의 눈송이를 날렸다.

절반뿐인 공력이지만 일단 공력이 모아져서 공격자 한 명을 거꾸러뜨린 현악은 비틀비틀 걸어나가면서 묘한 승부욕을 느꼈다.

"흐으으, 와라!"

피투성이 혈귀 같은 현악은 혈인검을 움켜쥔 채 유령처럼 울부짖었다.

그는 착검을 하지도 않았고 상대를 확인하지도 않았다. 그럴 겨를이 없었지만 자신은 그런 사실을 의식하지 못했다.

검을 쥔 오른손에 공력이 주입되는 느낌이 그의 승부욕을 배가시켜 주었다.

패액!

"크악!"

오른쪽 허공에서 터지는 단말마의 비명 소리를 뒤로한 채 그는 다시 달렸다.

아니, 달리고자 하는 것은 그의 절박한 마음일 뿐 흐느적거리면서 금방이라도 쓰러질 듯 방향도 모른 채 걸었다.

그는 여태 싸움이라는 것을 너무 간단하고 우습게만 생각했다.

한 번 칼질에 한 명씩 네 명이 반항조차 제대로 못하고 죽어 자빠지니까 그처럼 단순하게 생각한 것도 당연했을 터.

그런데 이건 달랐다. 달라도 엄청나게 달랐다.

단우옥의 봉황십이검을 경험하고서야 무림이라는 곳이, 싸움이라는 것이 결코 우습게 볼 게 아니다라고 원래의 생각이 바뀌기 시작했다.

이후 유성보 고수들에게 쫓기면서는 원래의 생각은 뿌리째 날아가 버렸고 아예 무림을, 싸움을 새롭게 경험하고 있는 중이었다.

지금 현악은 지옥을 체험하고 있었다.

산 목숨으로 체험하는 지옥.

그것은 죽은 후의 지옥보다 더 처절했다.

무림을, 천하를 발 아래 두겠다는 야망 같은 것은 이미 반 시진 전에 그의 머리에서 깡그리 사라져 버렸다.

생존하는 것,

오직 그것만이 최대의 과제였다.

그때 불현듯 발끈 화를 내던 단우옥의 아주 예쁜 얼굴이 그의 눈앞에 아른거렸다.

"나는 아직 완… 성되지 않았… 으니까…삼 년 후쯤… 유명해진 다음에… 우리 혼인하자……."

삼 년은 너무 길다.

지금 같아서는 일각도 버텨낼 힘조차 없었다.

제기랄! 처음 봤을 때 그냥 확 혼인하자고 말해 버리는 거였는데…….

그의 입술 사이로 비틀린 중얼거림이 흘러나왔다.

"크으으, 내가 지금 여기서 죽으면… 마누라 손에 죽는 게 되잖느냐구. 빌어먹을, 더럽게 아프다."

현악이 단우옥에게 중상을 당하지 않았더라면 지금처럼 절박한 상황에 처하지는 않았을 것이다.

그러므로 그가 여기에서 죽으면 단우옥이 그를 죽인 꼴이 되고 마는 것이다.

그는 쓰러질 듯 비틀거리면서 걸으며 재빨리 좌우를 살폈다. 제딴에는 빠른 동작으로 살펴보는 것인데 사실은 답답할 정도로 느려 터졌다.

"……."

빽빽한 숲 속의 왼쪽과 오른쪽에서 여러 명의 유성보 고수들이 빠르게 다가오고 있는 게 보였다.

그리고 뒤에서도 몰려오고 있으리라. 조금 전 현악의 등에 일검을 먹인 유성추혼을 비롯한 유성보 고수들이.

현악의 전면에 어느새 숲은 끝나 있었다.

그런데 어찌 된 일인지 그가 걸어가고 있는 앞쪽에는 유성보 고수들이 한 명도 보이지 않았다. 그들이 눈에 확 띄는 백의 경장을 입고 있음에도 말이다.

그래서 그는 비틀거리며 앞으로 걸어갈 수밖에 없었다.

그러나 유성보 고수들이 전면에 없는 것에는 그럴 만한 이유가 있었다.

"……."

순간 현악은 막 앞으로 내디뎠던 오른발 아래가 허전한 것을 느꼈다. 여태까지 밟아오던 뽀득뽀득한 눈의 감촉이 더 이상 느껴지지 않았다.

그리고는 멋모르고 뒤따르던 왼발마저 허공을 딛고 있었다.

슈욱!

그는 비명조차 지르지 못한 채 삽시간에 깊이를 알 수 없는 낭떠러지로 추락했다.

추락하는 동안 그는 짧으나마 아주 오랜만에 찾아온 휴식을 맛볼 수 있었다.

유성보 고수들은 급히 벼랑가로 우르르 몰려들었는데 그들의 얼굴에는 어이없거나 착잡한 표정이 역력했다.

그들은 현악이 당연히 벼랑을 봤을 것이고, 그래서 더 이상 도망치지 못해 꼼짝없이 포위당할 것이라고 판단했다. 그래서 벼랑 쪽을 일부러 비워두고 포위망을 좁혔던 것이다.

"이런 낭패가……."

유성추혼은 만면에 어이없는 표정을 가득 떠올리며 낭떠러지 아래를 굽어보았다.

은은한 달빛이 비추고 있는데도 바닥이 보이지 않을 정도로 낭떠러지는 깊었다.

헌칠한 체구, 비단으로 만든 백의 경장 위에 금빛 동의(胴衣)를 걸쳐 입었고, 오른손에는 가문의 보검인 유성검(流星劍)을 쥔 십구 세의 영준한 소년.

유성보주의 장자이고 하남 무림 후기지수 중 단연 선두를 달리고 있는 유성추혼 혁련무룡(赫連武龍)이 바로 그였다.

그는 풍사단 향주에게 은자 천 냥을 주고 산 정보, 즉 쾌검왕이 쾌검마의 동생이라는 사실을 아직 제대로 확인하지 못했다.

그가 쾌검왕을 멀찍이에서 추격하며 얼핏 본 바로는 최소한 쾌검왕은 쾌검마의 모습이 아니었다.

그는 잠시 생각을 정리하면서 세 가지 가능성을 설정해 보았다.

첫째, 풍사단 향주의 말대로 쾌검마의 동생인 쾌검왕이 쾌검마를 돕기 위해서 나타났을 것이라는 가정이다.

그러나 이것은 세 가지 중에서 가능성이 가장 희박했다. 쾌검마가 무림에 출현한 지난 오 년여 동안 그에게 동생이 있다는 소문은 전무했다. 그러므로 이것은 급조의 냄새가 짙었다.

두 번째, 쾌검왕이 주안술을 시전하여 모습을 바꾼 후 도주를 시도했을 것이라는 가정이다. 단, 이 경우에는 풍사단 향주가 어째서 모습을 바꾼 쾌검마를 쾌검왕이라고 하는지에 대해서는 추측마저도 불가능했다.

셋째, 방금까지 쫓던 자는 쾌검마하고는 전혀 상관없는 인물이라는 가정이다.

혁련무룡은 이 세 가지 가능성 중에서 두 번째가 가장 유력하다는 결정을 내렸다.

당연히 그럴 만한 이유가 있었다.

그는 조금 전 쾌검왕를 추격하던 중에 그의 오른쪽 어깨에 메어져 있는 붉은 검, 즉 혈인검을 똑똑히 목격했던 것이다.

쾌검마가 혈인검을 의문의 동생에게 주었을 수도 있겠고 누군가에게 탈취당했을 수도 있겠지만 그렇지 않을 것이라는 사실이 유력했다.

그때 낭떠러지 아래를 굽어보던 혁련무룡의 표정이 가볍게 변했다.

까마득한 아래쪽에서 아련하게 물소리가 들려온 것이다.

순간 그는 즉시 낭떠러지를 따라 왼쪽으로 쏘아가며 외쳤다.

"아래는 강이다! 내려가자!"

*　　　*　　　*

으슥한 밤.

넓은 관도를 나는 듯이 쏘아가고 있는 고수들의 선두에는 청라와 그녀의 부친 비검협웅 청대화, 총당주인 비류검 구인겸이 있었고, 그 뒤를 비검십당과 이십여 명의 비검문 일류고수들이 따르고 있었다.

원래 청라는 비검십당과 고수들만 이끌고 가려 했는데 그 사실을 뒤늦게 알게 된 청대화와 구인겸이 합류하면서 그렇지 않아도 늦은 출동이 더 늦어지고 말았다.

전력으로 질주하는 청라의 얼굴에는 초조함이 가득했다. 쾌검마를 삼 파에게 뺏길지도 모른다는 불안감 때문이었다.

더구나 청라 일행은 이미 홍동현까지 갔다가 쾌검마는 물론 아무도 발견하지 못한 채 되돌아오는 길이다.

그러니 청라의 초조함이 극에 달하는 것은 당연지사.

"멈춰요!"

청대화와 나란히 선두를 달리던 청라가 급히 멈추며 손을 쳐들었다.

조금 앞서 나갔던 청대화가 즉시 멈추고 그녀에게 다가왔다.

"왜 그러느냐?"

청라는 대답하지 않고 어둠에 잠긴 우측의 숲을 날카롭게 쏘아보며 뭔가 염두를 굴렸다.

"총당주, 저 산 이름이 뭐지?"

그녀는 부친의 물음을 무시하는 대신 구인겸에게 물었다.

구인겸은 나이가 사십에 가까웠지만 청라는 평소에도 거침없이 반말을 했다.

"태악산 자락인데 마을 사람들은 운몽산(雲夢山)이라고 부릅니다."

"그럼 저길 질러가면 홍동현과 안택현이 단축되나?"

구인겸은 고개를 끄덕였다.

"당연하죠. 최소한 십여 리를 앞당길 수 있습니다."

"그렇다면 쾌검마는 저길 관통했을 수도 있겠군."

"글쎄요. 쾌검마는 여기 사람이 아닌데 어떻게 그런 것까지 알고 있겠습니까?"

안택현이나 홍동현 사람들은 이곳 지리에 익숙하니까 운몽산을 가로지르는 경우가 왕왕 있다.

"놈이 마을 사람에게 물었을 수도 있겠지."

"그렇다면야……."

충분히 가능한 일이다.

그런데 청라 일행이 결정적으로 모르고 있는 게 있었다. 아니, 무당파도 소림사도 모르고 있었다.

자신들이 쫓고 있는 인물이 쾌검마가 아니라 쾌검왕이라는 사실을.

풍사단 향주에게 직접 말을 들은 유성추혼과 그의 수하들만 그 사실을 알고 있다. 소림이나 무당, 비검문은 무턱대고 유성보를 따라온 것뿐이니까.

휘익!

"가자!"

청라를 선두로 청대화와 구인겸, 비검문 고수들은 속속 관도를 버리고 운몽산으로 스며들었다.

*　　　*　　　*

급히 낭떠러지 아래로 달려 내려온 혁련무룡과 고수들은 끝내 현악을 찾지 못했다.

강가에 늘어선 그들은 혁련무룡 이하 모두 강을 보며 착잡한 표정일 수밖에 없었다.

쏴아아―

그곳은 무척 빠르게 흐르는 급류였다.

그들이 험하기 짝이 없는 낭떠러지를 서둘러 내려오는 일각 동안 현악은 최소한 오 리는 떠내려갔을 것이다.

"정말 아깝군."

쾌검왕을 거의 쾌검마라고 단정하고 있는 혁련무룡은 허공에 주먹을 휘둘렀다.

그 역시 쾌검마의 얼굴을 가장 가까이에서 보고도 살아남은 몇 되지 않는 사람 중에 하나였고, 쾌검마가 주안술로 얼굴을 변화시켰을 것이라고 믿는 사람 중에 하나이기도 했다.

"무룡아, 무슨 일이 있어도 쾌검마의 묵혈쌍검을 반드시 손에 넣어야 하느니라."

부친은 유성보에서 선발된 추적대를 이끌고 떠나려는 아들 혁련무룡을 붙잡고 그렇게 당부했었다.

그래서 더욱 쾌검마, 아니, 혈인검을 포기할 수 없는 것이다.

혁련무룡은 강변을 따라 하류 쪽으로 빠르게 쏘아갔고. 그 뒤를 유성보의 정예 고수들이 바람처럼 뒤따랐다.

*   *   *

급류에 휘말려 떠내려가던 현악은 속수무책이었다.

물살이 워낙 거셌고, 그 거센 물살을 헤치고 빠져나올 힘이 그에겐 없었다.

만약 강 기슭에서 강 쪽으로 쓰러져 있던 한 그루 나무가 아니었다면, 그 나무를 부여잡고 결사적으로 뭍에 오를 최후의 기력마저도 없었더라면 그는 추적대에게 죽기 전에 어이없게도 익사하고 말았을 것이다.

뭍에 올라와서도 그는 멀리 가지 못했다. 나무를 붙잡고 사투를 벌이느라 그나마 겨우 남아 있던 한 올의 기력마저도 깡그리 소진시켜 버린 것이다.

그래서 뭍에 당도하자마자 뒤집혀진 나무뿌리 아래에 그대로 쓰러지고 말았다.

그러나 그는 혼절하지 않았다.

아니, 혼절할 수 없었다. 그런 강인한 정신력이 그의 강점 중에 하나였다.

그는 꺼져 가는 정신을 이를 악물고 붙든 채 기를 쓰고 운기를 시작했다.

운기를 하는 것인지, 악몽을 꾸는 것인지 그는 그렇게 나무뿌리 아래에 엎어져 있었다.

그리고 다행히 유성보 고수들은 그를 발견하지 못했다.

만약 현악이 쓰러져 있는 쪽 강변을 혁련무룡이 수색했었더라면 결코 그를 놓치지 않았을 것이다.

그렇게 운명은 다시 한 번 그를 비껴갔다.

현악은 두 시진 동안 내리 운기만 했다.

최초의 운기는 한 시진이 걸렸고, 어느 정도 기력을 되찾은 그는 자세를 바로 하고 다시 운기에 몰입했다.

그리고 두 번 더 운기를 하자 미미하게나마 공력이 모이는 게 느껴졌다.

다치기 전에 지니고 있던 삼십 년 공력에 비할 바는 못 됐지만 웬만큼 움직일 수 있을 정도는 될 것 같았다.

그리고 한 가지 더 놀랍고도 다행스러운 일은 운기를 하는 동안 상처에서 흐르던 피가 지혈된 사실이었다.

현악이 모르고 있는 것이 하나 있었다.

그것은 극양공인 자령신공이 운기를 하는 동안 극양지기가 체내를 돌면서 상처 부위를 불로 지지듯이 태워서 피를 멎게 해준다는 경악할 만한 사실이었다.

상처는 치료되지 않았지만 피가 더 이상 흐르지 않는다는 사실만으로도 지금의 그에겐 큰 위로와 힘이 됐다.

운기를 끝낸 그는 밤하늘의 달과 별을 잠시 살핀 후에 새벽이 멀지 않았다고 판단했다.

이 산중에 대체 얼마나 많은 추적대가 몰려와 있는지 모를 일이지만 날이 밝아지면 그가 발각되는 것은 시간문제일 것이다. 그러므로 도주할 수 있는 기회는 지금뿐이었다.

"끙……."

그는 나무뿌리를 붙잡고 힘겹게 몸을 일으키다가 자신도 모르게 나직한 신음성을 흘려냈다.

단지 일어서는 단순한 동작 하나에도 가슴과 복부, 그리고 온몸의 상처들이 일제히 아우성을 쳤다.

걸음을 옮기자 다리가 후들후들 떨렸고 어지러웠지만 기를 쓰고 계속 걸으니 차츰 나아지는 것 같았고 견딜 만했다.

뽀득뽀득!

숲으로 들어서자 발에 밟힌 숲 바닥의 눈 더미가 작은 비명을 터뜨렸다.

그는 흠칫 놀라 걸음을 멈추고는 조심스럽게 사위를 살핀 후 다시 걸음을 옮겼다.

그리고 그는 몇 걸음 더 걷기도 전에 여러 명의 무당 검수들에게 포위되고 말았다.

호랑이를 간신히 피하고 나니까 바야흐로 사자를 만난 것이다.

◆제12장◆
분노의 힘

"무당파 이놈들!"

현악은 그저 살아서 흐느적거리며 움직이는 피에 젖은 커다란 고깃덩어리에 불과했지만 죽지도 혼절하지도 않았다.

오히려 거세게 타오르는 분노 때문에 그의 두 눈에서는 지독한 안광이 뿜어지고 있었다.

그는 자신이 도망칠 수 없다는 것과 어쩌면 이곳에서 죽게 될지도 모른다는 사실을 깨닫고 있었다.

다른 사람이었다면 이런 상황에서 십중팔구 자포자기하고 말았을 것이다.

그러나 현악은 달랐다.

그에겐 절망을 분노로, 분노를 초인적인 힘으로 전환시키는 능력이 있었다.

"흐흐, 얼마든지 오너라! 모조리 죽여주마!"

현악은 오른손에 혈인검을 움켜쥐고 숲 가운데 공터에 우뚝 서 있었다.

쓰러졌어도 벌써 쓰러졌어야 했을 그는 오히려 두 다리에 불끈 힘을 주고 야차처럼 살기등등한 모습이었다.

그의 주위에는 청송자를 비롯한 세 명의 무당 검수들이 포위한 채 그를 쏘아보고 있었다.

다른 무당 검수들은 여러 조를 이루어 숲의 곳곳을 수색하고 있는 중이라서 그나마 현악에겐 다행이었다.

청송자와 무당 검수들의 표정은 제각각이었으며 크고 작음의 차이는 있지만 하나의 공통점을 지니고 있었다.

밑바닥에 두려움이 잔뜩 깔린 놀라움이었다.

그들이 현악을 처음 발견했을 때 그는 그때까지 살아 있는 것이 기적일 정도로 참혹한 몰골이었다.

청송자는 현악이 입은 상처들을 보고 그가 누구에게 당했는지 즉시 간파했다.

초식이란 흡사 도장과 같은 것이어서 일단 전개되어 어딘가에 적중되면 그것만 보고도 문파를 유추해 낼 수 있었다.

청송자가 확인한 현악의 상처는 해남도의 봉황십이검법과 유성보의 유성분광검법이었다.

현악은 무림오대검법 중 두 가지에 당하고도 여전히 살아 있는 것이다.

아니, 살아 있을 뿐만 아니라 오히려 살기를 번뜩이며 으르렁거리고 있지 않은가.

그러니 무당 검수들이 질린 표정을 짓는 것은 당연했다.

청송자는 현악을 처음 보자마자 다른 사람들이 그랬던 것처럼 쾌검마가 주안술로 모습을 바꿨을 것이라고 판단했다.

게다가 그가 지니고 있는 혈인검이 그의 신분을 결정적으로 확인시켜 주고 있었다.

또한 그처럼 지독한 중상을 입고도 저토록 광오할 수 있는 인물은 오직 쾌검마 한 사람뿐이었다.

'음, 쾌검마 저자는 가히 악마로군.'

청송자의 내공 수위는 일 갑자 반. 무려 구십 년이다. 게다가 세 명의 무당 검수들이 에워싸고 있다. 그럼에도 불구하고 함부로 공격하지 못하는 이유는 아주 간명했다.

상대가 바로 희대의 혈살성 쾌검마이기 때문이다.

평소였다면 청송자는 쾌검마의 일초지적도 되지 못했다.

맹호가 아무리 이빨이 빠졌다고 해도 개는 맹호를 두려워하기 마련인 것이다.

청송자의 시선이 현악이 오른손에 쥐고 있는 혈인검으로 향했다.

그 역시 혈살성 쾌검마를 죽이는 것보다는 묵혈쌍검을 탈취하는 것이 진짜 목적이었다.

무당 장문인은 그에게 묵혈쌍검을 반드시 갖고 오라고 몇 번이나 당부했었다.

문득 청송자는 현악의 어깨를 보다가 눈빛이 크게 흔들렸다. 그의 오른쪽 어깨에는 혈인검 검집만 있을 뿐 당연히 있어야 할 묵영검이 보이지 않았다.

'저자가 묵영검은 어떻게 하고 혈인검만 갖고 있는 것인가?

그는 지난 석 달 동안 추적하면서 여러 차례 쾌검마와 부딪쳤는데 그때마다 쾌검마가 묵혈쌍검을 지니고 있는 것을 분명히 목격했다.

묵혈쌍검은 쾌검마의 분신이었다.

'설마 묵영검을 유성추혼에게 뺏긴 것인가? 아니면 해남도의 누군가에게……?'

현악에게 상처를 입힌 것이 유성분광검법과 봉황십이검법이니 그렇게 추측하는 것도 무리는 아니었다.

'그렇다면 더욱 혈인검을 손에 넣어야만 한다. 반드시!'

누군지 모르지만 묵영검을 갖고 있는 사람이 혈인검마저 손에 넣게 될 경우 벌어질 결과는 상상조차 하기 싫었다.

그렇게 생각하니 청송자의 마음이 조급해졌다.

"겁을 먹었느냐? 핫핫핫! 어서 덤벼라!"

현악은 눈을 부릅뜨고 껄껄 웃었다.

허세가 아니었다.

그는 청송자는 물론 무당 검수들이 떼거지로 덤벼든다고 해도 모조리 죽여 버릴 자신이 있었다. 능력은 따르지 않을는지 모르지만 자신감만은 팽배해 있었다.

지금 그를 버티게 하는 힘은 그 자신조차도 모르는 힘이었다.

발악적인 힘.

분노의 힘.

한의 힘.

아니, 그런 것들보다 더 밑바닥으로부터 솟구치는 생사를 초월한 초극의 힘이었다.

청송자는 초조했다.

언제까지 이런 대치 상태를 유지하고 있을 순 없었다. 이러다가 유성보나 소림사, 비검문 고수들이 들이닥친다면 다 차려놓은 밥상을 수저까지 얹어서 고스란히 바치는 꼴이 되고 말 것이다.

게다가 소문에 의하면 묵혈쌍검을 노리거나 쾌검마에게 원한을 품은 무림 고수들마저 속속 모여들고 있다지 않은가.

오래 끌수록 불리했다.

어쩌면 지금 이 순간에도 쾌검마의 목숨을 노리는 자들이 어디선가 숨어서 눈을 빛내며 지켜보고 있을지도 모르는 일.

그러나 청송자는 망설일 수밖에 없었다.

상대는 쾌검마다. 지금 그의 몰골은 참담하지만 어서 덤비라고, 모조리 죽이겠다고 큰소리를 치고 있다.

만약 쾌검마에게 웬만큼의 공력만이라도 남아 있다면 청송자는 물론 세 명의 무당 검수는 그의 적수가 되지 못할 것이다.

청송자가 보기에도 쾌검마는 공력이 완전히 고갈된 상태가 아닌 것 같았다.

추적하는 동안 쾌검마는 지금보다 더한 상황에서도 추적대를 마구잡이로 죽이며 유유히 도주했었다.

청송자는 생각이 거기에 미치자 입 안이 바짝바짝 탔고 머리가 쭈뼛거렸다.

"무량수불! 쾌검마, 혈인검을 내놓는다면 목숨만은 살려주겠다."

그래서 청송자가 내놓은 방법이란 것이 거래를 하자는 것이었다.

세 명의 무당 검수는 놀라는 표정으로 자신들의 사숙을 쳐다보았다.

그들은 자신들의 귀를 의심했다. 방금 그들이 들은 말은 대무당파의 장로가 할 말이 아니었다.

그것은 명백한 거래였다, 혈인검을 내놓으면 혈살성인 쾌검마의 목숨을 살려주겠다는.

세 명의 무당 검수는 그제야 청송자의 목적이 쾌검마를 죽여서 무림의 해악을 제거하는 것이 아니라 전설의 묵혈쌍검을 손에 넣는 것이라는 사실을 깨달았다.

하지만 청송자는 사질들의 놀라움 따윈 신경조차 쓰지 않았고 그럴 만한 상황도 아니었다.

만약 쾌검마가 혈인검을 순순히 내놓는다면 그가 자신이 열세라는 사실을 인정하는 꼴이고 목숨을 구걸하는 것이 된다.

그런 상황이 벌어진다면 청송자는 혈인검도 취하고 쾌검마도 죽이는 일거양득을 노릴 것이다.

그러나 현악은 청송자의 말에서 한 가지 사실을 깨달았다.

지금 자신의 신분이 백정도 쾌검왕도 아닌 당당한 쾌검마라는 사실이었다.

쾌검마라면 쾌검마답게 행동해야 할 것이다.

"흐흐… 재롱을 부리는구나, 늙은 도사 놈이."

"……."

현악의 두 눈에서 새파란 안광이 줄기줄기 뿜어졌다.

"크흐흐… 나는 쾌검마다. 이 말이 무슨 의미인 줄 알겠느냐?"

청송자는 전율을 느꼈다.

그렇다. 그는 상대가 쾌검마라는 사실을 잠시 망각하고 있었다.

그러나 더 이상 물러날 곳이 없었다.

청송자는 지그시 어금니를 악물었다.

'이제는 승부를 볼 수밖에 없겠군.'

마침내 그는 결단을 내렸다.

그는 세 명의 무당 검수들에게 냉정한 어조로 전음을 보냈다.

"내가 공격하는 것을 신호로 일제히 사력을 다해서 공격해야 한다! 명심해라! 상대는 쾌검마다! 반드시 사력을 다하도록!"

혼자 공격하는 것과 다수의 공격은 양자 다 아무리 전력을 다한다고 해도 엄밀한 의미에서 다를 수밖에 없다.

단신 공격은 죽음을 각오해야 하므로 필사적이 될 수밖에 없겠지만 합공은 아주 미미하더라도 서로를 의지하는 마음이 생기게 되므로 각자로 볼 때는 전자에 비해 위력이 떨어지기 마련이다.

게다가 한 명이 공격할 때 나머지는 포위망을 구축할 수 있지만 한꺼번에 공격하게 되면 한쪽이 뚫리면 곧 포위망이 뚫리는 결과가 초래되고 만다.

그것까지 생각한 청송자였지만 지금으로선 달리 방법이 없었다.

"공격하라!"

쏴아아!

다음 순간 청송자가 외치며 쏘아가자 세 명의 무당 검수가 일제히 신형을 날렸다.

외침 소리를 듣고 소림이나 유성보가 몰려와도 어쩔 수 없다.

청송자는 이 공격으로 쾌검마를 기필코 죽여야만 했다. 죽여서 혈인검을 취한 후 곧바로 여길 뜨면 그만인 것이다.

현악은 눈을 부릅뜬 채 청송자를 쏘아보았다.

그의 두 눈에서 이글이글 살광이 타올랐다.

그의 계획이라는 것은 무모하면서도 또한 간단했다.

모조리 무시해 버린다.

까짓거 죽어도 좋다.

그러나 목표로 삼은 저 늙고 말라 비틀어진 도사 놈만은 반드시 죽이고 말겠다는 것이었다.

쿠아앗!

무당 검수들이 현악 주위 가까이에 이르러 허공과 지상에서 일제히 초식을 펼치자 무수한 검풍들이 파도처럼 쏟아져 왔다.

검풍 하나하나에는 적중되기만 하면 그 즉시 목숨을 끊어놓을 위력이 실려 있었다.

쐐액!

마침내 청송자가 전력으로 검을 그어대자 하나의 유성 같은 빛줄기가 현악을 향해 뿜어져 나갔다.

무당파의 절학 유운검법(流雲劍法)이었고, 다른 무당 검수들과는 달리 구십 년 공력이 실린 검기였다.

문득 청송자는 현악이 자신을 쏘아보고 있는 것을 발견했다.

피를 뒤집어쓴 채 두 눈에서 이글이글 살기를 뿜어내고 있는 그 얼굴은 영락없는 혈귀(血鬼)였다.

일순 청송자의 등줄기로 소름이 확 훑고 지나갔다. 그저 본능적인 반응이었다.

획!

순간 현악은 두 발로 힘껏 땅을 박차며 공격해 오는 청송자에게 오히려 마주 쏘아갔다.

무모하기 짝이 없는 행동이었다.

그는 있는지 없는지도 모르는 공력을 모조리 오른손에 쥐고 있는 혈인검에 집중시켰다.

‘……!’

청송자는 현악이 마주 쏘아오는 것을 보며 자신도 모르게 움찔 몸을 떨었다.

그는 자신이 현악에 비해서 현격하게 우위에 있으면서도 현악의 기세에 순간적으로 압도당하고 말았다.

그러자 그의 공력이 가볍게 흔들리면서 그가 발출한 유성 같은 검기도 허공 중에서 주춤하며 일순간 약화됐다.

현악은 무당 검수들의 협공을 피하려는 생각은 애당초 하지도 않았다.

다만 청송자에게 죽을힘을 다해서 마주쳐 쏘아간 것뿐인데 그 행동이 오히려 자연스럽게 무당 검수들의 협공을 피하는 형국이 돼버렸다.

즉, 공격이 방어를 겸한 것이다.

“적을 빛이라고 생각해라.”

“마음을 통해서 공력을 뽑아내라.”

형의 목소리가 바로 옆에서 들리는 듯했다.

현악은 어금니를 있는 힘껏 악물었다.

형의 그 말에는 무수한 뜻이 담겨 있었고, 현악은 그것들 중에 한 가지를 거우 이해하고 있는 수준이었다.

‘빛을 자른다!’

파앗!

현악은 악귀 같은 모습으로 힘차게 검을 그어댔다.

아주 흐릿한 빛살 하나가 뿜어졌다.

너무 흐릿해서 육안으로는 잘 보이지도 않았고, 그가 다치기 전에 비해 절반에도 못 미치는 위력이었다.

팍!

그 빛살이 청송자가 발출한 유성과 정면으로 부딪치더니 씻은 듯이 사라져 버렸다.

현악은 그 광경을 똑똑히 목격하고는 일순 어이없는 표정을 가득 떠올렸다.

찰나지간에 그의 뇌리를 스치는 것이 있었다. 피해야 한다는 것이었다.

그는 다급히 왼쪽으로 몸을 비틀었다. 하지만 피한다고 검기보다 빠를 수는 없었다.

퍼억!

"크악!"

순간 현악은 가슴이 부서지는 듯한 거센 충격을 받고 허공으로 훌훌 날아갔다.

만약 피하려는 시도가 없었다면 현악의 심장이 짓뭉개지고 말았을 것이다.

청송자는 흐트러진 자세로 멀리 날아가는 현악을 보며 일순간 어이없는 표정을 지었다.

자신이 쾌검마에게 일검을 적중시켰다는 사실이 믿어지지 않았던 것이다.

세 명의 무당 검수 역시 크게 놀라는 표정으로 현악을 쳐다보고 있었다.

네 사람이 보고 있는 중에도 현악은 여전히 허공을 날아가고 있는 중이었다.

청송자는 퍼뜩 정신을 차렸다. 어찌 됐든 이 천재일우의 기회를 놓쳐서는 안 된다.

휘익!

그는 신형을 날려 쏜살같이 현악을 향해 쏘아갔다.

현악은 아주 편안했다.

그는 날아가면서 자신의 가슴을 굽어보았다.

가슴에서는 콸콸 핏물이 뿜어지고 있었다.

그런데도 고통보다는 시원하다는 느낌이 들었다.

분노도 원한도 그 핏물과 함께 자신의 몸에서 모조리 빠져나가는 듯한 기분마저 들었다.

그래서 그는 자신이 무(無)의 상태가 돼가고 있는 것을 느꼈다.

"……!"

아니, 모조리 빠져나간 것이 아니었다. 뭔가가 남아 있었다.

그것은 바로 '무' 였다.

아무것도 남아 있지 않은 그 '무' 의 상태가 현악의 몸속에 남아 있는 것이었다.

문득 현악은 저만치에서 청송자가 자신을 향해 쏘아오고 있는 것을 발견했다.

그는 청송자에게 분노도 미움도 느끼지 못했다. 느껴지는 것은 오직 '무' 일 뿐이었다.

그리고 다음 순간 또 하나의 생각이 '무' 한복판에 번갯불처럼 꽂혀 들었다.

'죽인다!'

현악은 검을 어깨의 검집에 꽂았다.

그는 자신이 방금의 일검으로 죽을지도 모르는 상황인데도 쏘아오고 있는 청송자를 죽여야 한다고 생각했다.

'후후, 형, 제발 저 늙은 도사 놈을 죽일 수 있게 해줘.'

현악은 속으로 툴툴 웃으며 지상으로 떨어져 내렸다.

퍽!

쿵!

그는 나무에 거세게 부딪쳤다가 눈 바닥에 떨어졌다.

그러나 고통은 추호도 느끼지 못했다.

척!

청송자는 현악에게서 일 장쯤 떨어진 거리에 내려섰다.

그는 날카롭게 현악을 주시했다.

현악은 하늘을 향해 약간 비스듬한 자세로 누워 눈을 꾹 감고 꼼짝도 하지 않았다.

그의 오른손은 어깨의 검을 잡고 있었지만 청송자 쪽에서는 보이지 않았다.

청송자는 현악의 짓이겨진 가슴 한복판에서 피가 뿜어지는 것을 발견하더니 입가에 회심의 미소를 머금었다.

그 정도라면 누구라도 당연히 즉사였다.

게다가 청송자는 마음이 급했다. 그는 손만 뻗으면 혈인검이 자신의 것이 되는 거리에 서 있었다.

슥—

그는 망설임없이 즉시 현악에게 접근하면서 왼손을 뻗었다.

물론 오른손에 잡은 검으로 경계하는 것을 잊지 않았다.

그러나 칠 할의 탐욕과 삼 할의 경계였다. 탐욕이 경계를 능가하고 있었다.

청송자는 현악이 비스듬한 자세로 누워 있었기 때문에 혈인검을 잡으려면 그의 몸을 젖혀야만 했다.

슥—

청송자의 왼손이 현악의 왼쪽 어깨를 잡아 가볍게 젖혔다. 그 손은 탐욕의 손이었다.

그 순간 그는 보았다.

어느새 눈을 뜬 현악의 두 눈이 악마처럼 번들거리며 입가에 한줄기 흐릿한 미소가 매달리는 것을.

"……!"

극도의 경악이 청송자의 얼굴을 무참하게 할퀴었다.

일체의 음향도 없었다.

빛도 없었다.

그저 혈인검이 뽑혔을 뿐이다.

단지 '무'의 상태에 죽이겠다는 '살(殺)'을 가미했을 뿐이다.

무심쾌(無心快)였다.

섬쾌에서 극쾌를 뛰어넘은 쾌의 세 번째 경지.

그리고 청송자는 너무 방심했고, 너무 가깝게 다가와 있었다.

퍽!

보이지 않는 무형의 검기가 청송자의 목줄기를 여지없이 관통했다.

청송자의 두 눈이 찢어질 듯이 부릅떠졌고 입이 쩍 벌어졌다.

그의 얼굴에는 불신이 가득했고 한 켠에는 이루지 못한 탐욕이 스멀거렸다.

쿵!

청송자는 스르르 뒤로 넘어가더니 묵직하게 쓰러졌다.

이후 현악은 느릿하게 일어섰다.

가슴에서, 온몸에서 피를 철철 흘리면서 발 아래 눈을 온통 붉게 물들이면서 억겁 같기도 일 수유 같기도 한 시간을 넘어 일어서고 있었다.

그는 방금 전에 무심쾌를 펼쳤으나 그것이 무엇이었는지, 어떻게 해서 펼쳐졌는지 전혀 자각하지 못했다.

그리고 그는 그 후로도 오랫동안 무심쾌를 펼치지 못하게 된다.

청송자를 뒤따라 쏘아온 세 명의 무당 검수는 경악을 금치 못했다.

이미 죽었으리라고 판단한 쾌검마는 우뚝 서 있고, 대신 청송자가 죽어 있으니 당연했다.

"크흐흐… 네놈들도 죽으러 왔느냐?"

세 명의 무당 검수는 아무도 입을 열지 못했고, 그들의 얼굴에 떠올라 있는 것은 지독한 공포였다.

저벅저벅―

현악은 도망쳐도 시원치 않을 텐데 오히려 무당 검수들을 향해 비틀거리면서 걸어갔다.

그러자 무당 검수들의 얼굴이 복잡하게 변했다.

순간 세 명의 무당 검수는 걸어오는 현악을 향해 마주쳐 가면서 일제히 검을 떨쳤다.

쐐애액!

그들의 검에서 무시무시한 검풍이 쏟아져 나왔다.

순간 현악은 주춤했다.

그는 한 번에 하나의 검기밖에 발출하지 못한다. 더구나 방금 전 청송자를 죽일 때 사력을 다했기 때문에 다시 검기를 발출하기란 불가능할 것 같았다.

우선 급한 것은 세 개의 검풍을 피하는 일이었다. 경신술이나 보법을 전혀 모르는 그가 취할 수 있는 방법은 하나뿐이었다.

그는 다급히 바닥으로 몸을 날려 굴렀다.

파파파팍!

그의 몸 주위로 검풍들이 무지막지하게 적중되며 흙과 눈발이 튀어올랐다.

퍼퍽!

그리고 그의 오른쪽 허벅지 뒤쪽과 허리 뒤 부위에 각각 검풍이 적중됐다.

허벅지는 제대로 맞았고 허리는 약간 비껴 맞았다.

현악은 아픔을 느끼는 대신 또다시 분노를 혈인검에 담아 있는 힘껏 찔러냈다.

푹!

"흐윽!"

그는 엎드린 자세에서 팅기듯 튀어오르며 가장 가까이에 있는 무당 검수의 아랫배에 검을 깊숙이 쑤셔 박았다.

튀어 올랐다고는 하지만 바닥에서 겨우 두 자 남짓 도약했을 뿐이다. 게다가 방금 일검은 검기가 아닌 그냥 맨 검이었다.

이제 남은 무당 검수는 두 명.

쉬익!

그들이 방금 전의 공격으로 채 자세를 바로잡기도 전에 현악은 무릎을 꿇은 자세에서 빙글 반회전하면서 검을 반달처럼 맹렬히 그어댔다.

"크악!"

또다시 가장 가까이 있던 무당 검수 한 명의 허리가 무참하게 뎅겅 잘렸다.

마지막 한 명.

현악은 또 일어서고 있었다.

악귀가 따로 없었고 아수라가 달리 없었다. 그가 바로 악귀며 아수라였다.

"흐흐흐, 너 혼자뿐이냐?"

현악이 마지막 남은 한 명의 무당 검수를 보며 으스스하게 중얼거렸다.

마치 지옥에서 들려오는 듯한 소름 끼치는 목소리였다.

무당 검수는 공포와 절망을 넘어서 제정신이 아니었다.

현악은 쓰러질 듯하면서도 쓰러지지 않고 무당 검수를 향해 걸어갔다.

겁먹은 무당 검수는 주춤주춤 물러섰다.

정상적인 싸움에서야 실력이 승패를 좌우하겠지만 지금 이것은 정상적인 것에서 크게 벗어난 엽기에 가까운 싸움이었다.

불가(佛家)에서도 말했다, 마음이 일어나면 모든 것이 일어나고 마음이 멸하면 모든 것이 멸한다고.

현악의 마음은 일어나고 있었다.

무당 검수는 현악이 자신의 반 장 앞까지 다가오자 얼굴이 기이하게 일그러지더니 두 눈에서 불길을 뿜어냈다.

"으아아—!! 악마 놈아, 죽어랏—!"

그 역시 현악처럼 반쯤은 악마가 되어 미친 듯이 검을 휘두르며 현악을 향해 덮쳐 갔다.

채채채챙!

두 명의 악마가 한데 엉겨 사생 혈전을 벌이기 시작했다.

그리고 현악은 마지막 남은 무당 검수를 죽이는 데에 마땅한 대가를 치러야만 했다.

*　　　*　　　*

해가 중천에 떠 있었지만 숲 속은 어두컴컴했다.

숲 가운데의 공터에는 청송자를 비롯한 무당 검수 네 명이 참혹하게 죽어 있는 목불인견의 참상을 드러내고 있었다.

청라와 청대화 등 비검문 고수들은 그 광경을 보며 놀라는 표정만 지을 뿐 한동안 아무도 입을 열지 못했다.

경험이 풍부한 청대화조차도 이런 끔찍한 참상을 보기는 처음인 듯했다.

청라와 청대화는 목에 구멍이 크게 뚫린 청송자의 시체를 굽어보았다.

그 구멍으로 피를 다 쏟아낸 청송자의 얼굴은 푸르죽죽했다.

"회생 불가능한 중상을 입었다는 쾌검마가 청송자를 죽이다니, 이것을 어떻게 해석해야 하는가?"

청대화는 신음처럼 중얼거렸다.

"믿어지지 않는군요."

청라는 청대화보다 더 놀라고 있었다.

청대화나 청라는 청송자에 비해서 한 수 아래다.

만약 쾌검마와 마주친 게 자신들이었다면 여기에 죽어 있는 사람들은 무당파가 아니라 비검문이었을 것이다.

그런 생각을 하니까 청라는 자신도 모르게 머리카락이 쭈뼛거렸다.

"아니다. 이 광경은 쾌검마도 무사하지 못할 것이라는 증거이기도 하다."

늘 두려움을 억누르는 것은 과욕이라는 놈이었다.

"그래요. 오히려 우리에겐 잘된 일이군요."

청라의 얼굴에서 공포가 걷히며 어느덧 미소가 피어났다. 부녀는 닮기 마련이다.

세상사라는 것은 종종 남의 불행이 나의 행운이 될 수도 있다.

그때 비검십당 중 한 명이 공터의 외곽을 살피다가 한곳을 가리키면서 급히 외쳤다.

"핏자국 하나가 저쪽으로 이어졌습니다!"

청대화는 핏자국이 이어진 방향을 보면서 입가에 흐릿한 미소를 머금었다.

"역시 쾌검마는 상처를 입고 도주했군."

"어서 추격해요!"

청라는 누구보다 먼저 핏자국을 따라 쏘아가며 날카롭게 외쳤다.

*　　　*　　　*

현악은 추적대의 무당파를 청송자를 포함하여 도합 네 명이나 죽였다.

최후까지 남아 악마로 변했던 한 명의 무당 검수는 치열한 싸움 중에 현악의 옆구리에 제대로 검을 찔렀다고 생각했고, 그로써 최소한 그가 죽었다고 판단했다.

무당 검수는 그 직후 혈인검에 의해 머리가 쪼개지면서 쓰러지며 현악이 자신과 함께 쓰러지는 것을 보며 위안으로 삼았다.

현악은 그렇게 청송자와 무당 검수들과 함께 피 구덩이 속에 오랫동안 누워 있었다.

그리고 그의 짧은 생애가 그곳에서 막을 내렸다면 이후 천하무림을 무림사 최대의 공포와 아비규환으로 몰아넣는 일은 벌어지지 않았을 것이다.

하나 현악이 비검문 뇌옥에서 흑의인, 즉 쾌검마를 만남으로써 과거 백정의 운명을 버리고 새롭게 받아들인 운명이라는 놈은 그가 이 을씨년스러운 숲 속에서 허무하게 죽도록 내버려 두지 않았다.

쾌검마가 쾌검마일 수밖에 없는 이유가 무림에서 가장 빠르다고 자부하는 그의 극쾌검에 절반이 있었다면 나머지 절반은 자령신공에 있었다.

자령신공은 실로 놀라운 심법이며 신공이고 운기법이었다.

현악은 분명히 죽어가고 있었다.

이미 몸과 정신의 거의 대부분은 저승 문턱을 넘었다고 해도 과언이 아니었다.

그 상황에서 놀랍게도 자령신공이 스스로 운기를 하기 시작했다.

현악의 의지가 아닌 자령신공의 의지로 운기가 진행됐고, 결국 저승의 문턱을 넘으려는 현악을 이승으로 끌어당겼다.

그렇게 그는 죽지 않았다.

아니, 죽지 못했고, 죽을 수가 없었다.

그의 가슴속에 응어리져 있는 분노와 한은 그가 고이 죽도록 내버려 두지 않았다.

그가 시체들 속에 섞여서 누운 채 다시 눈을 뜬 시각은 쓰러진 후로부터 한 시진이 흘러 있었다.

그는 자령신공이 스스로 운기하여 자신을 되살렸다는 사실을 꿈에도 깨닫지 못했다.

그는 누워서 꼼짝도 하지 않고 다시 반 시진 동안 자령신공을 운기했다.

그 후 웬만큼 기력을 회복한 후 꿈틀거리면서 피 구덩이 속에서 일어나 숲 속을 걷기 시작했다.

마치 지옥 유부를 떠도는 피에 굶주린 악마처럼.

현악은 곧 쓰러질 것 같은 구부정한 자세와 흐릿한 눈으로 전면을 쳐다보았다.

그의 앞에는 중년의 흑삼인이 한 명 서 있었다.

어깨에 한 자루 검을 메고 가느다란 눈과 얄팍한 입술에는 교활한 웃음이 매달려 있는 인물이었다.

"흐흐… 쾌검마, 순순히 혈인검을 내놓으면 곱게 죽여주마."

현악은 천천히 주위를 둘러보다가 주위의 나무 뒤에 여러 명의 무림 고수가 숨어 있는 것을 발견했다.

그들은 전설의 묵혈쌍검을 탐내서 모여들었지만 현악은 그들을 추적대라고 오해했다.

"흐흐… 나는 흑살서생(黑殺書生)이라고 한다! 아마 내 별호는 들어봤겠지?"

흑삼인 흑살서생이 교활한 두 눈이 쉴 새 없이 현악의 온몸을 살피면서 득의한 웃음을 흘렸다.

쾌검마가 멀쩡할 때에는 쾌검마의 그림자만 보고도 오줌을 지리던 자였다.

그는 쾌검마의 온몸에 죽음의 그림자가 자욱하게 뒤덮여 있는 것을 보고 평생에 한 번도 없을 기회를 잡은 것이다.

흑살서생은 아직도 쾌검마에게 겁을 먹고 숨어 있는 무림 고수들보다는 그래도 용기가 있는 편이었다.

그러나 흑살서생이 현악을 죽이고 혈인겸을 차지한다면 그는 혈인검을 노리는 수많은 무림 고수들의 표적이 될 것이다.

슥―

"죽을 놈의 별호 같은 것은 취미 없다."

현악은 느릿하게 흑살서생을 향해 걸음을 옮기며 중얼거렸다.

그러자 흑살서생은 가볍게 움찔했다. 그는 자신이 괜히 나선 게 아닌가 하는 순간적인 후회가 엄습했다.

그런데 현악이 비틀거리면서 걸음마다 피를 한 사발씩 쏟으며 다가오는 모습이 그의 후회를 단숨에 날려 버렸다.

그러나 흑살서생이 모르고 있는 게 있었다. 한과 분노마저도 힘으로 바꾸는 경이로운 현악의 능력을 말이다.

단 한 올의 기력, 한 걸음을 옮길 만한 힘만 있어도 그가 상대를 죽일 수 있다는 사실을 모르는 것이다.

차앙!

흑살서생은 공력을 극한으로 끌어올린 후 검을 뽑는 것과 동시에 현악을 향해 휘두르며 초식을 펼쳤다.

"……!"

그러나 흑살서생은 초식을 펼치자마자 눈을 부릅떠야만 했다.

방금 전까지 이 장 앞에 있던 현악이 어느새 자신의 반 장 앞으로 쇄도하고 있지 않은가.

흑살서생은 한 번도 혈인검을 본 적이 없었다.

그는 생의 마지막 순간에 혈인검을, 그것도 아주 가까이에서 구경하게 되는 행운을 누릴 수 있었다.

더구나 혈인검에 두개골이 쪼개지는 환상적인 체험까지 겪었다.

쩍!

흑살서생의 초식은 분명히 현악보다 빨랐다.

그러나 그의 초식은 중도에서 끊기고 말았다.

혈인검이 그의 검을 절반으로 동강 내버린 것이다.

"끄으… 이런 개 같은……."

쿵!

현악은 중얼거리면서 쓰러지는 흑살서생을 뒤로하고 비틀거리면서 걸어나갔다.

숨어 있는 무림 고수들은 여태까지처럼 아무도 나서지 못하고 먼발치에서 조심스럽게 현악을 뒤쫓았다.

그들은 나서지 않기를 잘했다고, 조금 더 기다려야 할 것 같다는 공통적인 생각을 하고 있었다.

혈인검보다는 목숨이 소중한 법이니까.

◈제13장◈
악마불사(惡魔不死)

청라는 벌써 반 시진 째 숲 속을 헤매고 있었다.

울창한 숲 속을 너무 오래 헤매다 보니 방향 감각도 잃은 상태였고, 뒤따르던 비검십당의 세 명도 어디에서 헤어졌는지 알 수 없는 상황이었다.

일각 전에 숲 속을 이리저리 헤매고 있는 두 명의 무림 고수를 발견하고 멀찌감치 피한 것이 그녀가 사람을 본 마지막이었다.

청라가 보기에 그들은 추적대가 아니면서도 쾌검마를 찾아다니는 것 같았다.

'흥! 쾌검마가 중상을 입었다니까 이제 어중이떠중이들이 파리 떼처럼 모여드는군.'

그녀는 쾌검마의 묵혈쌍검에 대한 전설을 알고는 있었지만 잠시 간과하고 있었으므로 무림 고수들이 그것을 노리고 몰려들었다는 사실을 알아차리지 못했다.

다만 무림 고수들이 쾌검마를 죽여 명성을 날리려 한다고 단순하게 판단했다.

원숭이도 나무에서 떨어질 때가 있다.

산서 땅에서는 머리 좋기로 타의 추종을 불허하는 청라였지만 쾌검마를 죽이는 것에만 급급한 나머지 묵혈쌍검에 대한 것을 미처 챙기지 못한 것이다.

“……!”

문득 청라는 신형을 멈추며 왼쪽을 쏘아보았다.

왼쪽, 삼십여 장가량 떨어진 곳에 뭔가 거므스름한 것이 지독히도 느릿하게 움직이고 있는 것이 그녀의 시야로 쏘아 들어왔다.

그녀는 숨을 멈춘 채 극도로 긴장하면서 검은 물체에 시선을 고정시켰다.

그러나 나무가 너무 빽빽했고 거리가 멀어서 검은 물체의 부분적인 것만 겨우 보였다.

그러나 그 짧은 순간에 청라는 세 가지 사실을 간파했다.

검은 물체가 사람이라는 것, 또한 중상을 입었으며, 그자에게서 짙은 피 냄새가 풍겨져 오고 있다는 것.

그 정도면 상대가 쾌검마일 가능성이 높았다.

아니, 그녀는 검은 물체가 거의 쾌검마라고 단정했다.

휘익!

순간 그녀는 더 이상 생각할 것도 없이 흑영을 향해 쏜살같이 쏘아 갔다. 그녀의 가슴은 흥분으로 고동쳤다.

척!

"멈춰라!"

그녀는 금방이라도 쓰러질 듯이 비틀거리면서 걸어가고 있는 흑영의 뒤쪽에서 머리 위를 날아 넘어 공중제비를 한 바퀴 돌고는 가볍게 앞을 막으면서 내려서며 나직이 외쳤다.

"네놈은……?"

다음 순간 청라는 전면을 쳐다보면서 크게 놀라듯 어이없는 표정을 가득 띄올렸다.

흑영은 바로 현악이었다.

만신창이 몰골, 온몸에 상처를 입지 않은 곳보다 입은 곳이 더 많아서 하나의 커다란 핏덩이로 변해 있는, 얼굴도 시뻘겋게 피 칠을 해서 혈귀처럼 보이는 처참하며 소름 끼치는 모습이었다.

그래서 청라는 하마터면 그를 알아보지 못할 뻔했다.

"흐으… 너는 뭐냐?"

그러나 현악은 청라를 알아보지 못했다. 그는 쓰러지기 직전이었으므로 정신이 혼미한 것은 당연했다.

청라의 얼굴이 한 겹의 얼음을 씌운 것처럼 싸늘하게 변하며 이를 갈았다.

"빠드득! 네놈을 이런 곳에서 만나게 될 줄이야……."

현악은 청라를 알아보지 못하고 헐떡이며 중얼거렸다.

"흐으으… 어서 덤벼라."

"미친놈!"

청라는 눈살을 찌푸리며 차갑게 내뱉었다.

그녀는 설마 현악을 만날 줄이야 상상조차 못했다.

그녀가 현악에게 품고 있는 감정은 오직 하나, '살심' 뿐.

어쩌면 쾌검마를 죽여서 비검문과 자신의 명성을 무림에 드높이는 일보다 현악을 죽이는 일이 그녀에게는 더 큰 비중을 차지할는지도 모른다.

'그런데 저놈이 왜 이 산중에 있는 거지? 게다가 저 처참한 몰골은 대체 뭐라는 말인가?'

추적대가 현악을 쾌검마로 오인하고 있으며 현악이 스스로 쾌검마의 동생으로 자처하는 쾌검왕이라는 사실을 청라는 까맣게 모르고 있었다.

그랬으므로 지금 수많은 추적대와 무림 고수들이 운몽산 전역을 이 잡듯이 뒤지고 있는 표적이 현악일 줄은 꿈에서조차 상상하지 못하는 것이 당연했다.

지금 현악을 중심으로 삼사십 장 주위에 수십 명의 무림 고수들이 포위한 채 은밀하게 따르고 있는 중이었다.

그들은 현악을 뒤따르면서 일체의 흔적도 남기지 않았고, 지금 역시 심장의 고동 소리나 호흡마저도 정지한 채 현악과 청라를 주시하고 있었다.

그들의 그런 극도의 조심성은 너무도 당연했다.

추적대가 현악을 발견하지 못하도록 최대의 노력을 경주하고 있는 것이다.

만약 추적대가 현악을 발견한다면 무림 고수들은 닭 쫓던 개 꼴이 되고 만다.

어떤 면에서 무림 고수들은 추적대로부터 현악을 보호하고 있는 것이었다.

그들은 현악이 쾌검마든 쾌검왕이든 상관하지 않았다. 그들의 목적은 오직 현악이 지니고 있는 혈인검을 탈취하는 것뿐이었다.

쾌검마에게 개인적인 원한을 품고 있는 무림 고수들도 이 숲으로 몰려왔지만 다행스럽게도 그들은 아직 현악을 발견하지 못한 상태였다.

이 근처에 숨어 있는 무림 고수들은 얼마 전에 현악이 흑살서생을 죽이는 광경을 똑똑히 목격했고 또 기억하고 있었다.

그들은 자신들이 흑살서생보다 고강하다고 여기지 않았다.

그랬기에 섣불리 나서지 못하고 현악이 쓰러지기만을 기다리면서 은밀하게 뒤쫓고 있는 것이다.

그러나 현악을 발견하여 극도의 긴장과 흥분을 하고 있는 청라는 무림 고수들의 존재를 전혀 감지하지 못하고 있었다.

그녀의 온 정신과 감정은 눈앞에 있는 현악에게만 집중되어 있었기 때문이다.

'혹시 저놈도 쾌검마를 죽여서 명성을 얻으려고?'

처음부터 현악을 무림 고수라고 판단했던 청라로서는 이런 상황에서 현악을 보고 자연스럽게 떠올릴 수 있는 짐작이었다.

'미친놈! 그래서 저 꼴이 됐군!'

누군가를 멸시하다가 증오까지 하게 된 감정은 쉽사리 사라지지 않는 법이다.

더구나 원래 천민이나 하찮은 인간들을 벌레처럼 여기던 청라로선 더욱 그랬다.

'하늘이 날 도왔어, 저놈을 만나다니!'

청라는 공력을 극한까지 끌어올린 후 천천히 현악에게 걸어갔다.

그녀는 등 한복판에서 엉덩이까지 이르는 한 뼘 반 길이의 긴 흉터를 옷 속에 지니고 있었다.

그 끔찍한 악몽의 날 밤 현악이 그녀를 강간하기 직전에 새겨준 잊
지 못할 흉터였다.

척!

청라는 현악의 두 걸음 앞에 멈춰 서 어깨의 검을 잡았다.

그러나 현악은 검을 뽑지 않은 채 만취한 사람처럼 상체를 흔들거리
면서 서 있었다.

청라는 현악이 현재 서 있기조차 힘겨운 상태라는 것을 어렵지 않게
간파했다.

그래서 그녀는 약간의 여유를 가지고 천천히 그를 살펴보았다.

현악의 얼굴은 굵은 붓에 피를 흠뻑 묻혀서 몇 차례에 걸쳐 도배를
한 듯한 피 범벅이 모습이었다.

옷을 입은 것인지 넝마 조각을 걸치고 있는 것인지 모를 정도로 갈
기갈기 찢어진 옷 사이로 보이는 무수한 상처들은 피딱지가 앉거나 피
를 흘리고 있었다.

그리고 그의 두 발이 딛고 선 눈밭 주변은 그가 흘린 피 때문에 백설
이 아니라 혈설(血雪)로 변해 있었다.

청라는 망연자실하고 말았다.

'이 꼴로 아직도 숨이 붙어 있다니…….'

동정심은 아니었다.

굳이 설명하자면 경이로움이었다. 한 명의 천박한 백정 소년의 끈질
긴 목숨에 대하여.

현악은 청라가 보이지 않았다.

두 눈을 덮은 피가 말라붙어 시야를 방해해서 그저 청라의 흐릿한
윤곽만 어렴풋이 붉게 보였다.

게다가 정신이 점점 더 혼미해지고 있었기 때문에 사물을 식별한다
는 자체가 불가능한 상태였다.

그는 그저 마지막 남은 기력을 두 다리에 모은 채 쓰러지지 않으려
고 기를 쓰고 있을 뿐이었다.

스릉—

"그 목숨을 내가 끊어주마!"

청라는 입술을 깨물며 느릿하게 검을 뽑았다.

쉬익!

아니, 뽑으면서 그대로 현악의 머리를 향해 세로로 그어 내렸다.

초식도 담겨 있지 않았다.

다만 철천지 증오와 복수심만이 꾹꾹 눌려져서 담겨 있는 일검이었
다.

순간 청라는 허벅지 안쪽 깊은 곳이 날카로운 것에 찔린 듯 찌르르
한 느낌을 받았다.

"……!"

그 느낌 때문에 그어가던 검은 현악의 머리 위 한 뼘 높이에서 뚝 정
지했다.

그대로 그어 내렸다면 현악의 정수리가 절반으로 쪼개졌을 것이다.

'뭐야, 이 이상한 느낌은?'

청라는 잔뜩 눈살을 찌푸렸다.

그 느낌은 처음에는 그녀의 음부에서 살을 찢고 뚫는 고통으로 시작
되더니 순식간에 온몸으로 퍼져 나가면서 한 번도 느껴보지 못했던 기
이한 느낌으로 변했다.

아니, 세상 모든 사람들에게는 비밀로 덮은 채 속일 수 있다고 해도

그녀 자신을 속일 수는 없었다.

지금 그녀의 온몸에 쩌릿쩌릿하게 엄습하고 있는 느낌을 그녀는 예전에 한 번 느낀 적이 있었다.

그날 밤, 현악의 돌처럼 단단한 음경이 그녀의 뒤에서 그녀의 음부 속으로 거칠게 밀고 들어왔을 때 처음에는 처녀막이 파열되는 고통이었다가 나중에는 그 고통 중에 은밀하게 퍼지던 뭐라고 설명하기 힘든 짜릿한 느낌.

그것은 명백한 쾌감이었다.

검에 의해서 강간을 당하면서 그녀의 정신은 차라리 죽고 싶을 정도의 치욕을 느끼고 있는 동안에 그녀의 음부와 말초신경은 독약처럼 온몸으로 번지는 쾌감을 거부하지 못했던 것이다.

아니, 숨죽이고 키득키득 즐기기까지 했었다.

'아니야! 무슨 추잡한 생각을!'

청라는 세차게 도리질 쳤다.

그러나 도리질 정도로 떨어져 나갈 쾌감이 아니었다.

고고한 그녀가 그 따위 추잡한 쾌감이라니!

그러나 그녀의 눈길은 자신도 모르게 현악의 사타구니로 향하고 있었다.

몸과 정신의 이 소름 끼치도록 처절한 유리성(遊離性).

그렇다고 자신의 통제를 벗어난 스스로의 육신에 무차별 칼질을 가할 수도 없는 일.

청라의 시선은 현악의 사타구니에 고정된 채 움직이지 않았다.

저것이 내 몸속을, 음부 속으로 뚫고 들어왔었다.

청라는 현악의 사타구니를 쏘아보고 있는 동안 자신의 음부가 기이하게 꿈틀거리면서 축축해지는 것을 느꼈지만 더 이상 놀라지 않았다.

대부분의 사람들은 정신이 육체를 이기거나 거스르지 못한다고 생각하고 있다.

그런 점에서 청라도 예외가 아니었다.

여하튼 현악은 명백한 청라의 첫 남자였다.

그녀가 죽어서 새로운 인간으로 환생하지 않는 한 결코 변하지 않을 사실인 것이다.

"흐으으, 뭘 하는 거냐? 어서… 죽여라……."

그때 현악이 중얼거렸다.

"흐흐으으… 나는 이미… 죽은 것이나… 다름없다. 날… 죽여서… 이 고통에서… 벗어나게 해다오……."

그 정도로 현악은 고통스러워하고 있었다.

청라의 표정이 복잡하게 변했다.

지금 그녀의 표정보다 더 복잡하기 짝이 없는 심정은 그녀 자신도 무엇인지 구별하지 못했다.

그러나 한 가지만은 분명했다.

'다 죽어가는 놈을 죽이는 것은 제대로 된 복수가 아냐.'

그녀의 음부와 온몸이 현악을 죽여서는 안 된다고 아우성치는 것을 그녀의 정신은 그런 식으로 중얼거리면서 다독였다.

'이 남자는 나의 첫 남자야! 어서 안전한 곳으로 옮기고 살려내야만 해!'

그러나 청라는 자신의 몸이 그렇게 떠들어대는 것만은 무시할 수밖에 없었다.

"운이 좋은 줄 알거라, 백정 놈! 다음에 만날 때 네놈이 살아 있다면 빚은 그때 받도록 하겠다.”

결국 청라는 검을 꽂으면서 그렇게 말하며 몸을 돌리고 말았다.

“너……?”

그때 그녀의 등 뒤에서 현악의 약간 놀라는 듯한 한마디가 흘러나와
서 그녀는 뚝 걸음을 멈추었다.

“청라… 맞지?”

현악은 자신을 ‘백정 놈’이라고 부르던 유일한 청라의 음성을 그제
야 기억해 냈다.

그런데 어이없는 일이 청라의 감정 선을 자극했다.

저따위 추잡한 백정 놈이 불러주는 ‘청라’라는 자신의 이름이 지금
이 순간 어째서 이토록 정감있게 들리는 것인지…….

“미안하다…….”

등 뒤에서 현악의 중얼거림이 이어졌다.

그 말에 청라는 울컥하고 감정이 북받쳤다. 뿐만 아니라 눈시울까지
뜨거워졌다.

저 백정 놈이 이제야 사과를 하고 있지 않은가.

“큭큭큭, 그때… 우리 둘 다… 처음이었는데… 좀… 더 제대로… 첫
날밤을 치렀어야 했다……. 큭큭, 그 점은… 정말 미안하게 됐
다…….”

“……!”

이것은 사과가 아니라 조롱이었다.

‘역시 살려두는 게 아니었어!’

이 더러운 백정 놈은 어떤 상황에서든 청라를 농락할 준비가 되어
있는 놈이었다.

고문을 당할 때도, 강간을 할 때도, 그리고 지금 이런 꼬락서니로 죽어가면서까지 말이다.

청라는 피가 나도록 입술을 깨물며 두 눈에서 살광을 폭사시켰다.

이젠 음부와 몸뚱이가 제아무리 아우성치고 빌어도 이놈을 죽이겠다는 각오를 돌이킬 수 없었다.

창!

그녀는 재빨리 돌아서며 검을 뽑았다. 현악의 얼굴을 볼 필요도 없이 일검에 머리를 쪼갤 생각이었다.

털썩!

그러나 그녀는 뜻을 이루지 못했다. 현악이 그대로 뒤로 쓰러져 버렸기 때문이다.

"……."

청라의 얼굴에서 서서히 분노가 걷히면서 착잡한 표정으로 현악을 굽어보았다.

내버려 두면 이놈은 이렇게 눈 속에서 죽어갈 것이다.

이젠 증오심도 자비심도 거두어야 할 때였다.

'네놈의 운명이다, 이렇게 죽는 것도.'

휘익!

청라는 죽어가는 현악의 몸 위에 그런 속마음을 내려놓고 신형을 날려 순식간에 멀어져 갔다.

그녀로서도 이 복잡하고도 미묘한 상황을 한시바삐 벗어나고 싶었던 것일까?

"헉헉헉!"

현악은 하늘을 향해 누운 채 가쁜 숨을 몰아쉬었다.

나뭇가지 사이로 파란 하늘과 조각구름이 보였다.

서 있을 때는 몰랐는데 누워 있으니까 아주 편했다.

이 순간만큼은 거짓말처럼 조금도 고통스럽지 않았다.

그리고 헐떡거림이 점차 잦아들었다.

피를 많이 흘려서 정신을 잃어야 당연한데도 오히려 맑아졌다. 그러나 여전히 움직일 수는 없었다. 입술조차도 달싹거릴 힘이 남아 있지 않았다.

죽는 것인가.

죽음이란 이렇게 찾아오는 것인가.

'허헛⋯⋯.'

한낱 백정이었던 그는 비검문 뇌옥에서 기인을 만나 무공을 배웠고 그를 형으로 삼았다.

그리고 불과 며칠 만에 산서 땅을 쩌렁하게 울리는 유명인이 되었으며, 손가락으로는 다 꼽을 수도 없을 만큼 많은 사람을 죽였다.

그것은 마치 여름날 순식간에 퍼부어졌다가 그쳐 버린 소나기 같은, 한바탕 시원한 꿈을 꾼 것만 같았다.

그때 줄곧 멀찍이에서 현악을 포위하고 있던 무림 고수들이 여기저기에서 슬금슬금 모습을 드러내더니 조심스럽게 현악을 향해 다가들기 시작했다.

쾌검마를 두려워하던 그들이 마침내 행동을 개시한 것이다.

휙!

휘익!

그들 중에서 그래도 용기가 있고 재빠른 자 세 명이 현악의 반 장 가까이 접근하여 숨을 죽인 채 그의 동태를 살폈다.

　스릉—

　그러더니 그들 중 더 용기있는 한 명이 마른침을 삼키면서 검을 뽑았다.

　현악은 눈을 껌뻑이면서 그들을 쳐다볼 뿐 어떤 대처도 할 수 없었다.

　청라는 걸음을 뚝 멈췄다.

　'이건 아냐!'

　그렇다. 이런 개운치 않은 기분이라는 것은 결코 그녀가 원하던 것이 아니었다.

　'내 손으로 그놈의 숨통을 끊어놔야 해!'

　그녀는 입술을 피가 나도록 깨물었다.

　현악의 비웃음이 귓가에서 맴돌았다.

　'그래! 그런 추악한 놈은 당연히 죽어야 해!'

　휙!

　그녀는 왔던 길을 향해 쏜살같이 쏘아갔다.

　픽! 픽! 픽!

　어디선가 쏘아온 세 줄기 지풍이 현악에게 다가들던 세 명의 마혈을 제압해 버렸다.

　너무도 창졸간에 벌어진 일이었다.

　휘익!

　그들이 나무토막처럼 뻣뻣해진 채 쓰러져서 눈을 껌뻑거리고 있을 때 하나의 백영이 허공을 가로질러 날아와 현악 옆에 가볍게 내려섰다.

백영은 당당하게 우뚝 서서 차갑게 주위를 쓸어보았다.

그러자 다가서던 무림 고수들은 일제히 걸음을 멈추고 긴장된 표정으로 백영을 주시했다.

그때 누군가 백영을 알아보고 낮은 탄성을 터뜨렸다.

"봉황일미다!"

비록 봉황일미를 알아본 사람은 한 명뿐이었지만 그녀가 해남도의 소도주이며 봉황십이검에 정통한 일류고수라는 소문은 익히 들어서 모두 잘 알고 있었다.

그들은 봉황일미의 눈부신 미모에 잠시 넋을 뺏겼다가 곧 제정신을 차렸지만 감히 나서지 못하고 사태의 추이를 주시했다.

봉황일미 단우옥은 쾌검마를 노리는 무림 고수를 천천히 둘러보며 조용히 입을 열었다.

"이 사람은 내가 데려가겠어요."

아무도 이의를 제기하거나 나서지 못했다.

이의를 제기하는 사람은 봉황일미의 검법을 견식해야 할 테고, 그래서 이곳을 무덤으로 삼아야 할 것이므로.

만약 이곳에 봉황일미를 능가하는 무림 고수가 있었다면 당연히 나섰을 것이지만 사정은 그렇지 못했다.

원래 단우옥은 현악과 싸운 후, 아니, 그건 싸움이 아니라 단우옥의 일방적인 공격을 현악이 고스란히 당한 것에 불과했었다.

어쨌든 그때 단우옥은 중상을 입은 현악이 떠나는 모습을 보면서 마음이 영 개운치 않았었다.

그 당시에는, 그를 쾌검마라고 굳게 믿었기 때문에 복수심이 타올라

앞뒤 가리지 않고 공격을 퍼부었지만 그가 떠난 후 그녀는 곰곰이 생각해 보았다.

그리고 여러 가지 점에서 그를 쾌검마로 보는 것에는 무리가 있다는 결론을 내렸다.

우선 현악은 소문으로 듣던 쾌검마하고는 비슷한 데가 단 한 군데도 없는 것 같았다.

용모는 주안술로 젊게 만들었다고 치더라도 현악의 털털하면서도 거친 말투나 행동거지가 냉막함과 잔인무도함의 대명사인 쾌검마와는 전혀 달랐다.

그리고 진짜 쾌검마라면 자기가 죽였던 남해신검의 딸인 단우옥에게 삼 년만 기다리면 부인으로 삼겠다는 등의 어이없는 소리 따위는 결코 하지 않았을 것이다.

또 현악은 단 한 번 공격을 했을 뿐인데 그조차도 단우옥이 다칠까 봐 마지막 순간에 검기의 방향을 틀어버렸다.

그 결과 그는 오히려 자기가 중상을 입고 말았다. 그가 쾌검마였다면 과연 그랬겠는가.

그리고 결정적인 것이 하나 더 있었다.

현악이 보여주었던 그 진실과 순수의 눈빛이 바로 그것이었다. 그 눈빛은 지금까지도 단우옥의 가슴에 화인(火印)처럼 뚜렷이 새겨져 있었다.

그래서 단우옥은 현악이 쾌검마가 아니라는 결론을 내릴 수밖에 없었다. 그랬기 때문에 그녀는 자신이 그에게 중상을 입힌 사실이 못내 마음에 걸렸다.

이후 단우옥은 하산하다가 수많은 사람들이 온통 산을 수색하고 있는 광경을 발견했고, 그들이 찾는 사람이 쾌검마, 즉 현악이라는 사실을 알게 됐다.

그녀는 그들 역시 현악을 쾌검마로 오해하는 것이라고 판단했다.

그러나 그녀는 그들을 붙잡고 현악이 쾌검마가 아니라고 일일이 설명하기 보다는 현악을 직접 찾아나서는 방법을 택했다.

그리고 운몽산 전역을 헤맨 끝에 마침내 현악을 찾아냈다.

'너무 늦었어.'

단우옥은 현악을 굽어보며 착잡한 표정을 감추지 못했다.

현악의 모습은 더 이상 인간이 아니었다. 죽어도 대여섯 번은 더 죽었어야 마땅한 참혹한 모습이었다.

'나 때문이야……'

단우옥은 그것이 자기 때문이라고 자책했다.

눈을 굳게 감고 있는 현악의 얼굴은 피 범벅이었다. 그렇다고 그를 알아보지 못할 정도는 아니었다.

단우옥은 지금 현악이 쾌검마가 아니라는 가장 결정적인 증거를 보고 있었다. 누가 보더라도 현악은 이미 죽었거나 죽기 직전의 상태였다.

그런 사람이 주안술 따위로 얼굴을 바꾼 채 누워 있지는 않을 것이다.

"가. 그리고 다시는 내 눈앞에 나타나지 마. 다시 만나면 그때는 정말 죽일 거야."

현악에게 그렇게 말했던 단우옥이었다. 그런데 그녀는 오히려 안타깝게 현악을 찾아다녔다.

"일어나요."

단우옥은 현악을 부축하고 가볍게 일으켰다.

"너는……?"

그때, 혼절한 줄 알았던 현악이 힘겹게 눈을 뜨고 단우옥을 쳐다보았다.

현악은 미소를 머금었다.

단우옥의 가슴을 아리게 하는 미소였다.

"후후… 너… 장래 남편이 죽… 을까 봐… 겁나서… 왔… 구나……."

이 사람은 죽어가면서까지도 농담을…….

"그래요."

헛소리는 전염된다.

"하하, 임마, 난… 쉽게… 아, 안 죽어……."

현악은 웃다가 정신을 잃었다.

그의 입가에는 평생 한 번도 지어본 적 없는 행복한 미소가 떠올라 있었다.

청라가 도착했을 때 단우옥이 막 두 팔로 막 현악을 안으려고 하는 중이었다.

청라는 급히 외쳤다.

"그 자식을 내려놔라!"

단우옥은 삼 장쯤 떨어진 곳에서 싸늘한 표정으로 서 있는 청라를 의아한 얼굴로 바라보았다.

"당신은 누구죠?"

"나는 비연검 청라다!"

단우옥은 조용히 물었다.

"왜 이 사람을 내려놓으라는 건가요?"

"내 손에 죽어야 하니까!"

청라의 대답은 거침없었다.

단우옥은 가볍게 한숨을 내쉬었다.

"그건 곤란하군요. 이 사람은 죽어서는 안 되니까요."

창!

청라는 더 이상 실랑이를 하고 싶지 않았다. 그래서 즉시 검을 뽑으며 단우옥에게 쏘아갔다.

쏘아가는 그녀의 시야 속으로 단우옥과 현악이 나란히 서 있는 모습이 크게 확대되어 쏘아져 들어왔다.

현악은 이미 혼절했고, 그래서 단우옥이 부축하고 있는 자세였지만 그런 것은 눈에 들어오지 않았다.

청라의 눈에는 그들의 모습이 마치 한 쌍의 연인이 다정하게 서 있는 것으로만 비쳤다.

그래서 지금 이 순간 솟구쳐 오른 감정은 청라 자신도 전혀 예상하지 못했고, 다스릴 수도 없었다.

게다가 단우옥의 지독하게 아름다운 미모도 그녀의 감정에 기름을 끼얹었다.

"멈춰요!"

단우옥이 외쳤지만 청라는 듣지 않았다.

'더러운 백정 놈 주제에 여자를 둘씩이나!'

청라는 검에 모든 공력을 주입시켜 들어올렸다.

그 어떤 감정에 사로잡힌 그녀의 눈에는 아무것도 보이지 않았다.

오로지 현악을 죽이고 말겠다는 살심뿐.

파곽!

순간 청라는 목덜미와 왼쪽 어깨가 뜨끔한 것을 느끼며 그대로 몸이
굳어 버렸다.

털썩!

그녀는 마혈이 제압되어 뻣뻣하게 그 자리에 쓰러졌다.

그리고는 너무도 싱그러운 옥음이 들려왔다.

"일각이 지나면 자연히 해혈될 거예요."

[一卷 完]

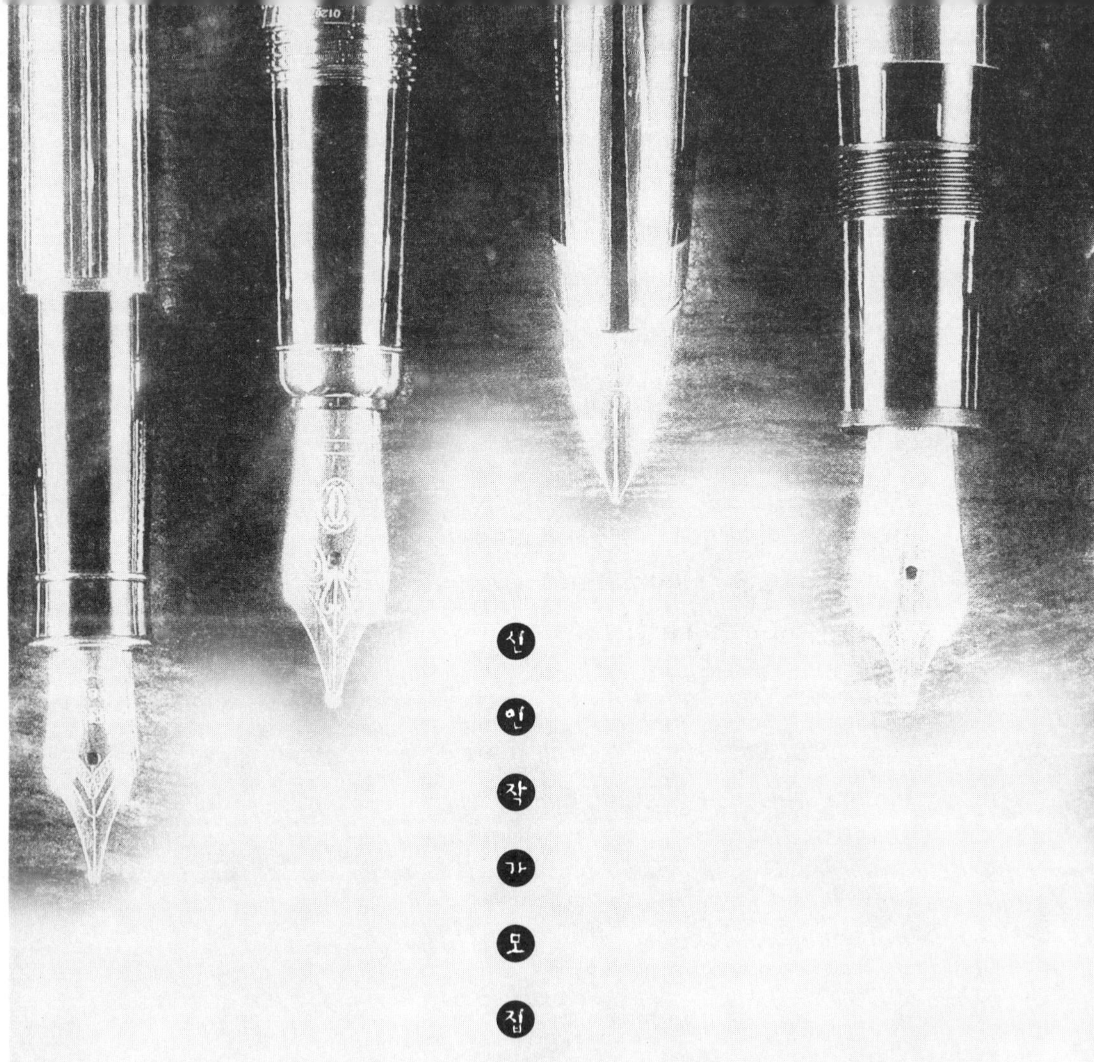
신

인

작

가

모

집

시작이 반이라고 했습니다.
작가의 길에 대한 보이지 않는 벽을 과감히 깨뜨리십시오!
청어람은 작가 지망생 여러분들의
멋진 방향타가 되어드리겠습니다.

저희 도서출판 청어람에서는
소설 신인 작가분들을 모집합니다.
판타지와 무협을 사랑하시는 분들의 많은 참여를 바랍니다.
소정의 원고(A4용지 150매)를 메일이나 우편으로 보내주시면
검토 후 출판 여부를 알려드리겠습니다.

주소:경기도 부천시 원미구 심곡1동 350-1 남성B/D 3F 우편번호420-011
TEL:032-656-4452 · FAX:032-656-4453
http://www.chungeoram.com
e-mail:chungeoram@chungeoram.com